À LA TOMBÉE DU CIEL

L'édition originale de ce texte a été publiée pour la première fois en anglais en 2018, sous le titre *Out of the blue*, par Macmillan Children's Books, une marque de Pan Macmillan, maison du groupe Macmillan Publishers International Limited.

Éditions NATHAN, SEJER, 25 avenue Pierre-de-Coubertin, 75013 Paris

Loi n° 49-956 du 16 juillet 1949 sur les publications destinées à la jeunesse, modifiée par la loi n° 2011-525 du 17 mai 2011.

ISBN : 978-2-09-257757-8
Dépôt légal : juillet 2019

Sophie Cameron

À LA TOMBÉE DU CIEL

Traduit de l'anglais
par Anne Guitton

Nathan

À mes grands-mères

1

Une autre Créature tombe du ciel alors que nous entrons dans Édimbourg. Pas *près* de nous – ça, ce serait un énorme coup de chance, et la chance n'est pas vraiment le fort de la famille Mackenzie.

– Et de 85 ! s'écrie Rani depuis la banquette arrière. Atterrissage il y a deux minutes !

Elle se penche entre nos sièges pour nous montrer son téléphone, à la manière d'un petit vendeur de journaux. L'image est celle d'une femme mince à la peau cuivrée qui gît sur une pile de pastèques éclatées et de planches brisées. Du sang doré goutte sur le sol et des petites flaques scintillantes se dessinent dans la poussière.

– Où ça ? je demande.

Notre chienne Perry, une petite westie, lève la tête de mes genoux le temps de pousser un *wouf* désabusé, puis elle retourne à sa contemplation des oiseaux à travers la vitre.

– Encore en Malaisie, répond Rani. Dans un marché près de Kuala Lumpur.

Les Chutes ont au moins le mérite d'améliorer les connaissances géographiques de ma sœur. Le mois dernier, elle prononçait encore « Koala Limpur ». Elle touche l'écran : l'image floue se met soudain en mouvement.

La Créature n'est visible qu'une seconde avant qu'un essaim de touristes s'abatte sur elle. Une femme rougeaude émerge de la mêlée avec un rictus triomphant, une poignée de plumes dans la main. Je réprime un haut-le-cœur. J'ai beau avoir vu des dizaines de vidéos de ce genre – comme tout le monde –, elles me donnent toujours envie de vomir.

Les yeux de papa vont et viennent entre le téléphone et le pare-brise fouetté par la pluie.

– Le corps est dans quel état ? Masculin ou féminin ?

Pas « il » ou « elle ». Juste « le corps ». « Masculin ou féminin ». Comme si on parlait d'un jean. Les journalistes emploient le même vocabulaire : ça rend les Créatures moins humaines. Quant à mon père, c'est une façon pour lui de rationaliser son obsession.

– C'est une *femme*, si c'est ta question, je réplique. Et elle n'est pas en bon état, puisqu'elle est morte. Personne ne pourrait survivre à une telle chute.

– Ça reste à prouver...

Il m'adresse l'un de ces sourires condescendants dont il a le secret. Je dois me mordre les lèvres pour ne pas l'envoyer promener. Derrière nous, Rani continue à regarder des photos sur InstaFall, CreatureWatch ou l'une des cent autres applis qu'elle a téléchargées.

– Elle a l'air jeune, commente-t-elle. Genre dix-sept, dix-huit ans.

– Tu te bases sur des critères humains, ma puce, lui signale papa. Nous ignorons encore comment le temps affecte leur corps. Il est possible qu'une Créature qui nous paraît avoir vingt ans en ait en réalité cent ou mille.

Il se lance dans un énième discours sur une énième théorie dont je n'ai, comme d'habitude, strictement rien à faire. Depuis que la première Créature est tombée, il y a environ huit mois, notre maison s'est transformée en Centre Michael Mackenzie pour la recherche théologique gonflante. Je ne me souviens même plus de la dernière fois où il a demandé si Rani avait de quoi payer ses repas à la cantine ou si j'avais fait mes devoirs. Il est trop occupé à découper des articles dans le journal, à planter des punaises et à coller des Post-it sur des cartes, à discuter avec des Veilleurs – le surnom donné aux chasseurs de Créatures – allemands, néo-zélandais ou japonais.

– Pour le moment, c'est difficile à cause de la composition chimique inhabituelle de leurs dents, mais les scientifiques pensent être en mesure d'estimer leur âge d'ici la fin de l'année...

Il continue à pérorer, tellement captivé par ce qu'il raconte qu'il ne voit pas le feu passer au vert. Derrière nous, une femme au volant d'un 4x4 klaxonne. Pendant ce temps, Rani opine du chef, ponctuant l'exposé de « hum » et de « ah » attentifs. Pourtant, même la détentrice du titre de Fille idéale pour la onzième année consécutive ne peut pas *sincèrement* s'intéresser à la quantité d'acide linoléique présent dans les ongles des Créatures. Mais elle fait très bien semblant.

J'enfonce mes écouteurs dans mes oreilles et me tourne vers la fenêtre en balançant la tête au rythme d'une musique imaginaire. (Mon iPod est en rade de batterie depuis Pitlochry, qu'on a dépassé il y a plus d'une heure, mais c'est plus simple de faire comme si je n'entendais pas les divagations de mon père.) Dehors, les rues grises défilent dans le brouillard. Des mouettes traversent le ciel plombé, en quête de frites oubliées. Perry gémit et gratte la portière.

– On y est presque, ma belle, je murmure en caressant son pelage blanc. Plus que dix minutes.

Je comprends ce qu'elle ressent. On vient de passer cinq heures dans cette Clio étouffante, coincés dans les bouchons de l'A9 entre Inverness et Édimbourg. C'est un peu pourri, comme vacances d'été, mais ni elle ni moi n'avons choisi le programme.

Avec le recul, je me dis que j'aurais dû me méfier quand j'ai été réveillée par une délicieuse odeur de pancakes samedi dernier. Papa n'avait pas cuisiné depuis des mois ; depuis le début des Chutes, on vivait de plats surgelés, de céréales et de pizzas à emporter. Ce matin-là, pendant que Rani et moi nappions nos assiettes de sirop d'érable, il s'est raclé la gorge.

– Ça vous dirait de passer quelque temps à Édimbourg ? Je crois... (Malgré son air détaché, j'ai senti que la suite n'allait pas me plaire.) Je crois que je pourrais y attraper une Créature.

Mes pancakes ont refroidi pendant que je l'écoutais, bouche bée, nous détailler son plan. Il avait « fait des recherches » (traduction : il avait discuté avec d'autres Veilleurs sur MessAngel) et, dans la mesure où le sud-est de l'Écosse était l'endroit au monde où il y avait eu le plus de Chutes, il était « parvenu à la conclusion » (traduction : il faisait le pari) qu'une Créature tomberait à Édimbourg « dans les prochaines semaines » (traduction : à un moment donné dans le futur, ou peut-être jamais – on verrait bien).

– Vous vous rendez compte, les filles ? On pourrait enfin découvrir d'où elles viennent et pourquoi elles tombent !

Je me suis énervée. Il a fait mine de m'écouter, mais quand je suis arrivée à bout d'arguments pour lui expliquer que c'était l'idée la plus stupide depuis l'invention de la théière en chocolat, il s'est contenté de m'ébouriffer les cheveux.

– Tu as raison, Jaya, c'est un sacré défi. Mais je dois tenter le coup.

La voiture roule dans une flaque, qui éclabousse les vitres d'eau boueuse. Mon téléphone vibre. Même s'il n'y a quasiment aucune chance que ce soit Leah, mon cœur fait un petit bond dans ma poitrine. C'est Emma. « On est des saucisses tristes, sans toi ! » En pièce jointe, je trouve une photo de Sam et elle feignant de pleurer, des saucisses incurvées vers le bas devant la bouche. Le ciel derrière eux est d'un bleu éclatant, idéal pour un barbecue. Ils ont beau n'être qu'à trois cents kilomètres de moi, l'espace qui nous sépare me paraît soudain infini.

Alors que je réponds, Rani nous rapporte une nouvelle notification. Elle suit en permanence tout ce qui concerne les Créatures. Elle sait exactement où et quand chacune est tombée, à quoi elle ressemblait, parfois même pour combien se sont vendus ses plumes et son sang. Personnellement, je trouve ça un peu glauque qu'une gamine de onze ans passe sa vie sur Internet en quête d'infos sur des cadavres. Mais papa apprécie.

– Écoutez ça, lance-t-elle. « En comptant celle d'aujourd'hui, sept Créatures ont atterri en Malaisie. Le seul autre endroit à en avoir comptabilisé autant est l'Écosse ; viennent ensuite la Russie, avec cinq, et l'Algérie, avec quatre. »

Je me tourne vers mon père.

– Et si tu avais tout faux ? Si la prochaine tombait encore en Malaisie ? C'est plausible, non ? (Je pose un pied sur le tableau de bord, les orteils tendus vers le ciel gris.) On devrait peut-être embarquer tout de suite pour Kuala Lumpur. Au moins, il fait beau, là-bas.

– La Malaisie est beaucoup plus grande que l'Écosse, Jaya, me rappelle-t-il en écartant mon pied du revers de la main. Et les Chutes s'y sont produites un peu partout. Alors qu'ici, elles se sont concentrées dans un rayon de cinquante kilomètres autour d'Édimbourg. Il n'y a aucune comparaison possible. Si je dois en attraper une, ce sera dans cette ville.

Je serre les dents afin de contenir ma colère. C'est ridicule. Tout son prétendu plan est complètement ridicule. On ne peut pas attraper une Créature *vivante*. Personne ne le peut. Elles tombent à une vitesse extraordinaire. Certaines ont réduit des bâtiments en miettes ou creusé des cratères dans des autoroutes. L'une d'elles a causé un mini-tsunami en atterrissant dans le Pacifique sud, tandis qu'une autre a tué une femme sur une place, en Arménie. On n'est pas dans un *Looney Tunes* : il ne suffit pas de dégainer un trampoline pour amortir leur chute.

Personne ne sait quand tombera la prochaine. Parfois, il en arrive trois en une seule journée ; parfois, plusieurs semaines s'écoulent sans que rien ne se passe. Les institutions scientifiques et religieuses qui dépensent des milliards pour dégager une logique font chou blanc. Je vois mal comment mon père, ancien directeur des ventes et du marketing pour les cigarettes Tomlinson, reconverti en chômeur professionnel, découvrirait la clé du mystère.

Il prend à droite dans une rue brillamment éclairée, bordée de boutiques et de restaurants. Devant chez Pizza Express, un homme en kilt affublé d'une cornemuse et d'ailes en aluminium joue un air qui ressemble vaguement à *Angels* de Robbie Williams. Papa chantonne et tapote en rythme sur le volant. Rani se joint à lui pour le refrain. Leurs voix s'élèvent de plus en plus haut, insouciantes et fausses, chargées d'une impatience aussi palpable que de l'électricité statique. Ma colère cède peu à peu la place à de la pitié.

Il croit vraiment avoir une chance.

Il pense vraiment pouvoir attraper un ange.

2

L'appartement loué par mon père est un vrai trou à rat. On dirait que la cuisine a été conçue pour des poupées, les murs de la salle de bain sont tachés par l'humidité et quelqu'un a joué les Jackson Pollock avec du vin rouge sur la moquette du salon. Derrière l'odeur de citron chimique des produits d'entretien, on devine des relents de bière, d'herbe et de vieille pizza.

– Pendant l'année scolaire, je le loue à des étudiants, nous informe Shona, la propriétaire. D'où ces vibrations jeunes et positives.

Elle me décoche un grand sourire couleur mûre. Elle me fait penser à une aubergine : la cinquantaine, mince en haut, ronde en bas et violette de la tête aux pieds. Ample pantalon prune, chemisier indigo, cheveux de la même teinte que du jus de raisin. Au début, j'ai cru que c'était l'uniforme d'une secte, jusqu'à ce qu'elle détecte des « tonalités rouges agressives » dans mon aura. J'en ai alors conclu qu'elle était juste un peu cinglée.

– Je suis sûre que vous vous y plairez, ajoute-t-elle en nous précédant dans le salon. C'est petit, mais le *chi* y circule librement.

– C'est parfait, répond papa. (Il n'a visiblement pas noté mon air contrarié ni la façon dont Rani remonte le col de son tee-shirt sur son nez devant le canapé puant.) Ça me rappelle mes années de fac.

Pour lui, cet appartement est signe qu'il est sur la bonne voie. Il y a quelques jours, il cherchait désespérément de la place dans une auberge de jeunesse ou un camping – le Festival d'Édimbourg commence dans deux semaines, et la plupart des hébergements sont déjà réservés depuis des mois. Le logement de Shona l'était aussi, jusqu'à ce que le duo d'acrobates à qui elle l'avait loué annule à cause d'une cheville cassée.

– Et c'est à quelques mètres à peine de la cathédrale St Giles ! s'est-il réjoui en s'empressant de régler l'acompte. Là où la Créature numéro 8 est tombée, le jour du Nouvel An, vous vous souvenez ? Ça ne peut pas être un hasard !

Il traverse le salon pour aller ouvrir la fenêtre.

– On a carrément vue sur la cathédrale ! Regarde, Rani, on aperçoit les échafaudages. (Il se retourne vers Shona avec un sourire béat.) Si ça ne me porte pas chance dans mes recherches, je ne sais pas ce qu'il me faut !

– L'atmosphère du quartier est particulièrement vivifiante, confirme-t-elle. Ça devrait vous inspirer. (Elle hausse légèrement ses sourcils colorés en violet.) Et donc... il n'y a que vous trois ?

Je plisse les yeux. Ça recommence. Quand elle nous a ouvert, j'ai vu une lueur de surprise dans son regard. Elle se demandait comment mon père, blanc et blond, pouvait avoir deux filles à la peau aussi brune. Elle a vite abouti à la conclusion qui s'imposait, et maintenant, elle cherche la pièce manquante. Ça nous arrive souvent. Parfois, on a même droit à des questions indiscrètes. J'ai toujours détesté ça, et c'est devenu cent fois pire depuis l'accident de maman.

À mon grand soulagement, papa change de sujet. Shona et lui sont bientôt plongés dans une grande discussion sur la nature de ses recherches et sur la retraite silencieuse que notre propriétaire s'apprête à faire en Italie. J'en profite pour aller jeter un coup d'œil à la chambre que je vais partager avec Rani : murs vert concombre, lits superposés en métal, trois fougères desséchées dans un coin. Je pose mon sac par terre, le cœur serré.

– Prem's pour le lit du haut !

Ma sœur grimpe à l'échelle et s'affale sur le matelas en levant ses jambes d'araignée vers le plafond. À peine allongée, elle ressort son portable.

– Ça alors ! Apparemment, la Créature numéro 85 pourrait être la sœur de celle qui est tombée au Groenland en avril. Regarde, on dirait des jumelles !

Elle me tend son téléphone, mais je l'ignore et vais me poster derrière la fenêtre. Ma chambre me manque déjà. C'est l'un des rares endroits au monde où je peux échapper aux infos, aux photos et aux bavardages incessants sur les Créatures. Aucune chance que ça arrive ici.

– Et elle est tombée à la même longitude que la Créature du Laos ! (Rani clique sur un nouveau lien.) C'est fou, non ?

J'appuie mon front contre la vitre. Des gouttes de pluie dégoulinent sur le verre, traçant des fleuves fantomatiques qui me brouillent la vue.

– Fascinant, Rani. Tout à fait fascinant.

La dernière fois qu'on est venus à Édimbourg, il pleuvait déjà. C'était il y a deux ans, pendant le Fringe, le gigantesque festival d'art et de théâtre qui s'y tient chaque année, en août. Ma mère, pas du genre à se laisser impressionner par « une petite bruine de rien du tout », nous a traînés dans toute la ville pour admirer les artistes de rue : chanteurs a cappella, contorsionnistes, danseurs de hip-hop, acrobates, cracheurs de feu et même un violoniste funambule, qui semaient les flyers comme autant de confettis. Mes cheveux étaient tout frisés par l'humidité, Perry sentait le compost et Rani n'arrêtait pas de se plaindre de ses baskets trempées ; sinon c'était plutôt sympa.

– Édimbourg, ville de l'inspiration et du spectacle ! clamait maman.

Elle adorait sortir ce genre de phrases. Papa l'appelait « ma poétesse », puis éclatait de rire quand elle s'énervait parce qu'il ne la prenait pas au sérieux.

Mais depuis, la ville s'est peuplée de faux anges. À chaque coin de rue, des danseurs vêtus d'or rejouent les Chutes avec des mouvements d'automates. Devant le Starbucks, deux petites filles arborent des auréoles en plastique, et des groupes de Veilleurs accompagnés de guides défilent sur la place de la cathédrale. Le spectacle continue, mais l'inspiration s'est tarie. Tout tourne désormais autour de l'argent qu'on peut tirer des Créatures mortes. Ça me met hors de moi.

– Jaya ! s'écrie soudain Rani. Jaya, regarde !

– Quoi encore ?

Du doigt, elle me montre la deuxième fenêtre de la pièce. Je cesse de respirer. Vingt, trente, quarante personnes sont en train d'envahir le toit d'un immeuble de l'autre côté de la rue. Ce sont eux. Les Futurs Déchus.

Ils sont exactement comme sur les vidéos qui circulent sur le Net : de tous les âges, habillés de tee-shirts tachés, de pulls élimés, de jeans bien plus déchirés que la mode ne l'exige. La plupart des hommes portent la barbe, et les longs cheveux gras des femmes encadrent leurs visages émaciés. Un type petit et trapu muni d'un porte-voix grimpe avec agilité sur une cheminée pendant que les autres s'alignent au bord de la gouttière.

C'est étrange de les voir en vrai. Je m'attendais à lire de la peur dans leurs yeux, à ce qu'il y ait de la tension dans l'air. Or, même si certains glissent un peu sur les ardoises mouillées, ils ne paraissent pas effrayés. Sous la crasse, leur expression reste froide et neutre.

– Jaya ! (Rani s'agrippe à la rambarde du lit.) Il y a des *enfants* !

Ma bouche se dessèche. Elle a raison : je repère un garçon qui doit avoir treize ans et une fille encore plus jeune, sept ou huit ans peut-être. Contrairement aux adultes, ces deux-là ont l'air terrifiés. La petite ferme les yeux de toutes ses forces, comme si elle faisait un vœu. Le garçon fixe la foule rassemblée sept étages plus bas. Ses jambes tremblent tellement que j'ai l'impression qu'il va tomber. Une femme pas très grande les tient par la main sans les réconforter. Elle ne les regarde même pas.

– Je vais chercher papa.

Tandis que Rani descend de son lit et sort en courant, l'homme perché sur la cheminée allume son mégaphone. L'horrible sifflement du larsen ne lui fait aucun effet.

– Pécheurs ! (Il parle d'une voix forte mais calme, sur un ton péremptoire plus qu'accusateur.) Depuis près de huit mois, des anges tombent des cieux. Jamais, au cours des derniers millénaires, le Créateur ne nous avait envoyé de preuve aussi claire de son courroux. Mais l'Homme se repent-il pour autant ? Purge-t-il son âme du mépris et de l'avarice, se consacre-t-il à une cause plus noble ? Non. Il se jette comme un vautour sur les dépouilles des anges, avide de sang et d'or.

Je voudrais détourner la tête comme je le fais lorsque les Futurs Déchus passent à la télé, mais mon corps refuse de m'obéir. Leurs mises en scène, qui me donnent le vertige et la nausée, ont aussi quelque chose de fascinant. J'ai regardé leurs vidéos en boucle. Je connais leurs discours par cœur.

En bon leader, l'homme marque une pause pour capter l'attention. C'est difficile de lui donner un âge. Sa barbe cache la moitié de son visage.

– Nous ne représentons aucune église, aucune religion, reprend-il. Nous ne sommes qu'un rappel, un rappel des dangers de la cupidité, de l'impiété et de l'arrogance sans faille de la race humaine. Un rappel de votre *péché*. L'homme n'a plus aucun espoir sur cette Terre. Notre seule chance de rédemption réside dans le refus des plaisirs terrestres. Il nous faut dégrader nos corps comme nous avons dégradé notre planète, sacrifier nos vies comme tant d'autres ont été sacrifiées au nom du prétendu progrès... Le temps est venu de nous repentir et de nous montrer dignes de la liberté qui nous attend dans l'au-delà.

Au loin, une sirène retentit. Quelqu'un se met à crier dans la rue. Le visage de la petite fille est baigné de larmes. Le garçon tente de lui parler, mais la femme le rabroue sèchement. L'orateur continue, insensible au remue-ménage qu'il provoque.

– Nous sommes les Futurs Déchus. (Sa voix se gonfle de fierté, alors que je parie qu'il n'est pas censé éprouver ce genre d'émotion.) Pendant que les Créatures chutent, nous grimpons sur les toits. Pour vous rappeler que vous vous tenez tous au bord d'un précipice. Pour vous rappeler que vous aussi, vous risquez un jour de tomber de haut.

Dans un mouvement parfaitement synchronisé, ses disciples posent un pied sur la gouttière. Mon vertige s'accentue. Ils n'iront pas jusqu'au bout. D'autres Futurs Déchus ont fait la même chose sur des gratte-ciels de Séoul et des immeubles de Caracas ; en avril, ils ont même réussi à atteindre le deuxième étage de la tour Eiffel. Ils se sont postés au bord de falaises, suspendus à des échafaudages. Ils ont menacé de sauter un nombre incalculable de fois. Mais, jusqu'ici, ils ne l'ont jamais fait.

Pourtant, j'ai beau le savoir, ça ne change rien au nœud qui me serre le ventre, au pouls qui résonne dans mes oreilles...

À mes genoux qui se dérobent...

À la tempête qui se déchaîne entre mes tempes…

La dernière chose que je vois avant de fermer les yeux et de m'effondrer sur le sol, c'est le jeune garçon qui se met à prier.

3

C'est notre 11 septembre, notre Lady Di, notre JFK à nous. On se souvient tous de ce qu'on était en train de faire quand la Créature numéro 1 est tombée.

Il, car c'était un « il », a atterri au coin d'une rue de Shanghai le 7 décembre à 22 h 46. Un touriste italien a filmé la scène. Il voulait prendre sa femme en photo, mais il s'est trompé et a tourné sans le vouloir la vidéo la plus célèbre de toute l'histoire d'Internet. (Quarante-six milliards de vues, d'après le dernier décompte de Rani.) Malgré mes efforts pour l'éviter, je la connais par cœur.

Ça commence par un point lumineux qui apparaît dans le brouillard orangé. Il reste immobile un moment, puis grossit à vue d'œil, fonçant vers la terre à une telle vitesse qu'on a du mal à le suivre. Des voix s'élèvent en mandarin, en italien, en anglais : est-ce une étoile filante, une météorite, le Soleil qui s'est décroché du ciel pour nous anéantir ? Peu à peu, la lumière s'allonge et s'incline, et deux traînées argentées se dessinent dans son sillage. Des ailes.

Des ailes cassées.

En mettant la vidéo sur pause à 2 minutes et 31 secondes, on peut apercevoir le visage de la Créature. Son expression ne traduit absolument pas le calme et la noblesse que l'on pourrait attendre d'un ange. Il est jeune, et visiblement paniqué. Il tombe en piqué vers les gratte-ciels, essayant désespérément de battre des ailes. Même lorsqu'il n'est plus qu'à une dizaine de centimètres du sol, on espère encore qu'un miracle va lui permettre de reprendre de l'altitude, de repartir vers les cieux, en sécurité. Et puis, dans un immense fracas, il s'écrase la tête la première sur le bitume.

Crissements de pneus, klaxons, nuage de poussière. Le chaos s'installe.

Après, pendant des jours, tout le monde n'a plus parlé que de ça. On échangeait les histoires comme des cartes de joueurs de foot, en quête de la plus rare, de la plus brillante. Sam et Marek jouaient à la Xbox quand un de leurs copains gamers leur avait envoyé le lien de la vidéo. Emma avait appris la nouvelle grâce au statut Facebook enthousiaste de ses cousins mormons américains. Papa regardait les infos, probablement en descendant son cinquième gin-tonic de la soirée.

Maman n'avait pas vu la vidéo. Elle était morte depuis dix jours.

Moi, j'étais chez Leah. Elle me coupait les cheveux.

C'est ce qui m'a le plus marquée. Pas la façon dont sa mère tambourinait à la porte de la salle de bain en criant qu'il fallait absolument qu'on vienne voir ça, ni les premières images floues qu'elle nous a montrées. Persuadée que c'était un canular, je n'y ai pas vraiment prêté attention. Mais je me souviens des doigts tremblants de Leah sur les ciseaux, de l'hésitation dans sa voix quand elle m'a demandé pour la centième fois si j'étais sûre de moi.

– Oh, mais *oui*, je te dis ! (J'ai tiré sur l'ourlet de son tee-shirt.) Allez ! C'est juste des cheveux. Ça repousse.

– Ça me stresse, Jaya... Je n'ai encore jamais coupé les cheveux de personne. Sauf si on compte ma poupée Princesse Jasmine quand j'avais sept ans.

– OK. (Je lui ai pris les ciseaux des mains.) Si tu ne veux pas, je vais le faire moi-même, et tu seras obligée de me raser le crâne pour réparer les dégâts.

– D'accord, d'accord ! Mais ne viens pas te plaindre demain si tu dois dépenser quatre-vingts livres chez Toni & Guy.

Ma gorge s'est serrée quand elle a donné les premiers coups de ciseaux. Je revois encore les mèches d'un noir d'encre tomber devant mes yeux et se poser sur le carrelage. Mes cheveux incarnaient mon enfance. L'heure du coucher, l'heure du bain, les tresses africaines ébouriffées, les nattes trop serrées pendant nos vacances aux Bahamas. Les mains de ma mère, qui les lavait, les brossait, les attachait, les enroulait autour de son doigt, les caressait tandis qu'elle me lisait une histoire. Sa propre chevelure, soyeuse, et celle de ma grand-mère quand elle était plus jeune, et celle de toutes nos ancêtres sri-lankaises. Mes cheveux incarnaient mon histoire. Et maintenant, ils n'étaient plus là.

Je n'avais aucun regret. Mais ça ne m'avait pas fait autant de bien que je l'avais espéré.

Leah avait raison : ses années passées à scalper des Barbie ne suffisaient pas à faire d'elle une bonne coiffeuse. Je suis rentrée chez moi avec une casquette NYC vissée sur la tête et une certaine appréhension. Maman aurait trouvé ça hilarant. (Je l'entendais presque glousser : « Mais qu'est-ce que tu as fait ? On dirait la fille illégitime de Mick Jagger et d'Edward aux mains d'argent ! ») Mon père, par contre... Il allait encore s'inquiéter.

Il a accouru dès que j'ai ouvert la porte de l'appartement. Le cœur battant, j'ai retiré ma casquette comme on arrache un pansement. À ma grande surprise, il n'a pas réagi.

– Tu es au courant ? m'a-t-il demandé. De ce qui s'est passé en Chine ? Tu as vu les infos ?

Il avait les yeux rouges, comme depuis dix jours, sous l'effet conjugué de l'alcool et des larmes. Mais cette fois, ils étaient aussi lumineux. Pleins d'espoir.

– Ça veut forcément dire quelque chose, répétait-il en faisant les cent pas dans le salon et en passant la vidéo en boucle sur son ordinateur portable. C'est forcément un signe. Forcément.

Il lui a fallu deux heures et douze minutes pour s'apercevoir de l'état de mes cheveux. La fièvre des Créatures s'était déjà emparée de lui.

Rani me réveille le lendemain matin avec les dernières nouvelles en date : un ange de type masculin a atterri au large de l'Alaska. Un pêcheur et son fils l'ont repéré à l'aube, flottant à plat ventre sur l'eau, les ailes déployées derrière lui comme des voilures déchirées par la tempête. Ils l'ont ramené jusqu'à la côte à la rame.

Cette Chute ressemble à une dizaine d'autres, à un détail près : les deux hommes jurent que, pendant qu'ils le hissaient à bord, il a dit quelque chose. Ils n'ont pas compris quoi, et cela évoquait davantage de la musique que des mots, mais c'était bien une forme de langage.

– Le temps qu'ils lui fassent cracher l'eau qu'il avait dans les poumons et vérifient son pouls, il était mort. (Rani me montre une photo sur son téléphone par-dessus la rambarde du lit superposé.) S'ils n'ont pas menti, ça veut dire que la Créature avait survécu à sa Chute !

Je me frotte les yeux. C'est un homme d'âge mûr à la peau rouge métallique. Il est couché sur une plage de galets, des trous plein les ailes là où ses « sauveteurs » lui ont arraché des plumes. Depuis, les autorités de l'Alaska ont fait transporter le corps dans un labo. Ils vont le disséquer, s'émerveiller de la ressemblance entre son cœur et le nôtre malgré la couleur dorée de son sang, examiner ses os, identiques à des os humains, mais aussi légers que ceux d'un oiseau. Ils vont entrer son visage dans la base de données de plus en plus fournie recensant les personnes décédées, dans l'espoir de déterminer son identité.

Jusqu'ici, il n'y a jamais eu de correspondance. Je ne crois pas vraiment à la théorie selon laquelle les Créatures auraient autrefois été humaines. Ce qui ne devrait pas empêcher de les traiter comme telles.

– Écoute ça, Jaya. (Rani a les yeux rivés sur Mess-Angel.) « Les premiers rapports laissent entendre que la Créature n'avait qu'une aile cassée, contrairement aux autres, dont les deux étaient endommagées, voire complètement arrachées dans certains cas. »

Je bâille avant de consulter mon propre téléphone. Aucun message de mes amis. Et toujours aucune nouvelle de Leah.

– C'est passionnant, Rani. J'ai du mal à contenir mon excitation.

Elle ne relève pas.

– « À ce stade, on ne peut se livrer qu'à des spéculations, mais les experts supposent que la Créature numéro 86 serait parvenue à ralentir sa descente grâce à son aile intacte et aurait ainsi survécu à son atterrissage. » C'est dingue, non ?

Je lui arrache son portable des mains.

– Une minute... Ça alors ! Mon Dieu, Rani, la nouvelle vient de tomber : la communauté scientifique confirme que je m'en tape complètement !

– Ha. Ha. J'essaie juste de te tenir informée de ce qui se passe dans le monde.

Avant que je puisse formuler une réponse suffisamment sarcastique – autour du fait que je n'ai pas de leçon à recevoir de la part d'une gamine qui regardait *Dora l'exploratrice* il y a encore deux ans –, on frappe à la porte. Papa passe sa tête par l'entrebâillement.

– Bonjour, les filles. (Ses yeux sont légèrement injectés de sang et son tee-shirt tout froissé. Je me demande s'il a dormi ou s'il a travaillé toute la nuit.) Ça va mieux, Jaya ?

Je rougis en repensant à mon malaise d'hier. Quand j'ai repris connaissance, papa et Rani étaient agenouillés autour de moi et les lèvres violettes de Shona formaient une moue inquiète. Papa m'a fait m'asseoir avec la tête entre les genoux.

– Tu dois être déshydratée, a-t-il supposé. Le voyage a été long.

– Les membres de l'ordre de cette secte dégagent une énergie très négative, a commenté Shona avec un claquement de langue désapprobateur. Ça ne m'étonne pas qu'ils aient eu un tel effet sur toi, ma jolie. Je vais t'apporter du quartz, et peut-être un morceau d'améthyste. Pour purifier ton aura.

Entre-temps, deux camions de pompiers s'étaient garés devant l'immeuble. Nous les avons regardés en silence déployer leurs échelles et faire descendre un à un les Futurs Déchus. Les visages des adultes étaient toujours impassibles, mais la petite fille sanglotait et le garçon s'est effondré de soulagement dans les bras du pompier qui l'arrachait à la gouttière. Personne n'avait sauté, personne n'avait glissé. Pas encore.

Des dizaines de cultes religieux ont fait leur apparition depuis le début des Chutes. Des centaines, sans doute. La Guilde de Dieu est le plus important, et le Quatrième Âge le plus mortel – on ne compte plus les suicides aux États-Unis et en Europe. Mais les Futurs Déchus sont les seuls à me mettre dans cet état : face à eux, je me sens toute petite et complètement impuissante.

– Oui, je me sens mieux qu'hier, je réponds à mon père depuis mon lit. J'ai juste un peu mal à la tête.

– Je vais faire un tour à Roslin pour inspecter l'endroit

où est tombé le numéro 13, annonce-t-il. Qui veut m'accompagner ?

Rani se lève d'un bond et réclame un petit-déjeuner chez McDonald's. Durant une fraction de seconde, j'ai l'impression d'être revenue chez nous dans le nord de l'Écosse, à l'époque où papa nous demandait si on voulait venir au supermarché ou faire une balade en voiture. Si je le rejoins dehors, maman sera là, assise sur le siège passager. Elle me tendra son iPod en disant : « Mets-nous un peu de musique, DJ. » Mais soudain, la réalité me frappe comme un coup de poing en plein ventre : je ne sortirai pas, elle ne sera pas dans la voiture, et elle ne dira pas ça. Parce qu'elle ne peut pas. Parce qu'elle n'est plus là.

Je ne prends même pas la peine de répondre. Au bout d'un moment, papa tapote du bout des doigts sur le battant de bois.

– OK, Jaya, alors à plus tard. Je t'ai laissé de l'argent dans la cuisine, en cas de besoin.

Il s'attarde encore un peu avant de refermer la porte avec un soupir. Sa déception plane dans l'appartement longtemps après son départ avec Rani et Perry. Je ne comprends pas ce qu'il attend de moi. Je suis incapable de jouer à la famille heureuse. Je suis incapable de faire comme si j'allais bien, comme si je ne passais pas chaque minute de chaque jour à rêver de retourner huit mois en arrière pour tout arranger.

Les yeux brûlants, j'enfouis mon visage dans mon oreiller. Je ne vais pas bien. Mais il est trop occupé à chasser les anges pour s'en apercevoir.

4

Mon père n'est pas le seul à avoir pété les plombs à cause des Créatures. Peu importent les croyances de chacun, il y a quelque chose de sinistre dans le fait que des anges tombent du ciel. Au cours des semaines qui ont suivi la deuxième, puis la troisième Chute, même les athées les plus endurcis ont dû admettre que ça ne pouvait pas être un canular, et le monde entier est devenu fou.

On ne recevait plus de courrier. Pour moi, ça a été le premier signe que tout était en train de changer : George, notre facteur ultra ponctuel, désertait son poste pour passer ce qu'il pensait être ses derniers jours avec sa famille. Les bus ne circulaient plus, les poubelles débordaient sans que personne vienne les vider. Certains restaurants et boutiques sont restés fermés durant des jours. On entendait des rumeurs sur des touristes arrivant dans des villes fantômes, ou sur des malades du cancer déambulant dans des hôpitaux aussi déserts que des cimetières. La moitié de nos profs étaient absents. Les obligations professionnelles ne signifient plus grand-chose quand on croit que la fin du monde est proche.

Le premier réflexe de beaucoup de gens a consisté à fuir. Abandonnant leurs maisons dans tout le pays, ils sont partis retrouver les leurs : à Londres, Varsovie, ou dans d'autres villes. Entre les infos en boucle sur les Chutes au Malawi, au Nicaragua, en Algérie, on voyait parfois des images d'embouteillages longs de plusieurs kilomètres ou de foules qui prenaient les gares d'assaut. Tous les vols commerciaux avaient été suspendus, pour limiter les risques d'entrer en collision avec un ange à dix mille mètres d'altitude.

Très vite, le cours du pétrole s'est envolé. Les opérations bancaires sont devenues impossibles parce que trop de clients essayaient frénétiquement de récupérer leurs économies, et le cours de la Bourse a chuté aussi violemment que les Créatures. Une épidémie de pillage s'est propagée autour du globe. (C'était d'ailleurs étonnant de voir ce que certains décidaient de voler alors que l'Armageddon se préparait. Comme si on pouvait emporter un scooter ou une télé de trente-deux pouces dans l'au-delà.) À quelques semaines de Noël, les dindes et le foie gras pourrissaient dans les rayons des supermarchés. Les gens faisaient des réserves de conserves, de papier toilette, de piles, de lampes-torches, de vêtements chauds, de couches, de bonnes chaussures… tout ce qui pourrait leur permettre de survivre à une éventuelle apocalypse.

Pendant ce temps, à la télé, entre les flashs info et les émissions que personne ne regardait plus, des annonces du gouvernement incitaient la population à garder son calme. « On ignore toujours d'où proviennent les Créatures et ce que leur Chute signifie. » Ils disaient « Créatures » parce que « anges » sonnait trop religieux, trop direct. Parler d'anges aurait été admettre que le monde touchait à sa fin, accentuant la panique qu'ils essayaient d'endiguer. « Nous vous invitons à garder votre calme en attendant de plus amples informations. »

Pour ceux d'entre nous qui se donnaient encore la peine d'aller au lycée, les cours se résumaient maintenant à huit heures de débats non-stop. L'Ascension allait-elle avoir lieu, et si oui, quand et comment ? Tous les efforts des professeurs pour nous occuper n'y changeaient rien. Il y avait toujours quelqu'un qui piquait une crise d'angoisse en français ou partait au milieu d'un cours de sport en criant que c'était ridicule de jouer au volley alors qu'on serait bientôt morts.

Mes copains et moi, on prenait ça à la rigolade.

– À mon avis, ça se produira le jour de Noël, a déclaré Emma un midi. En plein discours de la reine. Elle sera assise là, toute pomponnée avec son tailleur et ses perles, et puis l'écran se mettra à trembler comme si Buckingham Palace passait au sèche-linge. Ses corgis s'envoleront, les domestiques hurleront…

Marek lui a jeté une chips.

– Le discours de la reine est enregistré à l'avance, patate. Moi, je verrais bien une invasion d'aliens. Ils vont débarquer le 31 décembre, quand tout le monde sera soûl et incapable de réagir. Pendant le décompte du Nouvel An. BAM ! Ils nous réduiront en poussière et transformeront l'Écosse en parc aquatique.

– Mais non, ça ne sera sûrement pas aussi dramatique, a soupiré Leah. Ça sera un jour de semaine normal, disons un mardi. On sera en histoire, en train de prendre des notes sur les réformes libérales ou je ne sais quel truc chiant, quand le sol s'ouvrira sous nos pieds. Fin.

– Possible, a reconnu Sam, la bouche pleine de sandwich au thon. Et Mme Maciver s'attendra quand même à ce qu'on lui rende nos disserts le lendemain.

Mais les semaines ont passé, et, si les Créatures continuaient à chuter, rien d'autre ne s'est passé. Le ciel ne nous est pas tombé sur la tête. La terre ne s'est pas ouverte en deux. Jésus n'a pas débarqué sur un chariot doré pour conduire au ciel les bons et les pieux. Pas trace non plus des extraterrestres de Marek. Or, on ne peut pas vivre éternellement dans un état de panique. Après cette période de folie, on rêvait de retrouver le cours monotone de nos existences.

Alors les aéroports ont rouvert. Les bus ont recommencé à rouler. L'administration du lycée nous a annoncé par e-mail qu'aucune absence ne serait plus tolérée. Les gens ont repris le travail. George a sonné chez nous quelques jours après le Nouvel An avec un sourire gêné et une liasse de cartes de vœux. Une partie de ceux qui avaient quitté la ville sont rentrés, riant de la terreur qu'ils avaient ressentie quelques semaines plus tôt.

Fin janvier, les choses étaient plus ou moins revenues à la normale. Le monde ressemblait globalement à ce que nous avions toujours connu, à l'exception des êtres ailés qui tombaient du ciel par intermittence.

Mais pas pour tout le monde. Certains avaient rejoint des sectes ou trouvé Dieu. Quelques pauvres âmes s'étaient ôté la vie, dans une tentative désespérée d'accéder au Paradis, dont elles pensaient que l'existence était désormais prouvée. Les articles de journaux étaient truffés de ces histoires tragiques qui ne devenaient pas moins douloureuses avec le temps.

Et puis il y a eu d'autres changements, moins radicaux. Quelques personnes ont quitté leur travail pour profiter davantage de ceux qu'elles aimaient. Mon père a prétendu que c'était son cas. Il disait chercher un poste avec des horaires plus légers et davantage de vacances, mais c'était du pipeau. Face à la menace de l'apocalypse, on prend soudain conscience de ce qui compte vraiment à nos yeux. Pour lui, c'était devenir riche en chassant les anges.

Moi, je n'avais pas eu besoin des Chutes pour avoir une révélation. Mon apocalypse personnelle s'était produite le jour de la mort de ma mère. Mais dans le chaos qui s'en était suivi, tout le monde semblait l'avoir oubliée.

Il n'y a pas de télé dans l'appartement de Shona, sans doute à cause des ondes qui risqueraient d'interférer avec les vibrations cosmiques. Je passe donc la matinée sur mon portable, à regarder des vlogs et à traîner sur Tumblr, musique à fond pour masquer les cornemuses et la voix du prêcheur qui vocifère dans la rue. Je consulte les sites de la BBC et du *Guardian* en quête des dernières infos sur les Futurs Déchus. Il y a une vidéo de la manifestation d'hier soir sur le toit, ainsi que d'autres tournées à Luton, Cardiff, Bexhill-on-Sea et dans des dizaines de villes d'Europe et des États-Unis.

Puis je fais un tour sur Twitter et sur ma page Facebook, délaissée depuis trop longtemps.

Toujours pas de nouvelles de Leah.

Je sais qu'elle ne m'en donnera pas. Ça fait maintenant quatre mois que sa mère et elle sont parties pour Stirling ; quatre mois que plus personne n'a entendu parler d'elles. Emma a abandonné tout espoir, Sam et Marek se comportent comme si elle n'avait jamais existé. Moi, je continue à attendre. Parce que pour moi, c'est différent. Même s'il y a eu des hauts et des bas, même si on n'a jamais mis de mots sur notre relation... elle a été ma première copine. Je ne peux pas l'oublier.

Quand bien même *elle*, elle m'aurait oubliée.

Vers midi et demi, la faim me pousse finalement à sortir de l'appartement. Malgré la pluie, la rue est pleine de Veilleurs. Les groupes se rassemblent autour de la cathédrale, agitant leurs perches à selfie. La queue pour admirer l'emplacement de la Chute du numéro 8 zigzague à travers la place. Tout autour, les touristes se pressent devant les étals des marchands de souvenirs. On y vend de tout : cartes postales, bougies, sacs en tissu, tasses, boîtes de biscuits, chaque objet étant évidemment décoré d'un ange en pleine chute. Certains proposent même de minuscules flacons d'un liquide doré censé être du sang de Créatures. Alors que je me demande qui peut acheter ce genre d'horreurs, une femme en bonnet écossais en prend un et tend un billet de dix livres au vendeur.

Devant chez Starbucks, un écran géant diffuse les images des Chutes en Écosse. Je les ai toutes déjà vues :

le numéro 42 flottant sur une rivière ; le numéro 33, plongeant entre deux immeubles ; le numéro 46, s'écrasant sur l'autoroute et causant un carambolage. Les extraits vidéo alternent avec des interviews des témoins.

« J'ai eu trop, trop peur ! J'allais bosser quand j'ai vu ce truc lumineux dans le ciel... »

« Je venais de lire qu'il y avait eu une Chute au Kazakhstan ce matin-là, mais au début, je n'ai pas fait le rapprochement. J'ai cru que c'était une étoile filante ou un astéroïde. »

« Le boucan que ça a fait quand elle a touché le sol ! Je m'en souviendrai toute ma vie. »

« Il est sorti de nulle part, mec. Il est juste... tombé du ciel. »

Un éclat de musique pop me détourne de l'écran. Un peu plus loin sur le Royal Mile, l'artère principale de la ville, une file de cinquante ou soixante personnes s'est formée sur le trottoir opposé au Storytelling Centre. En approchant, je découvre deux filles en petite robe blanche et ailes pailletées qui distribuent des prospectus.

– Bienvenue chez Céleste, le premier restaurant du Royaume-Uni inspiré par les Créatures ! crient-elles par-dessus la musique.

Deux autres « anges » plantés de chaque côté des portes dorées notent les noms des clients sur des blocs-notes en forme de harpes. À l'intérieur comme à l'extérieur, les murs du bâtiment sont bleu pâle et décorés de nuages blancs cotonneux. L'une des serveuses, une blonde platine très mince, rejette ses cheveux en arrière et me tend un flyer.

– « Angel Hour » de 14 à 16 heures, du dimanche au jeudi !

Au recto du papier, une Créature de sexe féminin aux lèvres rouges, entourée d'un halo argenté, mord dans un hamburger en faisant un clin d'œil. Au verso, je découvre le menu : Bagels du Paradis, Frites divines, Wings de chérubin. Les mêmes plats que dans n'importe quel fast-food, affublés de noms ridicules et de prix exorbitants. Mon estomac gronde. Je meurs de faim, et l'Omelette séraphique me tente bien, mais plutôt mourir que de manger dans un endroit comme celui-ci. Alors que je tourne les talons, une voix interrompt le baratin de la fille.

– Moins de nourriture ! Plus de droits pour les Créatures !

La moitié de la file d'attente se retourne. Un garçon et une fille qui semblent avoir mon âge arrivent d'un pas assuré, des pancartes à la main. Elle, très pâle, petite, maigre, les cheveux châtains et ondulés, crie dans un porte-voix en plastique ; lui, blond et un peu plus mat, ne peut être que son frère – même visage en forme de cœur, même nez retroussé.

– Ne mangez surtout pas ici ! Céleste profite d'une tragédie ! continue la fille en agitant sa pancarte.

Découpée en forme d'ailes d'ange, celle-ci montre un businessman en train de piétiner une Créature, avec des dollars à la place des yeux.

– Stop à cette abomination ! Stop à toute forme d'exploitation !

Le garçon prend la parole à son tour, avec les rimes en moins.

– Ce genre de restaurant ne respecte ni les hommes ni les anges ! (Comparé à sa sœur, il est un peu nonchalant.) Si vous avez vraiment envie de *chicken wings*, il y a un KFC juste à côté.

Pendant que les serveuses se rassemblent devant l'entrée, les ailes frémissantes, pour discuter du meilleur moyen de gérer cette situation, les deux jeunes vont et viennent le long de la file et prennent les clients à partie. La plupart se contentent de secouer la tête ; certains les envoient carrément balader. Presque tout le monde grimace en entendant leurs terribles slogans, mais personne ne s'en va. Si la fille ne paraît pas découragée, le garçon finit par poser sa pancarte afin de prendre des photos de la scène. Lorsqu'elle s'en aperçoit, sa sœur lui ordonne de se concentrer. Il lève les yeux au ciel, range son téléphone et recommence à crier sans conviction que les Créatures méritent d'être traitées dignement.

L'espace d'un instant, je suis tentée de ramasser sa pancarte et de me joindre à eux. Ils expriment parfaitement ce que je pense de l'exploitation injuste des anges. Mais avant que j'en aie le temps, un petit homme au crâne rasé et au nez tordu sort du restaurant. Il échange quelques mots à voix basse avec les serveuses, puis descend les marches, avec un air contrarié. Le garçon ouvre de grands yeux tandis que sa sœur ricane.

– Bon, vous deux, dégagez, grogne celui qui doit être le manager. Vous n'êtes pas drôles et vos bêtises n'intéressent personne. Arrêtez de vous ridiculiser et rentrez chez vous.

– On est sur le trottoir. (La fille lâche sa pancarte pour se camper face à lui, les poings sur les hanches. Sa robe vert foncé imprimée de petits oiseaux blancs flotte dans le vent.) C'est un espace public. On peut rester ici toute la journée si ça nous chante.

L'homme serre les dents. J'ai l'impression de voir un dogue allemand face un chihuahua, mais la fille ne se laisse pas intimider. Le garçon s'avance, les bras croisés.

– On a tout à fait le droit de manifester. (Bien que sa voix tremble un peu, il regarde le manager droit dans les yeux.) Appelez la police. Elle ne nous arrêtera pas.

– Ah ouais ? C'est ce qu'on va voir, petit con !

L'homme dégaine son téléphone si vite qu'il le fait tomber par terre. La foule retient un hoquet collectif. Hors de lui, l'homme ramasse son portable et fait demi-tour sous les huées des deux jeunes. L'une des serveuses ailées attend qu'il ait franchi la porte pour les rejoindre.

– S'il vous plaît, laissez-nous tranquilles, supplie-t-elle en se tordant les mains. On vient juste d'ouvrir ; il va être insupportable si la première journée ne se passe pas bien. Au pire, vous pouvez revenir demain...

L'expression du garçon s'adoucit, mais sa sœur n'en démord pas.

– Non, réplique-t-elle. Désolée, mais c'est important.

Il faut que les gens comprennent que les Créatures sont des *personnes*. C'est écœurant, le business que vous faites sur leur dos ! On dirait que...

J'ignore ce qu'elle s'apprêtait à dire car les mots s'étranglent dans sa gorge. Elle se met à tousser, d'une toux violente et caverneuse qui secoue tout son corps. Quelques personnes se retournent dans la file d'attente ; la serveuse recule d'un pas. Le garçon murmure quelque chose à sa sœur en lui tendant un mouchoir. Au bout d'une minute, la crise se calme enfin. La fille s'essuie la bouche et hausse les épaules.

– OK. (Sa voix est encore rauque, mais elle se comporte comme si de rien n'était.) On vous laisse profiter de votre foutue journée d'ouverture. Mais ça craint. Vraiment.

La serveuse la remercie avant de s'éloigner en vacillant sur ses talons blancs. Le frère et la sœur récupèrent leurs pancartes.

– Le jour où vous ferez faillite, les anges et vous serez enfin quittes ! conclut la fille.

Nos regards se croisent, et je m'aperçois que je tiens toujours le prospectus du restaurant. Ne voulant surtout pas qu'elle me mette dans le même panier que les clients, je le jette par terre avant de lever les deux pouces en signe d'encouragement. Aussitôt, je rougis. Non mais sérieux, je me prends pour qui ? Borat ? La fille me sourit et me fait au revoir de la main. Elle est plutôt mignonne. Carrément mignonne, en fait.

Lorsqu'elle passe devant moi avec son frère, j'hésite à dire quelque chose, à engager la conversation avec eux pour qu'ils sachent que tout ça me scandalise aussi. Mais le temps que mon cerveau aligne une phrase vaguement cohérente, ils ont déjà tourné au coin de la rue en riant, leurs pancartes sur l'épaule.

5

Le lendemain matin, au réveil, je trouve l'appartement vide et Shona, vêtue d'un jean prune et d'un chemisier en satin violet décoré de fleurs vertes, qui frappe à la porte.

– Quartz ! (Alors que je me demande pourquoi elle me parle en allemand, elle sort de sa poche une pierre ovale couleur d'eau de vaisselle.) Ça supprime toutes les énergies négatives qui affectent l'aura. Pour moi, c'est très efficace. Et ça… (Elle brandit un morceau d'améthyste parfaitement assorti à son rouge à lèvres.) Ça devrait attirer les énergies divines protectrices.

– Euh… merci ? (Elle me fourre les cailloux dans les mains. Ils sont plus légers que je l'aurais cru.) Je suis censée en faire quoi ?

– Passe-les simplement sur ton corps, comme ça.

Elle promène ses mains sur sa poitrine, son ventre et ses jambes avec de grands mouvements circulaires, comme si elle se mettait de la crème. Je ne dois pas avoir l'air convaincue, car elle se sent obligée d'ajouter :

– Je sais que ça paraît ridicule – et va savoir, ça l'est peut-être. Mais du moment que ça marche et qu'on se sent mieux, peu importe, n'est-ce pas ?

– Oui, c'est vrai. Je vais essayer. Merci, Shona.

– De rien, ma belle. Tu me diras ce que ça aura donné.

Alors que je m'apprête à prendre congé, elle me tend un trousseau de clés.

– Une dernière chose… Pourrais-tu passer arroser mon bonsaï pendant mon absence ? Je suis juste en dessous, au numéro 4, et je pars demain. Je te laisserai un petit mot pour tout t'expliquer.

– Bien sûr. Vous rentrez quand ?

– Dans deux semaines. Deux semaines de calme et de silence absolus. (Elle ferme les yeux, parcourue d'un frisson de bonheur.) Tu devrais essayer, à l'occasion. C'est formidable. Ça permet de se recentrer.

Après un vague « hum », je la remercie encore une fois pour les cristaux. C'est gentil de sa part de se soucier de mon aura douteuse au point d'avoir pris la peine de me les apporter. Même si je n'ai pas la moindre intention de m'en servir autrement que comme presse-papier.

Quant à la retraite silencieuse, c'est un peu comme si j'en faisais une, vu le peu de mots que je prononce les jours suivants. Mes amis sont trop occupés par leurs jobs d'été pour m'appeler, et bien que je retourne régulièrement devant chez Céleste, je ne recroise jamais les deux manifestants. Papa et Rani consacrent leurs journées à détailler les différents emplacements des Chutes : le cratère laissé par le numéro 33 à Sighthill, la rivière où le numéro 42 a plongé en mai… Un peu comme une chasse au trésor dont chaque étape les rapprocherait du gros lot.

Si je n'étais pas aussi gênée par l'obsession de mon père pour les Créatures, je les aurais accompagnés, histoire de ne pas rester seule. Au lieu de ça, je passe mon temps à regarder les dernières vidéos des Futurs Déchus et à consulter les différents profils de Leah dans l'espoir vain qu'elle poste enfin quelque chose.

Le mercredi soir, quand papa et Rani reviennent d'une visite au National Museum d'Édimbourg, où ils sont allés voir la statue d'un ange, je suis justement sur son compte Instagram. La dernière publication est une photo qu'elle a prise à la plage au mois de mars : Emma y arbore sa plus belle moue à la Kardashian, et sur mon visage, on voit l'ombre d'un sourire. Mais je ne regarde pas l'objectif. Je regarde Leah.

Elle a cessé de me parler quelques jours plus tard. Sans dispute, sans explications ; j'ai simplement cessé d'exister pour elle. Ça n'était pas la première fois. Leah stressait beaucoup à propos de « nous », bien que la nature de ce « nous » ait changé aussi souvent que la couleur des ongles d'Emma. Mais ça n'avait jamais été aussi brutal, aussi extrême. Sur le coup, j'ai mis ça sur le compte d'une énième crise d'angoisse. Avec Sam, on a même parié sur le moment où elle se calmerait. Il disait vendredi, et moi, mardi midi.

On n'a jamais su qui aurait gagné, car le lundi suivant, Leah n'est pas venue en cours. Le lendemain, j'ai commencé à m'inquiéter, et quand le mercredi est arrivé, je ne parvenais plus à me concentrer à cause de l'énorme boule que j'avais au ventre. J'ai forcé Emma à sécher une heure pour m'accompagner chez Leah. Son père a ouvert la porte une seconde à peine après que j'ai frappé.

– Oh. Bonjour, les filles. (La déception se lisait sur

son visage.) Leah n'est pas là. Kirsty... Kirsty est partie s'installer chez sa sœur à Stirling. Elle a emmené Leah avec elle.

– Ah... D'accord. (Je me suis d'abord sentie soulagée, puis perplexe : pourquoi n'avaient-elles prévenu personne ? Je m'étais renseignée au secrétariat du lycée, ils n'étaient au courant de rien.) Elles rentrent quand ?

M. Maclennan a dégluti. En se rasant, il avait oublié une longue bande de poils sur sa pomme d'Adam.

– Je n'en sais rien, Jaya. En fait, je ne pensais pas qu'elle allait... Je ne sais pas.

Puis il a refermé la porte en marmonnant qu'il avait un coup de fil à passer. Et voilà. Leah ne m'avait pas laissé de lettre, et je n'ai rien reçu depuis. J'ai bien dû l'appeler une centaine de fois, mais elle ne décroche jamais. Elle ne poste plus rien sur les réseaux sociaux. Maintenant, son numéro renvoie directement sur sa boîte vocale. Stirling pourrait aussi bien se trouver sur Saturne.

Je suis tirée de ma rêverie par mon téléphone, qui vibre dans ma main. Une notification s'affiche sur l'écran : *EN DIRECT : les Futurs Déchus de Glasgow « manifestent » sur le toit d'un lycée.*

Je clique sur le lien. Au bout de quelques secondes, une vidéo mal cadrée apparaît. Des dizaines de petites silhouettes alignées sur un bâtiment désert dans la banlieue de la ville, main dans la main, comme une ribambelle de papier. J'en reconnais certains pour les avoir déjà vus aux infos. Il y a l'obèse aux cicatrices d'acné dont le ventre retombe par-dessus la ceinture de son jean trop large. La grande rousse qui ressemblait à la princesse Merida il y a encore quelques mois, mais dont les boucles sales encadrent désormais tristement le regard cerné.

La caméra zoome sur leur chef. C'est un type blanc au visage émacié, la trentaine, avec des cheveux blond vénitien, des oreilles en chou-fleur et un menton fuyant. Il se tient près d'une cheminée, un mégaphone à la main, exactement comme celui d'Édimbourg quelques jours auparavant.

Ma tête recommence à tourner. J'ai l'impression que je vais tomber, alors que je suis allongée sur mon lit et qu'il y a peu de chances que je traverse le matelas. Je déteste les voir surplomber le vide comme ça, la moindre bourrasque risquant de les projeter au sol. Je ne devrais pas regarder, mais c'est plus fort que moi. C'est comme une drogue. Rani est accro aux Chutes ; moi, je suis accro aux Déchus.

Sur la vidéo, les sirènes résonnent de plus en plus fort. Tout le groupe lève les bras pour figurer des ailes cassées, à la manière d'une troupe d'acteurs lors du salut. Le chef clame je ne sais quoi à propos de l'arrogance de la race humaine, quand...

Tout s'éteint. Mon téléphone, cette saleté antédiluvienne, est à court de batterie.

– Rani ?

Papa et elle sont dans le salon, plongés dans leurs recherches. En seulement quelques jours, mon père a réussi à transformer la pièce en laboratoire de savant fou : il y a des tableaux couverts de notes, des Post-it collés sur le dos du canapé et des fauteuils, des livres sur le zoroastrisme, des cartes de prévision météo et des schémas d'aérodynamique étalés sur la moquette, comme les dalles de pierre dans un jardin. Cet homme n'est visiblement pas tout à fait à l'aise avec Microsoft Office.

– Tu me prêtes ton téléphone ? je demande à ma sœur, qui le tient justement dans sa main. Je n'ai plus de batterie.

– J'en ai besoin, Jaya ! (Le ton de sa voix m'horripile. Chaque fois qu'elle joue les assistantes pour notre père, elle me parle comme si c'était moi qui avais cinq ans de moins qu'elle.) Tu n'as qu'à le recharger.

– Il faut que je regarde un truc *maintenant* ! Allez, Rani. J'en ai pour une minute.

– Ce n'est pas le moment ! Ils s'apprêtent à révéler les conclusions de l'autopsie du numéro 86 ! On va peut-être enfin savoir s'il était en vie ou...

Je lui coupe la parole. Mon désir de regarder la vidéo est encore plus pressant que d'habitude, presque désespéré. Je me tourne vers mon père.

– Je peux utiliser ton ordinateur vite fait ?

Il continue à taper, son regard de zombie rivé sur l'écran. Je dois le secouer par l'épaule pour le faire réagir. Il a l'air si agacé que je recule d'un pas.

– *Quoi*, Jaya ? Tu ne vois pas que je suis occupé ? Tes clips de musique, tes vlogs et tes machins peuvent attendre demain !

Je ne sais pas pourquoi, mais c'est la goutte de trop. Je donne un coup de pied dans la plinthe, y laissant une trace de semelle. Rani en lâche son téléphone tandis que papa pivote sur sa chaise, bouche bée. Avant que j'aie pu me contrôler, toute la colère qui bouillonnait en moi depuis des semaines jaillit de ma bouche.

– C'est ridicule ! Vous êtes complètement tarés ! Il y a *zéro* chance que vous y arriviez, vous vous en rendez compte ? (Je tape tellement fort dans un gros livre relié que je me fais mal aux orteils.) Tu as laissé tomber ton boulot, gâché notre été, nos vies, et tout ça pour quoi ? Pour l'infime possibilité qu'une Créature chute au bon moment et au bon endroit ? C'est du délire !

Mon père vire au rouge, mais il ne dit rien. Il ferme les yeux et prend une profonde inspiration. Il me fait tellement penser à maman en cet instant que ça me donne la nausée.

– J'essaie juste d'arranger la situation, me répond-il calmement.

– Ah oui, et comment ? En remportant le gros lot ? Si tu tenais tellement à devenir riche, pourquoi tu n'es pas resté chez Tomlinson ? Attends, je sais : tu voulais « prendre soin de nous ». (J'ai dessiné les guillemets avec mes doigts.) Tu parles ! Rani et moi, on n'a pas besoin de toi. On s'en sort très bien toutes seules. De toute façon, tu ne te comportes pas comme un père digne de ce nom.

– Comment peux-tu...

Il bafouille et s'interrompt au milieu de sa phrase, l'air blessé. Autrefois, je me serais immédiatement excusée, mais les choses ont changé. Je me dirige vers l'entrée, j'attrape mon imperméable et la laisse de la chienne.

– Viens, Perry.

Elle bondit en agitant la queue. Je claque la porte derrière moi, persuadée que mon père va me crier de revenir, ou, au minimum, me demander où je vais. Mais il ne se passe rien.

Dehors, les gens marchent vite, la tête basse, les mains dans les poches ou en se protégeant avec leur sac. La bruine s'est transformée en déluge sous un ciel qui a viré au noir charbon. Ça ne me dérange pas. Je tourne le dos à la cathédrale, entourée de son habituelle cohorte de curieux, pour descendre le Royal Mile. Mes baskets claquent sur le trottoir. Je m'imagine piétinant les recherches idiotes et l'ordinateur de mon père, réduisant en bouillie toutes ses notes, ses algorithmes et ses théories qui ne sont qu'une perte de temps.

Arrivée au coin du Parlement, je prends la direction d'Arthur's Seat, la colline qui se dresse juste derrière le centre-ville. La dernière fois que je suis venue, l'endroit était noir de monde : des touristes qui prenaient des selfies, des couples étendus sur la pelouse, des randonneurs équipés de chaussures moches et de sweats en polaire. Aujourd'hui, il n'y a personne, à l'exception d'un photographe pas frileux qui prend des clichés d'une ruine perchée au-dessus d'une mare aux canards battue par la pluie. Je longe le sentier escarpé dans le sens opposé, en m'arrêtant à mi-chemin pour lancer un bâton à Perry. Elle court dans les flaques et me le rapporte, pressée de recommencer.

Lorsque j'atteins le sommet de la colline, essoufflée, la pluie s'est arrêtée. Je m'assieds sur une pierre pendant que la chienne s'affale sur le sol, la langue pendante. À nos pieds, les habitations ressemblent à des maisons de poupée. Je cherche mon téléphone dans ma poche avant de me souvenir que je l'ai laissé sur mon lit. Je devrai donc me contenter de mémoriser la scène. Les fenêtres allumées se détachent dans le crépuscule ; les petits points lumineux des lampadaires forment des halos tourbillonnants, comme autant de galaxies dorées. Les flèches des églises et les tours des monuments percent le ciel, montant la garde autour du château brillamment éclairé. Et pour la millionième fois depuis le mois de novembre, je regrette que ma mère ne soit pas là.

Elle n'aurait jamais toléré le délire des Veilleurs. C'était quelqu'un qui prenait les choses à cœur. Elle se souciait de la pollution des océans, des incendies de forêt, des espèces en voie de disparition. Elle était scandalisée que des villages africains se transforment en décharges pour Occidentaux et que les ouvriers des usines asiatiques soient payés une misère pour fabriquer nos vêtements. Je l'ai déjà vue pleurer devant des photos de réfugiés morts en mer dans l'indifférence générale. Par moments, la cruauté du monde semblait l'accabler, et par moments, elle ne pouvait pas faire autrement que d'y contribuer. Mais elle ne s'est jamais résignée.

Il fut un temps, quand ils étaient tous les deux étudiants, où mon père était aussi engagé qu'elle. Maman nous parlait souvent du garçon de dix-huit ans qu'elle avait rencontré à la fac, qui avait intégré le parti des travailleurs socialistes et rallié Londres par le train de nuit afin de participer à un rassemblement anti-capitaliste. J'avais toujours l'impression qu'elle décrivait quelqu'un d'autre.

Je les ai entendus se disputer une fois à ce sujet, juste avant qu'il commence à travailler chez Tomlinson. Maman n'avait jamais rien dit devant ma sœur et moi, mais cette nuit-là, j'ai été réveillée par leurs éclats de voix.

– On va vivre grâce au cancer du poumon des autres. Comment peux-tu cautionner ça ? (Je me suis faufilée sur le palier pour mieux les écouter.) Qu'est-ce qui t'est arrivé, Mike ?

– J'ai grandi, Sonali ! a-t-il répliqué, exaspéré. J'ai grandi et j'ai compris que le monde n'était pas parfait. Il n'y a pas de société égalitaire qui sommeille derrière toutes ces injustices et qui ne demande qu'à être réveillée par une manif étudiante, une marche pacifiste ou une pétition débile. J'ai pris conscience que, contrairement à ce qu'on dit, l'argent *fait* le bonheur. Et tu sais quoi ? Je préfère avoir une belle vie que de beaux principes, parce que...

Elle l'a interrompu avec un rire froid.

– Waouh. Génial. Quel bel exemple pour nos filles.

J'ignore ce qu'elle aurait pensé des Créatures, mais elle n'aurait jamais accepté que papa bouleverse nos existences de cette façon. Les yeux fermés, je rêve de remonter le temps jusqu'à ce matin de novembre, de faire d'autres choix que ceux que j'ai faits ce jour-là. Si elle était encore en vie, il ne nous aurait jamais entraînées dans cette chasse aux chimères.

Quelque part au loin, le tonnerre se met à gronder. Des gouttes de pluie coulent du bord de ma capuche et atterrissent sur mon nez. Je m'essuie les yeux en essayant de ravaler la boule qui me serre la gorge, de chasser le poids qui m'oppresse depuis le mois de novembre. Quand je relève la tête, il fait nuit. La colère qui m'a poussée à quitter l'appartement a cédé la place à une tristesse lasse.

– Allez, Perry. On rentre.

Je l'entends fourrager dans les buissons, puis se rapprocher en trottinant. Après avoir fixé la laisse à son collier, je reprends le sentier en sens inverse. Mais j'ai sûrement raté une intersection, parce que, tout à coup, je me retrouve dans une espèce de clairière bordée d'un côté de rochers et de l'autre d'arbres. Je n'ai pas la moindre idée de la direction dans laquelle je dois aller. Quelques lumières scintillent au loin, mais je ne vois plus le Parlement.

– Merde.

Il fait nuit noire. La lune est cachée par les gros nuages, et je n'ai même pas mon téléphone pour faire de la lumière ou appeler à l'aide. *Pas de panique*, je me répète tandis que mon pouls s'accélère. Alors que je me remets à marcher en m'égratignant la main sur les rochers, quelque chose apparaît dans le ciel.

Au début, c'est à peine visible : une traînée floue, un vague mouvement qui agite l'obscurité. Ça ne dure qu'une fraction de seconde, à tel point que je pense d'abord avoir rêvé. Puis une lueur se dessine dans les nuages, comme un point rose foncé sur le ciel d'un noir d'encre. La lueur se précipite vers la terre à une telle vitesse que j'ai du mal à la suivre du regard.

Je me mets à courir, mais elle continue à me foncer dessus. Je ne capte ce qui se passe que lorsqu'elle arrive à dix ou quinze mètres de hauteur et qu'elle déploie ses ailes.

Une Créature est en train de me tomber dessus.

6

J'attends l'impact. Le craquement des os, le bris de la nuque. J'ai les paupières fermées et les poings tellement serrés que la laisse de Perry me cisaille la main. Il y a un bruit de tissu qui se déchire et de branches qui craquent. J'attends le choc douloureux et mat du corps contre le sol.

Rien.

Perry tire sur sa laisse, manquant de me faire tomber tête la première dans les fougères. Lorsque je rouvre les yeux, je découvre une silhouette sombre perchée dans un arbre à quelques centaines de mètres de moi. Ma bouche se dessèche. Des images tourbillonnent dans ma tête : un regard éteint, un crâne fracassé, du sang qui dégouline sur l'herbe. Je ne veux pas voir ça. Je ne peux pas, je ne *peux* pas. Une fois m'a suffi.

Malgré moi, je cours derrière mon chien qui file ventre à terre, petite boule blanche dans l'obscurité. Je m'arrête à quelques pas de l'arbre.

La silhouette bouge.

Je suis pétrifiée.

Elle bouge. Elle – ou il ? – s'agite entre les feuilles, se débat. Les branches de l'arbre craquent encore et, avec un cri étranglé, la Créature atterrit finalement sur le sol.

La première Créature encore en vie que la Terre ait connue.

Elle ne ressemble à aucune de celles que j'ai vues jusqu'ici (ou à ce qu'il en restait). Sa peau est d'un rose scintillant et de longues boucles rose poudré encadrent ses épaules. Elle m'a l'air d'avoir dix-huit ou dix-neuf ans, elle est petite et musclée comme une athlète ou une danseuse de ballet. Elle a des pommettes saillantes, des lèvres pleines et des yeux couleur grenat qui luisent dans la pénombre. Des yeux écarquillés et fiévreux, qui parcourent la colline et le ciel avant de se poser sur moi.

Nous nous dévisageons, l'ange et moi, immobiles. Son regard s'attarde sur mes épaules, là où devraient être attachées des ailes. Sa bouche se tord en une grimace dégoûtée tandis que la mienne s'ouvre et se ferme une bonne dizaine de fois. Je suis incapable de prononcer le moindre mot. Que dire ? « Je viens en paix » ? « Bienvenue sur Terre, modeste planète de sept milliards d'habitants » ?

– Salut !

Aussitôt, le charme est rompu. Elle recule, terrorisée, s'égratignant les ailes sur l'écorce noueuse de l'arbre. Elle crie quelque chose dans une langue que je ne comprends pas. On dirait un mélange de chant de baleines, de bruit de vagues et de sons flûtés, tous poussés à plein volume.

– Non ! Attends ! (Je m'avance, les mains tendues.) Tout va bien…

Malgré mes efforts pour réfléchir, j'ai l'esprit vide.

Il faudrait que je l'aide. Que je la cache. Que je prévienne mon père, que je lui dise qu'il avait raison. (Oh non, *il avait raison*. Il va être insupportable quand il l'apprendra.)

La Créature agrippe une branche basse afin de se hisser sur ses jambes tremblantes. Elle vacille un moment, puis ses genoux se dérobent sous son poids. Comme je fais mine de la rattraper, elle hurle et tente de me donner un coup de poing. Un horrible bruit de déchirure s'élève derrière elle.

Je retiens mon souffle.

Son aile droite présente un trou béant et des plumes roses jonchent le sol autour d'elle. La gauche, encore en parfait état, se dresse un bon mètre au-dessus de sa tête telle une voile faite de tendons et de chair. Les plumes – une infinité de teintes roses mouchetées de bleu azur, de bleu turquoise et de bleu canard – ressortent dans le noir comme de l'huile sur de l'eau.

Le visage tordu de douleur, la Créature bat doucement des ailes. Il y a un nouveau bruit de déchirure, mais elle parvient tout de même à s'arracher à l'attraction terrestre. Une bourrasque me fait tituber et soulève mes cheveux tandis que, manifestement soulagée, la Créature s'élève de vingt centimètres, de trente, d'un mètre...

Soudain, elle se met à tanguer. Elle a beau battre des ailes de plus en plus fort, elle tourne en rond, remuant les bras et les jambes comme si elle essayait de se maintenir à la surface de l'eau. Retombée au sol, elle se redresse immédiatement et fait une nouvelle tentative. Une troisième. Une quatrième. La panique l'envahit.

Elle n'a aucune échappatoire. Elle est coincée ici, sur Terre. Avec moi.

Une idée fixe émerge de la bouillie qui me sert de cerveau : je dois aller chercher mon père. On est venus ici pour qu'il attrape une Créature. Mais je m'en suis chargée, donc on va pouvoir rentrer à la maison. Je retrouverai mes amis, mon village, ma chambre...

Nouvel atterrissage forcé. Cette fois, la Créature ne se relève pas. Les lèvres pincées et les yeux fermés, elle se met à pleurer.

– Ne pleure pas... Tout va bien... Tu es en vie !

Je lui tends la main, mais elle se recroqueville le plus loin possible de moi. Elle sanglote jusqu'à ce que Perry se joigne à elle en hurlant. La Créature la regarde, tellement surprise qu'elle en oublie de pleurer. Tout son corps est agité de frissons. D'où qu'elle vienne, il est clair qu'elle n'avait jamais vu de chien.

– Ne t'inquiète pas, elle ne te fera aucun mal.

On dit que les animaux sentent la peur ; pourtant, Perry ne semble pas avoir conscience de celle de la Créature. Au contraire, elle grimpe sur ses genoux et s'y roule en boule, comme elle le ferait avec Rani ou avec moi. Puis, avec un petit *wouf* paresseux, elle entreprend de lécher les égratignures qui strient les cuisses de l'ange. Une véritable fortune, des milliers de livres de sang de Créature englouties. Si les Veilleurs voyaient ça... si mon *père* voyait ça !

Il se passe alors quelque chose d'étrange. La Créature renifle, pose une main sur le dos de Perry et la retire aussitôt, comme si elle venait de se brûler. Au bout d'un moment, elle recommence. Elle la caresse doucement, avec une expression à mi-chemin entre la terreur et l'émerveillement.

Devant ce spectacle, un sentiment de honte m'envahit. Même si ce serait la solution la plus simple, je ne peux pas la livrer à mon père. Tout chez elle est bien trop humain, de son regard à la manière dont elle cajole Perry. Papa la vendra probablement à des scientifiques, et je ne me fais aucune illusion sur le sort qui l'attend : elle sera disséquée, on lui arrachera ses ailes afin de comprendre comment elle peut voler, on l'inséminera dans l'espoir de créer des demi-anges ou des horreurs dans le genre. Quant aux sectes, ce serait encore pire : elle finirait en animal de compagnie pour des gosses de milliardaire ou en objet de sacrifice.

Je dois l'aider. Pas parce que je l'ai trouvée ni parce que c'est mon destin ou je ne sais quelle connerie, mais parce que j'ai affaire à une personne. Et qu'elle mérite d'être traitée comme telle.

Elle ne peut pas rester ici.

Je plisse les yeux dans le noir. Il faut que je trouve un endroit où la cacher, et vite. Je ne suis sûrement pas la seule à avoir remarqué la traînée rose qu'elle a dessinée dans le ciel. Des curieux ne vont pas tarder à débarquer. Cette partie de la colline est plutôt dépouillée, avec très peu d'arbres et de buissons. Je repense alors au bâtiment en ruine près duquel j'ai aperçu le photographe en montant.

La Créature s'essuie le nez. Ses larmes continuent à couler doucement.

– Il faut qu'on parte. (Je désigne le chemin en mimant l'action de courir.) Tu n'es pas en sécurité ici. Danger ! Mauvais ! On doit partir !

Elle ne réagit pas. Avec précaution, j'avance mes doigts et les glisse entre les siens. Sa peau est aussi douce que de la brume ; on la sent à peine. Elle se laisse faire durant une fraction de seconde, avant de s'écarter et de s'agripper une nouvelle fois aux branches de l'arbre pour se remettre sur ses pieds.

Le trajet dure une éternité. La Créature boite et son aile abîmée traîne sur le sol. On ne voit presque rien, malgré la lueur de braise dégagée par sa peau. J'ai le ventre noué. Ce serait un miracle qu'on parvienne à atteindre l'autre versant sans être repérées. En même temps, c'est déjà un miracle qu'elle soit en vie. Alors un de plus, un de moins...

Enfin, le bâtiment en ruine apparaît en surplomb du chemin qui descend de la colline. Je tire la Créature en arrière et l'oblige à s'accroupir avec moi derrière des ajoncs. Près de la masse sombre qui se détache sur le ciel étoilé, j'ai détecté un mouvement. Un couple est en train de se bécoter.

– Merde !

Je me couche à plat ventre, entraînant la Créature à ma suite. Elle étend ses ailes de son mieux. Ses plumes me chatouillent la nuque.

Une voix s'élève dans l'obscurité.

– C'était quoi, ce bruit ?

– Quel bruit ? Tu as peur du noir ou quoi ?

La fille glousse et prend la main du garçon. Ils

recommencent à s'embrasser. Mon cœur bat si fort que je suis sûre qu'ils vont l'entendre. Au bout d'un long moment, des pas font crisser les cailloux, puis le silence retombe. Je jette un coup d'œil par-dessus les buissons. Le couple est parti.

– Viens, je chuchote. On y est presque.

Nous gravissons la pente abrupte. La Créature gémit à cause des pierres qui lui écorchent les pieds. La ruine est beaucoup plus exposée que je ne le pensais. Perchée sur une butte au-dessus de la mare, elle est parfaitement visible depuis la route. Trois de ses quatre murs se sont écroulés et le dernier est percé de larges fenêtres. Du bout de ma chaussure, je balaie les mégots de cigarette et la bouteille de bière vide qui jonchent le sol. Elle tente de m'imiter, faisant aller sa jambe droite d'avant en arrière tel un joueur de foot dans un jeu FIFA qui aurait buggé.

– C'est bon, arrête. Tiens, mets-toi comme ça.

Je lui fais signe de s'accroupir. Malgré la fraîcheur de la nuit, je retire mon gilet à capuche pour le draper autour de ses épaules, ce qui n'est pas évident avec les ailes de ptérodactyle qui sortent de son dos. Je viens seulement de m'apercevoir qu'elle était complètement nue.

De l'autre côté de la mare, des phares balaient la route. Je me plaque contre le mur. La voiture disparaît au détour du virage qui descend vers le Parlement.

– On a eu chaud...

Je n'ai nulle part ailleurs où la cacher. Je ne peux pas vraiment la fourrer au fond de mon lit et prier pour que Rani ne remarque rien.

– Je vais aller te chercher des vêtements. Je reviens vite, promis. Et ensuite, on décidera quoi faire. OK ?

C'est loin d'être idéal mais, pour l'instant, je n'ai rien d'autre à proposer. Après avoir couvert tant bien que mal les épaules de la Créature, j'ordonne à Perry de rester avec elle et je repars en courant. Je dois être en train de rêver. À moins que je sois devenue folle. Ou que le destin ait décidé de se payer ma tête.

Mais à l'heure qu'il est, une seule question tourne en boucle dans ma tête : comment s'y prend-on pour planquer un ange ?

La solution me vient en chemin. Ou plutôt, mes pas me conduisent à la solution : l'appartement de Shona. La clé est dans la poche de mon jean gris, dans mon armoire.

Réfléchis, Jaya, réfléchis ! Shona devait rester deux semaines en Italie. Elle est partie lundi, ce qui me laisse onze jours complets (un peu plus si l'on ajoute le temps du voyage). Je grimpe la dernière volée de marches en courant, la poitrine gonflée par l'excitation. C'est un signe des dieux, s'ils existent, ou au minimum un cadeau inespéré de la hippie au bonsaï.

La lumière est encore allumée dans le couloir quand je pousse la porte de chez nous. Papa sort du salon, l'air épuisé et en colère. *Oh non, il sait.* Mais comment ? A-t-il senti l'odeur de la Créature sur moi ? Les Créatures ont-elles une odeur ?

– Tu étais où, bon sang ? Il est minuit et demi !

Je me débarrasse de mes baskets boueuses en croisant les doigts pour qu'il ne remarque pas l'absence de Perry.

– Je suis allée me promener.

– Pendant trois heures ? Sous la pluie ? (Ses yeux inspectent mes cheveux trempés et mon jean taché.) Non mais regarde dans quel état tu t'es mise. Tu ferais bien d'aller prendre une douche avant d'attraper un rhume.

Quelquefois, mon père est tellement absorbé par ses recherches que je pourrais m'immoler par le feu sans qu'il s'en aperçoive. Mais quand il joue les parents soucieux, c'est infernal. Ça sonne faux. Même avant la mort de maman, il ne faisait déjà quasiment plus attention à nous. Alors qu'autrefois, quand on vivait dans une minuscule maison du village où il tenait un magasin de musique, il venait nous chercher à l'école et nous emmenait faire du patin à glace ou boire des milkshakes au beurre de cacahuète chez Milo's Diner.

Tout a changé quand il est entré chez Tomlinson. Sa vie est devenue une succession de voyages d'affaires, de conférences, de coups de fil au milieu des repas et de retours à la maison après 22 heures. On aurait dit qu'on ne lui suffisait plus.

Mais ce n'est pas le moment d'entamer une dispute. La Créature m'attend.

– Pardon, papa. Ça ne se reproduira pas.

Lorsque j'essaie de passer, il me retient par le bras.

– Une minute, Jaya. Je...

Il me paraît tout à coup extrêmement vieux. Ses cheveux ont viré du blond sable au gris en l'espace de quelques mois, et de profondes rides sont apparues autour de ses yeux et de sa bouche. Il a trente-six ans, mais il en fait dix de plus.

– Ma puce, je suis désolé pour tout à l'heure. (Je serre les dents. Pourquoi faut-il toujours que les parents choisissent le pire moment pour ce genre de conversations ?) Je sais que tu n'avais pas très envie de venir ici, mais j'ai vraiment, vraiment besoin de faire ça. Je ne saurais pas t'expliquer pourquoi. J'ai l'impression que c'est la seule chose qui donne un sens à ma vie.

Les larmes me montent aux yeux. Il pourrait essayer d'être un père, pour changer. Peut-être que ça donnerait un sens à sa vie. Les mots sont sur le point de sortir, mais je les ravale.

– Je comprends. (C'est faux. Je ne comprends absolument pas.) Ne t'inquiète pas, tout va bien.

– Merci, ma chérie. La bonne nouvelle, c'est que je pense avoir réussi à calculer la date de la prochaine Chute. (Il me décoche un sourire radieux.) Il faut encore que je vérifie deux ou trois choses, mais elle devrait se produire le 4 août. Soit dans moins de deux semaines ! Si tout se passe comme prévu, on pourra bientôt rentrer à la maison.

Je sens monter en moi un mélange désormais familier d'exaspération, de colère, de confusion et de pitié.

– Génial, papa. Bravo. (Je me faufile derrière lui pour ouvrir la porte de ma chambre, sans prêter attention à son air blessé.) Je vais me coucher. Bonne nuit.

Rani dort déjà profondément, un bras maigrichon posé sur la rambarde du lit superposé. Laissant la porte entrouverte pour y voir quelque chose, je m'approche de l'armoire sur la pointe des pieds et récupère la clé de Shona dans la poche de mon jean. Puis j'enfile un tee-shirt sec, un sweat, un blouson, et je remplis mon sac à dos de vêtements et de chaussures pour la Créature : legging, pantalon, gilet, chemise, tous les plus larges possibles pour dissimuler ses ailes.

Quand je ressors dans le couloir, j'entends le

commentaire étouffé de l'émission de sport que papa regarde sur son ordinateur. Je rejoins l'entrée en m'arrêtant à chaque latte de parquet qui grince, avant de me glisser dehors. La rue est encore plus animée qu'à mon arrivée. Les gens sortent des pubs en chantant, en riant et en se disputant à propos de politique ou des Chutes.

Ma capuche remontée sur la tête, je longe le trottoir d'un pas vif, sans répondre aux « Il y a le feu, ou quoi ? » et autres « Cours, Forrest, cours ! ». Le temps d'arriver au bâtiment en ruine, j'ai les jambes douloureuses et la poitrine en feu. Je suis tellement heureuse de voir la Créature et Perry toujours blotties derrière le mur que j'en ai la tête qui tourne.

– Me revoilà ! J'ai trouvé un endroit où tu seras en sécurité.

J'ai l'impression de voir passer une lueur de soulagement dans les yeux de la Créature, mais c'est peut-être le fruit de mon imagination. À genoux sur le sol, je fouille dans mon sac et j'en sors le plus grand pull que j'ai trouvé (il appartenait à ma mère), un legging violet et mes chaussures de sport. Elle me dévisage d'un air éberlué.

– Viens, je vais t'aider.

Perplexe, elle replie ses ailes en grimaçant pour que je lui enfile le pull. Malgré leur taille imposante, elles sont étonnamment compactes : seule la pointe dépasse encore au-dessus de ses épaules. Je lui passe aussi mon blouson. Il est un peu serré au niveau des bras, mais avec la capuche remontée, ça devrait faire l'affaire.

Le seul problème, c'est sa peau qui scintille comme la

nacre à l'intérieur d'un coquillage. Si seulement Emma était là... elle ne se déplace jamais sans l'équivalent cosmétique d'une trousse de premiers secours. Moi, je ne mets que de l'eye-liner et une touche de gloss à l'occasion. Mais il faut y aller. On n'a pas le choix.

– En route, dis-je en lui tendant les mains.

Après un moment d'hésitation, la Créature accepte de les prendre.

Non loin de nous, une voiture freine et s'arrête dans le noir. Je m'accroupis à nouveau derrière le mur, imitée par la Créature. Une portière claque, un bruit de pas résonne sur le bitume et deux voix, celles d'un homme et d'une femme, déchirent le silence.

– Où est-ce que tu dis l'avoir vue ?

– Par ici. Elle a dû tomber juste à côté du chemin.

– Elle pourrait avoir survécu ?

– Impossible. Il y a beaucoup trop de rochers dans le coin.

Ils traversent le parking et empruntent le sentier dans la direction opposée à la nôtre. J'attends que leurs voix s'éteignent avant de sortir de ma cachette. Si ces deux-là ont vu la Chute, ils ne sont sûrement pas les seuls.

Nous descendons la colline aussi discrètement que possible, en nous tordant les chevilles sur les cailloux pointus. Je passe un bras autour de la taille de la Créature, qui boite toujours. La masse de ses ailes, fermes mais douces, se devine à travers le tissu du blouson.

– Tu vas y arriver, je murmure. Reste calme.

Perry court devant nous en s'arrêtant régulièrement pour encourager la Créature d'un petit coup de museau dans les mollets. Au moment où nous atteignons la route, un crissement de gravier au loin annonce le retour du couple.

– Je te dis que j'ai vu un truc ! insiste la femme d'une voix aiguë.

– Ça devait être un oiseau, chérie.

– Franchement, Gordon, tu as déjà vu des oiseaux de cette taille ? Oh, regarde... (Elle chuchote quelque chose à son compagnon.) Les filles ! On peut vous parler une seconde ?

La peur me noue le ventre. Mes jambes m'ordonnent de courir, mais je me force à continuer tranquillement, comme si je n'avais rien entendu. Derrière nous, les intrus pressent le pas pour regagner leur voiture. Ils démarrent alors que nous arrivons devant le Parlement.

– Vite !

Je pique un sprint, entraînant la Créature dans une petite ruelle. La voiture, une Honda rouge, avance au ralenti sur le Royal Mile. Une femme au visage rond et aux cheveux noirs et courts inspecte les alentours depuis le siège du conducteur, avant de s'éloigner. Un deuxième véhicule passe, et un troisième. La Créature laisse échapper un cri étranglé. Je mets un moment à comprendre qu'elle a peur de ces animaux de métal, de leurs moteurs qui rugissent et de leurs gros yeux lumineux.

– Ne t'inquiète pas, on y est presque. (Elle porte une main à sa bouche.) Encore un petit effort.

Heureusement, il y a beaucoup de monde dehors. Nous croisons des groupes de deux ou trois personnes trop accaparées par leurs conversations pour se soucier de nous. Plus qu'une rue, et nous serons chez moi. Mais, soudain, mon cœur fait un bond dans ma poitrine : la Honda rouge est garée devant le Starbucks, juste en face de notre immeuble. La femme aux cheveux noirs en sort, suivie d'un type dont le ventre de buveur de bière est moulé dans un tee-shirt vert.

Je prends la main de la Créature et l'attire au milieu d'une bande de jeunes qui traversent le passage piéton en titubant. L'un d'eux porte un tutu et un tee-shirt orné de sa propre photo. Au dos, je lis l'inscription : « EVG de Stephen ». Un de ses copains, un petit gros avec un tatouage de patte de chien sur l'avant-bras, nous demande où nous allons. Son haleine sent la bière et la cigarette. La Créature plisse le nez.

– Oh, on rentre. Ma copine ne se sent pas très bien.

– Ah ouais ? Elle a trop bu, je parie ! (Il se tourne vers la Créature et la dévisage en clignant des yeux, sans doute pour essayer d'y voir moins flou. Mon sang se fige dans mes veines.) Qu'est-ce qui t'est arrivé, ma belle ? T'as la peau toute cramée ! On dirait Gav pendant nos vacances aux Canaries. Hé, Gav ! Vise un peu le coup de soleil de cette fille...

Avant que Gav ou l'un de ses amis moins soûls se retourne et s'aperçoive que cette teinte rose doré n'a rien à voir avec un coup de soleil, nous bifurquons dans Cockburn Street, puis nous revenons sur nos pas en empruntant l'une des petites allées perpendiculaires au Royal Mile. Le couple est toujours planté près de sa voiture. Tandis que la femme surveille la rue d'un regard de faucon, l'homme semble s'ennuyer ferme.

Nous rasons les murs jusqu'à l'entrée de l'immeuble. Quand je pousse la Créature dans la cage d'escalier, elle fronce les sourcils. Elle n'avait sans doute jamais vu de marches.

– Par là. (Je lui montre l'exemple.) On n'a pas beaucoup de temps.

Elle hésite, mais monte d'un pas lent jusqu'au premier étage, toujours encouragée par Perry. Au quatrième, mes mains tremblent tellement que j'ai du mal à glisser la clé dans la serrure de Shona. Je finis quand même par y parvenir. Une fois à l'intérieur, je m'empresse de refermer derrière nous, en prenant soin de positionner la chaîne de sécurité.

– Merci, mon Dieu. (Adossée contre la porte, je pousse un énorme soupir.) C'était de la folie.

Le salon de Shona ressemble exactement à ce que j'imaginais. Une dizaine d'éléphants en porcelaine trônent sur le manteau de la cheminée, des tissus indiens sont drapés sur le canapé et une forte odeur d'encens plane dans la pièce. Je tire les rideaux pour éviter que les voisins nous voient, avant d'allumer une petite lampe de bureau. Mais lorsque j'invite la Créature à s'asseoir en tapotant les coussins du canapé, elle s'immobilise. Puis, sans prévenir, elle recommence à sangloter si fort que les éléphants tremblent sur la cheminée.

– Non, non, non ! Chut !

Paniquée, je regarde autour de moi. À défaut de télé, j'allume la radio pour couvrir le raffut. Une chanson de Nirvana s'échappe des haut-parleurs. Je monte le volume à fond en croisant les doigts pour que les voisins – et, parmi eux, mon père – ne viennent pas se plaindre. La Créature s'arrête au beau milieu d'un gémissement, contemple la radio d'un air étonné, puis s'en approche d'un pas hésitant.

– C'est une espèce de boîte à musique, je déclare bêtement.

J'en ai pourtant étudié le fonctionnement en cours il y a quelques années. Mais, en cet instant, je ne sais même plus comment je m'appelle. De toute façon, je ne suis pas sûre que la Créature comprendrait mes explications.

– Et tu vois, pour changer, on fait comme ça...

Les fréquences défilent en crachotant : bulletin météo, jazz, débat politique enflammé... Après avoir laissé échapper un hoquet de surprise, la Créature tourne le bouton de droite à gauche, émerveillée par la façon dont les voix se matérialisent, puis s'éteignent. Au bout de quelques minutes, elle s'arrête sur Radio 1, qui diffuse une chanson de Sia.

– Très bon choix.

Je baisse un peu le son, juste pour continuer à masquer le bruit de nos pas. La Créature déambule dans la pièce, son aile droite dessinant des traînées de sang doré sur la moquette.

– Tu as faim ? je lui demande, bien que j'aie cessé d'espérer une réponse de sa part. On va essayer de te trouver quelque chose à manger.

Elle me regarde passer dans la cuisine. J'ouvre les placards, m'attendant à découvrir des légumes secs, des céréales complètes et des biscottes vegan. Mais ils sont remplis de raviolis en boîte, de biscuits au chocolat et de chips au vinaigre. Une vraie réserve de *junk food*.

OK. Problème suivant : un ange, ça mange quoi ? Je prends un paquet de gâteaux au chocolat fourrés à la guimauve, des chips et, au nom de l'équilibre alimentaire, une clémentine dans le saladier de fruits. Quand je reviens dans le salon, la Créature est assise au bord du canapé, dont elle tripote nerveusement le tissu orange. Perry, allongée à côté d'elle, remue la queue contre les coussins brodés. Les yeux de l'ange ne cessent de parcourir la pièce, allant d'un dessin encadré de Bouddha à un vieil exemplaire des Pages jaunes, en passant par l'abat-jour violet suspendu au-dessus de sa tête.

– Tiens, c'est pour toi. C'est de la nourriture. (Face à son absence de réaction, j'opte pour le mime.) Vous... vous mangez, là d'où tu viens, non ?

À la voir, c'est difficile à dire. Elle recrache les chips, refuse de toucher à la clémentine et mord dans un gâteau sans en avoir retiré l'emballage. Je le lui prends des mains.

– Il faut d'abord l'ouvrir, comme ça.

Elle le porte à ses lèvres et plante lentement ses dents dans l'enrobage en chocolat. Son visage s'illumine. Elle fourre le gâteau dans sa bouche avant d'en engloutir un deuxième, puis un troisième. Je me passe une main dans les cheveux.

– Je regarde un ange s'empiffrer de sucreries. (J'ai l'impression de parler chinois.) C'est dingue. Juste dingue.

Mon estomac gronde, mais je suis trop nerveuse pour avaler quoi que ce soit. Tous mes sens sont submergés.

Les coussins brodés de Shona me paraissent psychédéliques. La chanson de Taylor Swift qui passe à la radio emplit mon cerveau de chocolat fondu. Mes doigts sont parcourus de fourmis lorsqu'ils frôlent les plumes de la Créature.

Peut-être est-ce dû à sa présence. Ou peut-être que la vie est censée ressembler à ça. Peut-être qu'autrefois, je ressentais les choses avec autant d'acuité. Avant de ne plus rien ressentir du tout.

La chanson se termine. Une voix de femme annonce :

– Et maintenant, les infos de 2 heures...

Je me lève d'un bond. *2 heures ?!* La Créature manque de s'étrangler avec son gâteau. Je lui montre la chambre de Shona (où elle contemple le lit avec indifférence) et la salle de bain (regard encore plus indifférent, suivi d'une illumination et d'un mouvement de tête ébahi).

– Il faut que j'y aille, mais je reviendrai demain matin. À la première heure.

Elle me dévisage depuis le canapé. Je m'agenouille devant elle. Elle a du chocolat plein la bouche et les yeux rouges à force d'avoir pleuré.

– Ça va aller. (Même si je sais qu'elle ne me comprend pas, je jurerais voir ses traits se détendre.) Je ne laisserai rien de mal t'arriver. Promis, juré.

J'ignore encore comme je vais faire, mais j'ai bien l'intention de tenir cette promesse.

8

« Qu'est-ce qu'on éprouve, selon vous, en présence d'un ange ? » Si on m'avait posé cette question il y a quelques jours, j'aurais probablement répondu : une impression de chaleur et de bien-être. Sans aller jusqu'aux harpes et aux auréoles, je me serais quand même attendue à une atmosphère un peu éthérée, tout en couleurs pastel, en filtres flous et en éclats de rire. Comme un rêve dans un film de Michel Gondry où les personnages échangent de sages paroles et de doux sourires. Bref, vous voyez l'idée.

En fait, c'est hyper stressant. Lorsque je descends chez Shona à 6 heures du matin, je trouve la Créature en train d'essayer de sauter par la fenêtre. Fermée. Elle prend son élan telle une athlète de saut en longueur et se jette contre le double vitrage. Puis elle recule en gémissant, la main crispée sur l'épaule. Perry sautille à ses pieds, ravie de ce nouveau jeu. Je laisse tomber mon sac.

– Arrête ! (J'attrape la Créature par le poignet.) Tu vas te blesser !

Elle me tord le bras pour se dégager, ce qui me fait crier. Elle est beaucoup plus forte qu'il n'y paraît ; elle pourrait facilement m'arracher la main. Retroussant les lèvres, elle siffle quelque chose dans sa drôle de langue musicale. Toute trace d'innocence a disparu de ses traits ; en cet instant, c'est davantage une louve qu'un ange.

– OK, OK !

Ses ongles ont laissé une serie de marques en demilunes sur ma peau. Je tends lentement mes paumes vers elle, comme la veille. Mon cœur bat très fort. Elle montre les dents, elle sort les griffes, et ses yeux grenat lancent des éclairs.

– C'est moi, Jaya... Tu te rappelles ? C'est moi qui t'ai trouvée et cachée ici. Je suis là pour t'aider.

Elle grogne quelque chose. Sous son masque furieux, elle se retient visiblement de grimacer de douleur. Elle a les épaules et les bras couverts de bleus, et son aile droite semble sur le point de se détacher. Dès qu'elle la bouge, elle souffre le martyre. Il y a du sang doré plein les murs et le canapé, et des plumes roses éparpillées sur la moquette. Je me sens coupable. J'aurais dû lui poser un bandage avant de partir.

– Je vais chercher de quoi te soigner. Assieds-toi, d'accord ?

Je me dirige vers la salle de bain d'un pas lent, pour ne pas lui faire peur. Sous le lavabo, je trouve une trousse à pharmacie contenant deux rouleaux de bande Velpeau et plusieurs boîtes d'antidouleurs, sans doute destinés aux jours où les cristaux de Shona ne suffisent pas. Je laisse les médicaments de côté. Ce serait quand même un comble que le seul ange en vie sur cette Terre succombe à une overdose d'ibuprofène.

Son aile est plus abîmée que je le pensais. Il manque

des poignées entières de plumes, et tout autour de la plaie, la chair est très enflammée.

– Ma pauvre. Bon, ça risque de piquer un peu...

Elle hurle, et je cours rallumer la radio, au cas où papa entendrait quelque chose à travers le plancher. Le sang imbibe les bandages d'or mat. La Créature les tripote et les renifle, l'air contrarié, mais j'ai l'impression que ça lui fait du bien. Son visage se détend un peu et elle arrête de grogner. Même s'il va me falloir du temps pour gagner sa confiance, c'est un bon début.

La matinée passe à toute vitesse. Tout est étrange à ses yeux. Elle essaie de manger l'encens de Shona, berce le bonsaï comme un bébé et ne cesse de regarder sous la radio pour comprendre d'où viennent les voix. Même le concept de meuble ne lui est visiblement pas familier. À 9 h 30, je descends à l'épicerie du coin nous acheter de quoi petit-déjeuner. En revenant, je trouve les chaises de la cuisine empilées sur la table. La Créature tente de grimper dessus, mais tout s'écroule et elle atterrit sur les fesses.

Je ne peux pas m'empêcher d'éclater de rire. Elle me dévisage un moment, puis elle baisse la tête et se met à pleurer. Je suis prise de remords.

– Oh, pardon ! Pardon... (Je m'agenouille près d'elle pour lui prendre la main. Elle me repousse.) Tout va bien. Tu n'as rien.

C'est faux, bien sûr. Depuis le début des Chutes, des centaines d'articles ont été écrits sur ce que l'arrivée des anges peut signifier pour nous : Ascension, Apocalypse, fin du Paradis... Mais, bizarrement, presque personne ne se demande ce que ça signifie pour les Créatures. Peut-être que leur monde est ravagé par la guerre. Peut-être qu'elles sont chassées de chez elles, ou victimes d'une forme de génocide. Peut-être que les Chutes sont des sauts vers l'inconnu, parce que tout vaut mieux que ce qui les attend là-haut.

– S'il te plaît, ne pleure pas. (Autant se battre contre des moulins à vent.) Tu ne crains rien, ici. Je te le promets.

Cette fois, au lieu de lui prendre la main, je lui tapote doucement la tête.

De près, ce n'est pas l'éclat scintillant de sa peau qui me coupe le souffle, ni les gigantesques ailes dans son dos. C'est l'humanité qu'elle dégage. Ses expressions sont similaires aux nôtres, ses mains tremblent comme les nôtres, ses yeux s'emplissent de la même confusion, de la même peur.

Évidemment, il y a des différences. Elle a la peau beaucoup plus douce, d'une douceur inconcevable, et ses cheveux ne ressemblent pas aux miens. Ils sont un peu cireux, comme les pétales d'une fleur. Ses épaules se raidissent lorsque je la touche, mais elle se laisse faire. Ses gémissements musicaux couvrent presque le son de la radio. Heureusement qu'une cornemuse, dans la rue, se livre à une reprise assourdissante de *Heaven* de Bryan Adams. Sinon ce ne sont pas seulement mon père et Rani qui risqueraient de l'entendre, mais tout le quartier.

– Allez, viens. Mangeons un peu.

Comme elle n'a l'air d'apprécier ni les croissants ni le porridge instantané que je viens d'acheter, je fais une nouvelle descente dans les placards de Shona : sablés au glaçage multicolore, petits beurres et un reste de biscuits au gingembre. Je l'aide à ouvrir le premier paquet, dont je sors deux sablés rose et jaune. Pour la première fois de la journée, un sourire se peint sur son visage.

– C'est bon, hein ?

Je me prépare une tasse de thé avant de revenir m'installer dans ce que je suppose être le fauteuil préféré de Shona, à l'assise fatiguée recouverte de tissu imprimé cachemire violet. La Créature se cale contre les coussins du canapé avec une légère grimace. Les vêtements que je lui ai donnés hier sont éparpillés sur le sol. Mon legging est déchiré au milieu, et le col du pull de ma mère tellement distendu qu'il ne tiendrait plus sur mes épaules.

Dans n'importe quelles autres circonstances, si je me trouvais en présence d'une fille que je connais à peine complètement nue, je serais a) mortifiée, b) mal à l'aise et c) peut-être un peu émoustillée, pour peu qu'elle soit jolie (OK, sûrement très émoustillée). Mais avec la Créature, c'est presque... naturel. Non seulement je n'éprouve aucune envie d'arracher mes propres vêtements, mais cette vision n'a rien de bizarre ni de gênant. À la limite, c'est moi qui me sens ridicule dans mon jean et mon tee-shirt du groupe Years & Years.

– D'où viens-tu ?

C'est la dixième fois que je lui pose la question. En vain. Des images surgissent dans mon esprit. J'imagine un endroit où le sol est fait de nuages, où les maisons tournent en orbite dans le ciel comme des satellites, où des villes entières flottent dans l'immensité bleue.

Des cités invisibles, des mondes impossibles. Autant essayer de se représenter une couleur qui n'existe pas – et pourtant, j'en ai des frissons, car ça pourrait vouloir dire qu'il y a tout un monde, là-haut, qui ne demande qu'à être découvert.

À moins qu'elle soit vraiment tombée du paradis ? Portes dorées, nuages duveteux, anges jouant de la harpe et Häagen-Dazs au caramel salé pour le dîner. Car les anges viennent du paradis – même un enfant de quatre ans me le dirait. D'une certaine façon, c'est la réponse la plus évidente.

C'est aussi la seule que j'ai refusé d'envisager jusqu'ici. Que je ne me suis pas *autorisée* à envisager.

Le lendemain de la première Chute, alors que je me dirigeais avec Sam vers la salle de français, Elsie Jackson, une fille timide en charge du club d'étude biblique, s'est précipitée vers moi. Elle avait les yeux brillants de larmes.

– Tu dois être tellement heureuse ! (Je l'ai dévisagée. On ne s'était jamais parlé, à part pour s'emprunter des stylos, et voilà qu'elle serrait mes mains entre les siennes.) Maintenant, tu sais que tu reverras ta mère au paradis.

Sans me laisser le temps de comprendre où elle voulait en venir, elle s'est mise à me réciter un passage de la Bible :

– « Et je vis la Cité sainte, Jérusalem nouvelle, qui descendait du ciel, de chez Dieu ; elle s'était faite belle, comme une jeune mariée parée pour son époux... » Tu vois ? Ta mère est auprès du Seigneur, Jaya. Elle est en paix.

Apparemment, Elsie n'avait pas réfléchi au fait que ma mère était hindouiste, qui plus est non pratiquante. Ou qu'elle aurait pu s'être fait avorter, ou s'être rendue coupable d'adultère, ou avoir commis l'un des centaines de péchés qui, d'après certains chrétiens, interdisent l'accès au paradis. Elsie n'était pas comme ça. Elle était fondamentalement gentille, du genre à voir le bon côté d'un serial killer. Si elle me disait tout ça, c'était parce qu'elle pensait sincèrement que ça me ferait du bien.

– Ta mère l'a peut-être vu, a-t-elle ajouté en remontant son sac sur son épaule. L'ange. Peut-être que leurs chemins se sont croisés quand elle est montée vers les étoiles.

Sam s'est mordu la lèvre jusqu'à ce qu'elle ait disparu au coin du couloir. Puis il a éclaté de rire.

– Pauvre Elsie. Elle va être super déçue quand on apprendra que c'était un coup de pub monté par Samsung ou un truc comme ça.

Sauf que rien n'est venu détromper Elsie. Au contraire, c'est Sam qui a dû se rendre à l'évidence. Trois ou quatre Chutes plus tard, la conviction largement répandue que toute cette histoire n'était qu'un canular a fini par se dissiper, et même les plus farouches athéistes ont été contraints d'envisager la possibilité d'une vie après la mort. La fréquentation des différents lieux de culte est montée en flèche ; les listes d'attente pour les baptêmes et les bénédictions s'étiraient sur des semaines, voire des années ; les boutiques en ligne se sont retrouvées en rupture de stock d'eau bénite.

Pour les gens comme Elsie, qui avaient toujours cru

en l'au-delà, ce n'était que la confirmation de ce qu'ils savaient depuis longtemps : notre passage sur Terre n'était qu'une étape.

Pour moi, c'était plus perturbant qu'autre chose. Je n'avais jamais été croyante. Même maintenant que des Créatures tombaient du ciel, j'étais persuadée qu'on finirait par trouver une explication scientifique. Et pourtant, je n'arrivais pas à chasser cette image de mon esprit : maman et l'ange se croisant dans le ciel, comme deux voitures sur une autoroute au milieu de la nuit.

J'ai toujours été nulle pour garder les secrets. Ça me donne l'impression d'avoir un bouquet de ballons gonflés à l'hélium dans la poitrine : ils montent, ils montent, et je finis par être obligée de les lâcher pour ne pas m'envoler. Quand Marek m'a avoué être amoureux de Jennie Zhang, en 6e, j'ai juré de me taire. J'ai tenu deux heures d'anglais et une demi-heure de chimie. Avant la fin du cours d'histoire, j'avais échangé la nouvelle avec Emma contre un paquet de bonbons et une rumeur sur le cousin de Kelly Hislop. Je me demande bien comment je vais faire pour cacher l'existence de la Créature à mon père et à Rani.

Par chance, ils n'ont visiblement pas remarqué que j'avais passé la journée dehors. Ils sont assis sur le sol du salon, entourés de cartes, de livres et de notes. Je m'appuie contre l'encadrement de la porte en essayant – en vain – de prendre un air innocent.

– Oh, coucou, ma puce, répond papa quarante-huit secondes (j'ai compté) après mon bonjour. (Je m'apprête à lui demander ce qu'on mange, mais il m'interrompt en levant un doigt.) Attends... je crois que je tiens un truc... je ne voudrais pas perdre le fil.

Au milieu des papiers, j'aperçois un kaléidoscope de morceaux d'anges brisés : yeux vitreux, membres en miettes, têtes entourées de mares de sang doré... comme un tragique album de famille. Je suis prise de vertige en songeant que ma Créature aurait pu finir comme eux. Un triste cadavre de plus, étalé à la une des journaux du dimanche et dépouillé de ses plumes...

Les plumes. Mon ventre se noue. Les plumes qui jonchaient la colline hier soir et formaient des taches roses dans la pénombre. Les plumes qui se vendent des centaines, voire des milliers de livres sur Internet. Les plumes qui sont le seul indice de la dernière Chute.

Les plumes que j'ai laissées là-bas.

9

Le vent les a emportées. Ou elles ont fini dans le caniveau, ou accrochées aux ajoncs, ou tissées dans des nids d'oiseau. C'est ce que je me dis en arpentant les ruines en quête de soupçons de rose dans l'herbe verte. Parce que j'ai eu beau vérifier à l'endroit où la Créature est tombée, puis retracer nos pas sur la colline, je n'ai rien trouvé. Elles ont toutes disparu.

– Quelle idiote !

J'envoie valser une bouteille de bière vide contre le mur. En contrebas, deux personnes assises au bord de la mare lèvent la tête au son du verre brisé. Puis elles reprennent leur contemplation des canards qui se disputent des miettes de pain. Perry renifle une piste invisible autour des buissons. L'espace d'un instant, je l'imagine nous menant tout droit chez celui ou celle qui a pris les plumes. On n'aurait plus qu'à cambrioler sa maison pour récupérer les preuves, tels Sammy et Scooby-Doo, en moins défoncées... Mais après avoir bâillé et fait pipi sur une touffe d'herbe, elle revient vers moi en trottinant.

– Merci le chien détective...

Je m'assois sur un rocher en arrachant une poignée d'herbe. Une crainte sourde me ronge les entrailles. Ça ne peut pas être le vent. Certaines de ces plumes étaient immenses, deux fois plus grandes que ma main, et d'une couleur très particulière. Et moi, je les ai laissées traîner là. Autant écrire « Ici est passé un ange » en grosses lettres de néon. Quelqu'un ne va pas tarder à se vanter de les avoir ramassées. En voyant ça sur InstaFall ou MessAngel, Papa et les autres Veilleurs ne mettront pas longtemps à comprendre qu'une Créature se cache en ville, et ils finiront par nous retrouver.

J'ai besoin d'aide, mais je ne sais pas vers qui me tourner. Marek ne me croirait pas, Sam péterait les plombs et Emma est incapable de la fermer : elle balancerait tout sur Twitter en moins de cinq minutes.

Je pourrais me confier à Leah, si seulement je savais comment la contacter. C'était toujours elle que les gens allaient voir quand ils avaient des problèmes. Elle terminait toutes les fêtes assise dans un coin avec une personne en pleurs, à hocher la tête comme un prêtre dans son confessionnal. On se disait souvent que si elle décidait de nous faire chanter, on serait mal, parce qu'elle connaissait les secrets de tout le monde.

Ce qui ne l'empêchait pas d'en avoir, elle aussi. Comme cette fois où on s'est perdues lors d'un voyage scolaire à Paris et où elle m'a pris la main dans les catacombes en prétendant avoir peur des crânes – même si je n'en ai pas cru un mot. Ou notre premier baiser, dans la salle de bain pendant une fête chez Sam : elle, adossée au lavabo, et moi, les mains crispées sur la porcelaine. Ou le jour où elle est venue voir un film à la maison, alors que Rani était à son cours de gym et que mon père, miracle, avait décroché de MessAngel pour aller faire des courses, nous laissant une heure entière en tête-à-tête dans ma chambre. Ou les autres fois où nous avons couché ensemble. Il n'y en a pas eu beaucoup, mais j'y ai vu autant d'étapes vers une relation amoureuse. Une relation amoureuse digne de ce nom.

Et puis il y a eu tous les jours où elle refusait de me parler, où elle se comportait comme s'il n'y avait rien entre nous, allant jusqu'à embrasser Joseph Macrae devant moi. Il y a eu tous ces mots, ces étiquettes qui s'enroulaient autour de nous et étouffaient ce que nous partagions.

Si bien que, même si je n'en voulais pas, ses secrets ont fini par devenir les miens. Tous mes amis savent que je suis lesbienne, et ça me contrariait de devoir leur cacher la vérité. Mais j'ai accepté d'attendre que Leah soit prête à faire son coming-out. J'étais persuadée que ce n'était qu'une question de mois. Je me disais qu'avec le recul, ces cachotteries nous paraîtraient charmantes et un peu ridicules.

Aujourd'hui, tout ça me paraît effectivement ridicule. Surtout par rapport à ses autres secrets. Si elle n'avait pas été aussi stressée par ce qui se passait entre nous, elle m'aurait peut-être parlé de la crise que ses parents traversaient. Elle m'aurait peut-être prévenue que sa mère voulait partir. Je ne connais toujours pas les détails, mais il a dû se passer quelque chose de grave pour qu'elle ne m'ait jamais rappelée, depuis tout ce temps.

Soudain, Perry se met à aboyer. Pendant une seconde, je me dis que j'ai eu tort et qu'elle a retrouvé la trace des plumes. Puis mes yeux se posent sur la mare où quelques dizaines de canards et un couple de cygnes nagent élégamment, ridant le reflet du bâtiment en ruine. Avant que j'aie eu le temps d'attraper sa laisse, elle s'élance sur le sentier.

– Perry, non !

Les deux silhouettes assises sur le banc tournent la tête vers l'éclair blanc qui fonce sur elles. Le garçon brandit un appareil photo et prend un cliché de Perry au moment où elle saute dans l'eau. Les canards entament un concert de caquètements horrifiés pendant que les cygnes s'éloignent, la tête inclinée d'un air réprobateur.

– Perry ! Sors de là tout de suite !

Elle remonte sur la berge, dégoulinante et un peu piteuse. Quand je me penche pour la saisir par le collier, elle m'échappe une nouvelle fois et s'ébroue en éclaboussant tout le monde. Les inconnus éclatent de rire, les mains sur le visage. Je me retourne pour m'excuser, mais les mots restent coincés dans ma gorge. Ce sont les deux jeunes qui manifestaient devant chez Céleste mardi dernier.

Je me ressaisis et parviens tout de même à bredouiller :

– Désolée. Elle fait une fixette sur les oiseaux. Elle croit qu'ils peuvent être potes.

– T'inquiète, me répond la fille. Moi aussi, j'adore les oiseaux. Même si je n'irais pas jusqu'à sauter dans une mare pour les rejoindre !

Je m'esclaffe à mon tour, sans doute un peu trop fort, parce que je n'ai pas vraiment ri depuis mon arrivée à Édimbourg. Ça me rend presque nostalgique, comme quand on redécouvre une chanson oubliée sur son iPod.

La fille penche la tête sur le côté.

– Ton visage me dit quelque chose. On se connaît ?

– Oui, on s'est croisés l'autre jour. Devant chez Céleste.

– C'est ça !

Elle lève les deux pouces. Le rouge me monte aux joues, mais je lui rends son sourire. Si elle se moque de moi, ce n'est pas méchamment.

– On y est retournés hier, ajoute-t-elle. Cette fois, le manager a appelé la police. J'étais prête à m'enchaîner à la porte, mais M. Calcul, ici présent, avait trop la trouille.

D'un signe de tête, elle désigne son frère, qui la fusille du regard. Il a les yeux de la même couleur que les siens : un brun très chaud entouré d'un cercle acajou. Mais chez lui, ils ne ressortent pas vraiment, alors qu'ils paraissent presque noirs par contraste avec le teint pâle de la fille. C'est joli.

– Désolé, mais je n'ai pas envie de me retrouver avec un casier judiciaire. (Il tient toujours son appareil photo, prêt à dégainer.) Je ne veux pas passer le reste de mes vacances dans un centre de détention pour mineurs.

Sa sœur lève les yeux au ciel.

– Il faut toujours que tu exagères. Tu sais très bien qu'ils auraient simplement pris nos noms avant de nous renvoyer chez nous. (Elle me tend la main.) Enchantée, au fait. Je m'appelle Allie, et lui, c'est Calum. On est jumeaux.

– Jaya. Et voici Perry. À cause de Katy. Ma sœur a des goûts musicaux pourris.

Ils éclatent de rire, même si je n'ai pas tout à fait raconté la vérité. C'est moi qui ai choisi ce nom. Quand j'ai reçu la chienne pour mes dix ans, j'étais complètement obsédée par la chanson *Teenage Dream*. Mais peu importe, ça fait du bien de faire rire quelqu'un.

– Tu es dure avec ta sœur ! *Roar* est un des meilleurs tubes pop de tous les temps.

Allie s'approche de la mare. Elle est extrêmement mince et mesure une dizaine de centimètres de moins que moi. Mais, paradoxalement, ça ne l'empêche pas d'être impressionnante. Elle a le port de tête d'une conférencière ou d'une danseuse classique sur le point d'entrer en scène.

– Tu vis dans le coin ? me demande-t-elle.

Elle longe le bord de l'eau, les bras écartés comme une funambule. La manche de son pull remonte, révélant un tatouage sur son poignet droit : une rose bleu-gris soulignée de bleu marine, dont deux pétales tombent vers le coude.

– Non. Enfin, si, mais juste pour quelques semaines. Mon père est là pour le boulot. (Je m'en veux de leur mentir, mais ils seraient écœurés s'ils connaissaient la véritable raison de notre séjour à Édimbourg.) Et vous ?

Je n'ai jamais été très douée pour engager la conversation. En général, je me fais des amis comme les grands maîtres peignaient des paysages : lentement, à grand renfort de couleurs et de détails. Je prends mon temps, mais le résultat en vaut la peine : mes amitiés sont le plus souvent belles et durables.

Avec Allie, pourtant, c'est facile. Elle est tellement chaleureuse et souriante que ça m'inspire confiance. Calum et elle ont dix-sept ans. Lui vient de finir le lycée, et elle s'apprête à entrer en terminale, comme moi, parce qu'elle a dû redoubler à cause d'un « petit problème de santé ». Jusqu'ici, ils ont consacré leur été à se battre contre ce qu'Allie appelle « les exploiteurs de tragédie ». En plus de chez Céleste, ils ont manifesté devant les stands de souvenirs de la cathédrale St Giles, une boîte de nuit nommée Les Ailes Brisées, et même un parc d'attractions près de Newcastle, qui a ouvert un grand huit sur le thème des Chutes.

– Pour l'instant, notre taux de réussite est d'environ 0,001 pourcent. Les gens qui pensent comme nous ne fréquentent pas ce genre d'endroits, et ceux qui y vont n'en ont rien à cirer. Ils ne considèrent pas les Créatures comme des êtres vivants.

– Je vois ce que tu veux dire. (Je songe à celle qui est cachée chez Shona.) Personne ne se demande pourquoi elles tombent ni ce que ça peut bien signifier pour elles.

– Mais oui ! (Elle lève les mains au ciel.) C'est exactement ça. Ah, ça fait plaisir de rencontrer quelqu'un qui me comprend.

Il y a un petit « clic ». Je me retourne : Calum vient de nous immortaliser en pleine discussion. Il est beaucoup plus discret qu'Allie. Il n'a prononcé que deux ou trois mots depuis le début, pour donner une précision ou corriger les exagérations de sa sœur, avant de reporter son attention sur son appareil, le ballet des canards et le soleil couchant.

Il me sourit, gêné, et enfonce ses mains dans ses poches.

– On devrait y aller, annonce-t-il à Allie. Je voudrais prendre encore quelques photos avant qu'il fasse nuit.

Elle hoche la tête d'un air sérieux.

– OK. Tu as raison, Calicot. Le monde manque cruellement de photos de couchers de soleil. (Elle se lève, défroisse sa jupe et se tourne vers moi.) Ravie de t'avoir rencontrée, Jaya.

– Moi aussi. Bonne chance pour les manifs.

Silence. J'ai envie de lui proposer qu'on se revoie, mais je ne voudrais pas avoir l'air trop insistante. Je ne sais pas comment on fait, par ici. Chez moi, c'est plus simple : les nouveaux venus sont tellement rares que ça paraît normal de leur témoigner de l'intérêt. Mais c'est sûrement différent dans les grandes villes. Et j'ai déjà attendu trop longtemps ; l'occasion est passée. Nous nous disons au revoir, puis ils se dirigent vers le parking.

Je donne un coup de pied dans le vide. Je suis trop nulle. Qu'est-ce que ça pouvait bien faire qu'ils me trouvent bizarre ? Au moins, j'aurais eu quelqu'un d'autre à qui parler que ma famille de Veilleurs et mon chien.

– Hé, attendez !

Ils se retournent. J'hésite, tiraillée entre la raison et l'instinct. Je ne devrais pas leur dire ça. Je viens à peine de les rencontrer, je ne sais pas si je peux leur faire confiance. Mais ils ont l'air si attachés aux droits des Créatures qu'ils n'iraient sûrement pas...

Les mots s'échappent de ma bouche.

– J'ai quelque chose à vous montrer.

10

– Bordel.

– Bon Dieu.

– Wouf !

Perry saute sur le canapé et se roule en boule sur les genoux de la Créature. Le regard de celle-ci passe d'Allie à Calum, puis à moi, teinté d'un mélange de désarroi, de panique et d'amusement. Les jumeaux la contemplent depuis l'entrée, pétrifiés. Le sourire aux lèvres, je m'assieds à côté d'elle comme si c'était la chose la plus naturelle du monde. Comme si j'avais traîné avec des anges toute ma vie.

– Tu as faim ? je lui demande. (Ses yeux s'illuminent lorsque je lui tends la boîte de gâteaux fourrés à la guimauve que j'ai achetée en chemin.) Cette fois, n'oublie pas de retirer l'emballage.

Ses gestes sont encore un peu hésitants mais, au moins, elle ne s'énerve pas et n'essaie plus de sauter par la fenêtre. C'est déjà ça. Oubliant les spectateurs plantés près de la porte, elle déchire le carton et en sort deux gâteaux.

Calum se passe une main dans les cheveux.

– J'y crois pas. (Son appareil photo pend autour de son cou, inutile.) J'y crois pas.

– Comment… (Allie ouvre et ferme la bouche, incapable d'articuler les mots. Sous ses taches de rousseur, sa peau est passée du blanc laiteux au blanc cadavérique.) Où est-ce que… Comment… Merde, alors !

Ils s'asseyent sur la moquette face à nous, comme deux petits enfants venus écouter une histoire. Leur expression oscille entre le choc et l'émerveillement pendant que je leur raconte tout, bien qu'ils aient encore du mal à me croire. Ils ont l'air de s'attendre à ce que la Créature retire ses ailes, efface son maquillage et leur avoue que tout ça n'était qu'une blague. Je ne leur en veux pas. Si je ne l'avais pas vue tomber de mes yeux, je n'y croirais pas non plus.

– Qu'est-ce que tu vas faire ? m'interroge Calum lorsque j'ai fini de leur expliquer comment on a réussi à regagner l'appartement sans se faire prendre. Prévenir quelqu'un ?

Allie lui donne un coup de poing sur l'épaule.

– Ça va pas ?!

– Je ne parlais pas des Veilleurs, se défend-il. Je me doute que tu ne comptes pas la vendre pour son sang. Je pensais à un centre de recherche qui accepterait de l'accueillir. Apparemment, il y en a un tout près d'ici. Ils pourraient peut-être l'aider. Essayer de comprendre pourquoi elle est tombée.

– Personne ne sait qui dirige ces centres, je lui rappelle. Comment être certaine qu'ils ne se livreront pas à des expériences horribles sur elle ? Elle risque de se retrouver avec des oreilles greffées dans le dos ou des mains à la place des pieds. Et s'ils étaient contrôlés par les sectes ? Tu imagines, si les Futurs Déchus lui mettaient le grappin dessus ?

– OK, mais les autres options, c'est quoi ? Elle ne va pas pouvoir rester ici indéfiniment.

– Et si on arrêtait de parler d'elle comme si elle n'était pas là ? intervient Allie. Pardon, mais j'ai horreur de ça. Ce n'est pas parce qu'elle ne dit rien qu'elle ne suit pas.

– Tu as raison. (J'adresse un sourire d'excuse à la Créature.) Désolée.

Elle se contente de prendre un nouveau gâteau.

– Tu crois qu'elle nous comprend? me demande Calum, avant de se tourner vers l'ange. Je veux dire, est-ce que tu nous comprends ?

La Créature essuie la guimauve restée sur ses lèvres et attrape un troisième gâteau. Au bout d'un moment, je me racle la gorge et réponds à sa place.

– Je ne sais pas. Parfois, j'ai l'impression que oui, et parfois, c'est comme si elle ne m'entendait pas. En tout cas, elle a l'air d'apprécier la radio.

Les doigts de Calum se posent machinalement sur le déclencheur de son appareil. À la réflexion, c'était une très mauvaise idée de les amener ici. Le flash risque d'effrayer la Créature, et si jamais quelqu'un tombait sur son portrait... Calum aboutit visiblement à la même conclusion, car il range l'appareil dans son sac sans un mot.

– Je peux jeter un coup d'œil à ton aile ? lance tout à coup Allie. Je pourrais peut-être te soigner. Bon, je n'ai aucune expérience en anatomie angélique, mais ce n'est pas comme si quelqu'un sur cette planète y connaissait quoi que ce soit.

Je fais signe à la Créature de se pencher en avant. Perplexe, elle copie mes mouvements, dévoilant son aile blessée. Son visage se tord de douleur lorsque Allie retire mon bandage improvisé.

– C'est moche, commente-t-elle. On dirait qu'elle a été lacérée par un objet tranchant. Elle doit avoir perdu des litres de sang, non ?

– Perry en a léché une partie, et je pense que la pluie a dilué le reste dans le sol. Je n'en ai pas gardé.

Allie hoche la tête d'un air approbateur.

– Et les plumes ?

Mon ventre se noue.

– Il y en avait pas mal par terre. C'était impressionnant.

Quelque chose se met à vibrer. La Créature sursaute et regarde autour d'elle, essayant de comprendre d'où vient le bruit. Allie sort son téléphone de son sac et rejette un appel. Calum ouvre la bouche, mais elle le fait taire d'un regard menaçant. Puis elle attrape un petit carnet violet et un stylo.

– C'est quoi ? je demande.

– Son journal intime, réplique son frère, avant de continuer, deux octaves plus haut. « Cher journal, aujourd'hui, j'ai séché l'anglais pour embrasser Filip Rutkowski derrière le supermarché, et... »

– La ferme, Calum. Tu as quel âge, douze ans ? (Elle sourit malgré elle.) Ce n'est pas un journal. C'est un calepin dans lequel je note des trucs. Pas de quoi s'exciter. (Elle se tourne vers la Créature.) Comment va-t-on t'appeler ? Puisque tu ne peux pas nous dire ton nom, on devrait t'en choisir un.

J'en reste bouche bée. Aussi bête que ça puisse paraître, je n'y avais même pas pensé. Pas plus que je n'aurais pensé à nommer la pluie.

– Bonne idée, j'acquiesce. Mais lequel ?

– Rien de trop cliché, décrète Calum. Évitons Angélique, Céleste et compagnie. Restons simples.

– Arthur ? propose Allie. Vu qu'elle a atterri sur la colline d'Arthur's Seat.

– C'est un prénom de garçon ! Pourquoi pas Gavin ou Steve, tant que tu y es ?

– On pourrait l'adapter en Arthurette ou Arthurella. Non, Arthurina !

– De pire en pire. (Calum lance un emballage de gâteau froissé sur sa sœur.) Et pourquoi pas Biscuit ? Elle a l'air d'adorer ça !

Biscuit. C'est le genre de suggestion qu'aurait pu faire Rani, mais venant de Calum, c'est plus décalé que ridicule. Je regarde la Créature, ses yeux grenat, la courbure majestueuse de ses ailes malgré les dommages qu'elle a subis. Elle devrait porter un nom royal. Un nom qui en jette. Un nom sauvage. Moi, je lui aurais donné celui d'un oiseau. Épervier, Hirondelle ou Faucon. Ce mot sucré et artificiel ne devrait pas lui aller.

Et pourtant, si.

Il lui va comme un gant.

– Biscuit, je répète en la dévisageant. (Elle lèche un reste de guimauve sur ses doigts.) Pas mal.

– Perso, je ne suis pas très desserts, mais ça sonne bien, reconnaît Allie. Bien joué, Calamar.

Elle lui tape dans la main, puis se tourne vers Biscuit

pour qu'elle fasse pareil. Celle-ci la fixe un instant avant de se resservir dans le paquet de gâteaux. Nouveau bruit de vibreur. Cette fois, c'est le téléphone de Calum. Allie et lui échangent un regard.

– Il faut vraiment qu'on y aille, dit-il. Il est tard. Ils vont s'inquiéter.

Sa sœur pousse un gros soupir.

– Sérieux, on n'a plus cinq ans. Et on a la voiture.

– Je sais, mais c'est moi qui...

– D'accord, d'accord ! (Elle se lève.) Désolée, Jaya. Nos parents se croient dans un roman de Jane Austen. S'ils pouvaient, ils me feraient accompagner par un chaperon.

Biscuit s'est emparée d'un des éléphants de Shona, qu'elle fait tourner entre ses mains. Lorsqu'elle s'aperçoit qu'on l'observe, elle pâlit et le repose précipitamment sur la cheminée.

– Qu'est-ce qu'on va faire de toi ? l'interroge Allie. Tu ne peux pas rester ici. Il faut qu'on trouve un moyen de t'aider.

Le « on » m'arrache un sourire. Ce n'est plus juste *mon* secret ni *mon* problème. C'est le nôtre. Biscuit est sous notre responsabilité à tous les trois. Dans un film de super-héros, ce serait le moment où l'équipe se forme, avec séquence d'entraînement en accéléré sur la chanson *Eye of the Tiger*.

– Je ne te dénoncerai pas, je promets en croisant les bras. Je ne fais pas confiance aux adultes. Tous ceux que je connais te vendraient contre une récompense. Il suffit de les voir, là, dehors. Ils se fichent pas mal de vous, les Créatures.

Les jumeaux acquiescent. Même Calum, qui, il y a encore une demi-heure, semblait prêt à la livrer au labo le plus proche. Il faut avouer que c'est beaucoup plus difficile de trahir quelqu'un qui porte un nom.

Un silence pesant s'installe entre nous.

– Jaya a raison, décrète finalement Allie, les poings sur les hanches. On ne peut faire confiance à personne. (Elle ramène ses cheveux derrière ses oreilles, soudain très concentrée.) Il ne reste qu'une seule solution.

– Laquelle ? je demande bêtement.

Elle se tourne vers Biscuit.

– Puisqu'il n'existe aucun endroit sur Terre où tu seras en sécurité... il va falloir qu'on te renvoie chez toi.

11

Le lendemain matin, Calum et Allie m'attendent déjà sur le pas de la porte quand je descends chez Shona. Pour deux personnes qui se ressemblent autant, ils pourraient difficilement être plus différents. Alors que Calum a les cheveux tout ébouriffés et les yeux ensommeillés, Allie ne tient pas en place.

– J'ai un plan ! m'annonce-t-elle en agitant son carnet. Enfin, presque. Plus une vue d'ensemble qu'une stratégie détaillée, mais c'est un début.

– Eh bien, tu ne perds pas de temps ! (Je tourne la clé dans la serrure.) Il est à peine 9 heures !

Calum bâille à s'en décrocher la mâchoire.

– Allie a toujours été du matin. Et de l'après-midi... Et du soir. C'est épuisant.

À l'intérieur, la radio diffuse de la pop à fond. Mon « bonjour » se fige sur mes lèvres. Biscuit est assise en tailleur sur la table, la tête baissée, les mains sur les genoux. Les bandages souillés d'or gisent sur le sol et elle a déployé ses ailes.

Elles paraissent encore plus imposantes que sur la colline, si hautes qu'elles touchent le plafond et si larges qu'elles butent contre les murs. Les plumes resplendissent d'un éclat fuchsia et corail dans la lumière du matin. Derrière mon émerveillement, je sens pointer une forme de tristesse. C'est terrible de voir cette créature scintillante et éthérée enfermée dans un salon aussi minuscule. Comme un aigle dans la cage d'une perruche.

Les autres le ressentent aussi. Après un long silence, Allie tousse. Biscuit lève la tête et rapproche ses ailes – un geste que je commence à identifier comme une forme de salut. Seule la gauche bouge ; la droite pendouille toujours une quinzaine de centimètres plus bas.

– Bonjour, Biscuit, lance Allie, intimidée. On t'a apporté le petit-déjeuner.

Elle sort un paquet de Pim's d'un sac en tissu. Les yeux de l'ange s'illuminent, ce qui détend aussitôt l'atmosphère. Sans cesser de tousser, Allie me tend un deuxième paquet.

– Tu as mangé ? Moi, je meurs de faim. Et si tu nous préparais une tasse de thé, Calebasse ?

Son frère marmonne qu'il n'est pas sa boniche, mais il s'en va quand même allumer la bouilloire. Allie disparaît dans la salle de bain. Je l'entends continuer de tousser à travers le mur pendant que Calum s'affaire dans la cuisine. Désireuse d'impliquer Biscuit dans nos discussions, je lui explique qu'Allie a un plan pour l'aider à rentrer chez elle.

– Chez toi, je répète. Là-haut, là d'où tu viens.

Je désigne le plafond. Elle se lèche la lèvre inférieure en suivant mon doigt du regard. Mon père est sans doute assis juste au-dessus de sa tête, séparé d'elle par une couche de plâtre et de parquet, en train d'essayer de déterminer où elle va tomber. Je chasse cette pensée de mon esprit. On a pris la bonne décision.

Une minute plus tard, Allie revient dans le salon en s'essuyant la bouche avec un mouchoir. Elle est encore plus pâle que la veille. Calum lui apporte une tasse de thé, dont elle vide la moitié d'un seul trait.

– Ça va ? je m'inquiète. C'était une sacrée quinte.

– Ouais, ça va. J'avais un truc coincé dans la gorge. (Sa voix est rauque.) Bon, prêtes à entendre mon idée ?

Elle s'approche de Biscuit et, joignant le geste à la parole, lui demande de pivoter sur la table. Celle-ci finit par comprendre et par nous tourner le dos. Les plumes sont poisseuses de sang, comme celles d'un oiseau mazouté.

– Il faut qu'on répare ça, déclare Allie. Pour qu'elle puisse s'envoler.

Prenant garde de ne pas toucher la blessure, elle promène ses mains au-dessus en m'exposant le point-clé de son plan : après avoir posé une sorte d'attelle, elle compte utiliser des plumes d'oiseaux pour remplacer celles perdues lors de la chute. Un peu comme une greffe, qui devrait accélérer le processus de cicatrisation et rendre à Biscuit son amplitude de mouvements.

– Notre père est un passionné d'ornithologie. C'est lui qui m'a initiée. J'ai trouvé plein de bouquins à la maison qui nous seront utiles, et on pourra aussi regarder sur Internet.

Calum vide le contenu de son sac à dos sur le sol. Des livres reliés et des manuels s'étalent sur la moquette :

Le Grand Livre des oiseaux britanniques, Introduction à l'anatomie vétérinaire, Principes intégrés de zoologie, et même les *Inventions de Léonard de Vinci.* Il y en a une bonne dizaine au total. Allie commence aussitôt à feuilleter *Aigles et Oiseaux de proie,* en s'arrêtant sur l'illustration détaillée d'une aile de faucon.

– Il faut juste qu'on détermine quels types et tailles de plumes fonctionneront le mieux, déclare-t-elle. Ensuite, je… j'essaierai de les fixer sur son aile. Moi qui veux devenir chirurgienne, ça me fera de l'entraînement.

– C'est vrai ? Quelle spécialité ?

– Les greffes. J'aime bien l'idée qu'un événement dramatique puisse déboucher sur quelque chose de positif. Quand quelqu'un meurt dans un accident, c'est très triste, et personne n'y peut rien. Mais si sa mort peut offrir une seconde chance à un malade, je trouve ça beau.

Mon sourire vacille. Ma mère a fait don de ses organes – reins, foie et pancréas. Dans les semaines qui ont suivi, lorsque je pensais à ceux qui vivaient encore grâce à ces petits morceaux d'elle, ça me faisait parfois du bien. Mais pas toujours.

– C'est cool, je commente.

J'aimerais avoir des projets de carrière aussi précis, mais je n'ai aucune idée de ce que je veux faire après le lycée. Entre l'accident et la disparition de Leah, j'ai passé mes examens de fin d'année dans un état second.

– Bah, on verra, reprend Allie. Les études sont super longues. Je n'y arriverai peut-être pas. Mais avoue que « chirurgie angélique », ça en jetterait sur mon dossier de candidature à la fac !

Nous commençons à réfléchir aux meilleurs endroits où récupérer des plumes : parcs, jardins, plages... Pendant ce temps, Biscuit enjambe le dossier du canapé et s'installe sur la table basse. Ses ailes frottent les murs et décrochent des cadres. Celle de droite se prend dans la poignée de la porte, lui arrachant une grimace. Ça m'étonnerait qu'on parvienne à la soigner avant le retour de Shona. Nous avons donc dix jours pour lui trouver une nouvelle cachette.

Allie ouvre son calepin violet pour noter quelque chose. Pendant ce temps, je feuillette distraitement l'un des livres. Biscuit, qui a fini par retourner sur la table de la salle à manger, se penche pour observer les images par-dessus mon épaule. L'une de ses ailes balaie un éléphant en porcelaine, qui atterrit sur la moquette.

– Tu as dormi ici, Biscuit ? Sur la table ? lui demande Allie. Jaya, tu aurais pu lui montrer la chambre.

– Je l'ai fait ! Mais elle préfère se percher là.

– Elle essaie peut-être de prendre de la hauteur, suggère Calum. Un peu comme dans les églises : les flèches sont censées rapprocher les gens du Seigneur.

Je repense à la pile de meubles qu'elle a voulu escalader hier. Calum pourrait bien avoir raison. Elle espère peut-être pouvoir rentrer chez elle de cette façon.

Allie renifle, l'air moqueur.

– Ouais, c'est ça. Elle a un barbecue de prévu avec Jésus et Marilyn Monroe.

– On n'en sait rien ! insiste Calum. Tu me connais, je n'ai pas l'intention de me faire baptiser ou d'aller à la messe. Mais bon, il y a des *anges* qui tombent du *ciel*, je te rappelle.

– Moi, je crois en la science, Calamité. Et ce n'est qu'une question de temps avant qu'on comprenne d'où et pourquoi ces Créatures atterrissent ici.

Calum tripote l'ouvrage sur De Vinci.

– Attends, tu es assise à côté d'un ange, mais tu n'as même pas envisagé la possibilité de l'existence d'un dieu ou d'un au-delà ?

– Je ne prétends pas détenir la réponse à la question du sens de la vie. Je ne suis pas prétentieuse à ce point. Mais non, les Chutes ne m'ont pas convaincue que quelque chose nous attend après la mort, sans doute parce que je n'en ai pas besoin. Si ce monde est le seul auquel on a droit, ça me va.

Ils se dévisagent. Quelque chose se passe entre eux, trop rapidement pour que je puisse l'interpréter.

– Bref, ça serait chouette que tu apprennes à parler anglais, Biscuit, enchaîne Allie. Comme ça, tu pourrais nous dire ce qu'il en est.

Biscuit descend de la table, laissant ses ailes glisser vers le sol tels deux voiles scintillants. Elle s'agenouille près de Calum et, un peu maladroitement, s'empare du livre sur De Vinci. Une à une, elle contemple les inventions : une arbalète, un tank, la fameuse machine volante. J'essaie de déchiffrer son expression : rien qui pourrait laisser entendre qu'elles lui sont familières, mais elle n'a pas l'air surprise ni perplexe non plus.

– Et toi, Jaya, tu en penses quoi ? m'interroge Calum. D'où viennent les Créatures, à ton avis ?

Je bois une longue gorgée de thé. Après huit mois, je ne sais toujours pas quoi répondre.

Au début des Chutes, surtout après ma discussion avec Elsie Jackson, je ne parvenais pas à me défaire de l'impression qu'elles étaient liées à la mort de ma mère. J'y voyais un signe, mais un signe de quoi ?... Pour la première fois de ma vie, je regrettais de ne pas avoir reçu l'éducation religieuse qui m'aurait offert un début d'explication. Qui m'aurait guidée comme un phare dans la tempête.

Mon père, athée depuis toujours, avait acheté des tonnes de livres sur les religions pour ses recherches : islam, judaïsme, christianisme, sikhisme, bouddhisme... les plus courantes, mais aussi plusieurs dont je n'avais jamais entendu parler. Un après-midi pluvieux, alors que Rani était à son cours de danse et qu'il faisait la sieste sur le canapé, j'en ai feuilleté quelques-uns sur l'hindouisme, en quête d'histoires d'anges ressemblant à ceux qui s'écrasaient sur la Terre.

Je n'en ai pas trouvé. Les anges n'existent pas dans la tradition hindoue comme c'est le cas chez les juifs, les musulmans ou les chrétiens. La Bhagavad-Gita évoque bien des êtres spirituels agissant de manière angélique, mais ils ont le plus souvent forme humaine. Certains exercent une influence négative, tandis que d'autres nous aident à atteindre l'éveil. Des anges gardiens, en gros. Rien à voir avec les Créatures ailées qui tombaient du ciel.

J'ai trouvé ça instructif. Peu importe en quoi croyait ou non ma mère, ça faisait partie de sa culture, et donc de la mienne. De notre histoire. Je me suis sentie plus proche d'elle, mais ça ne m'a pas apporté les réponses que je cherchais. J'ai fini par conclure que la proximité entre sa mort et le début des Chutes n'était qu'une coïncidence. Des milliers de personnes étaient décédées dans les jours qui avaient précédé la première. Tout ne pouvait pas être lié.

Pourtant, aujourd'hui encore, il m'arrive de me poser la question.

– Je ne sais pas, je réponds à Calum. On le saura peut-être un jour, ou pas... Pour l'instant, tout ce qui compte, c'est de renvoyer Biscuit d'où elle vient. Où que ce soit.

À ma grande surprise, un sourire se dessine sur les lèvres de la Créature. Ses ailes bruissent, un peu comme les vagues lorsqu'elles viennent mourir sur le sable. Et sans être certaine de croire en un ou des dieux, je me prends à prier pour que le plan d'Allie fonctionne.

12

Quand vient l'heure du dîner, nous nous disons au revoir à contrecœur. Allie et Calum ont chacun trois appels manqués de leur mère, et il ne reste plus grand-chose à manger dans l'appartement. Avant de partir, nous installons le matelas et la couette de Shona sur la table du salon. Puisque Biscuit insiste pour dormir là, autant lui rendre l'endroit confortable.

– Rendez-vous demain, 10 heures, me rappelle Allie en enfilant ses baskets.

On a prévu d'aller au Jardin botanique royal pour commencer notre collection de plumes. On a même essayé de l'expliquer à Biscuit à l'aide des illustrations des livres. Elle a paru un peu plus intéressée que par les dessins de Léonard de Vinci, allant jusqu'à caresser les oiseaux du bout du doigt et renifler les pages. Mais, à première vue, rien de tout ça ne lui évoquait un retour chez elle.

Je m'attarde encore un peu après le départ des jumeaux. Je dispose quelques gâteaux sur une assiette pour son dîner, puis j'allume la radio et je cherche une station qui lui plaît. Je commence à connaître ses goûts. Sa gourmandise s'étend aussi aux chansons : elle aime la pop sucrée, les petites voix aiguës et les percussions douces.

– Il y a de la musique, là d'où tu viens, n'est-ce pas ?

Elle hoche la tête en rythme. Les quelques sons que je l'ai entendue émettre étaient si mélodiques que c'est la seule certitude que j'aie sur son monde.

Le nez plissé, elle pousse un soupir semblable au bruit du vent dans les hautes herbes. Elle est beaucoup moins stressée par ma présence qu'au début, mais rester enfermée dans l'appartement ne lui réussit pas. Elle n'a clairement pas l'habitude de passer ses journées à manger et à écouter de la musique. Ses bras et ses jambes sont trop musclés pour ça. Son aile valide ne cesse de tressaillir ; quoi qu'il se passe là d'où elle vient, elle paraît impatiente d'y retourner.

À 20 heures, mon estomac commence à gronder et je me prépare à partir. Biscuit agite ses ailes en guise d'au revoir. Je quitte l'appartement avec la même sensation confuse que lorsqu'on se réveille en plein rêve. C'est étrange : plus je me rapproche d'elle, moins elle me semble réelle.

Dès que je franchis la porte, Rani se précipite à ma rencontre, un bol de céréales à la main.

– Tu étais où ? me demande-t-elle. Tu n'as pas eu mon message ?

Je n'ai pas regardé mon téléphone une seule fois. C'est une première.

– En ville, je réponds en retirant ma veste. Je me suis fait des amis. J'étais juste avec eux.

– Je pourrais venir avec toi, demain ? Papa doit retrouver d'autres Veilleurs à Perth pour travailler sur sa formule. Ils vont faire des maths toute la journée. Ça ne me tente pas vraiment.

– Non ! (J'ai répondu plus sèchement que je ne l'aurais voulu.) Enfin, je veux dire, tu pourrais leur être utile. Tu es forte en maths. La dernière fois, tu as eu une super note à ton contrôle de trigonométrie.

Elle se renfrogne.

– C'est bon, Jaya, pas besoin de me prendre pour une débile. Papa ne s'amuse pas à dessiner des triangles, il fait de l'algèbre de haut niveau.

Je me retiens d'éclater de rire. Elle a l'air si jeune, avec son pyjama Super Nanas et ses longues tresses à moitié défaites. Son boulot de chercheuse en théologie à temps partiel la fait paraître beaucoup plus vieille qu'elle n'est. Elle s'essuie la bouche et me jette un regard suppliant.

– S'il te plaît... On pourrait faire un truc ensemble, demain ? Visiter le donjon, par exemple ? C'est tout près.

J'hésite. Ça fait une éternité que je n'ai pas passé un moment avec ma sœur. Des mois qu'on ne s'est pas retrouvées pour un marathon cinéma, une partie de Scrabble ou une séance de manucure. Il faut dire qu'elle ne l'a pas réclamé. Elle était trop occupée à aider papa.

Mais je ne le lui ai jamais proposé non plus. En toute franchise, j'étais bien contente d'avoir une excuse pour l'éviter. Parce que faire quelque chose avec elle m'aurait rappelé tout ce qui avait changé. Aucune chance que maman nous apporte une assiette de roulés à la cannelle, fouille dans nos vernis et nous demande de lui faire les ongles. Aucune chance que papa passe la tête par la porte pour taquiner ma sœur au sujet de son groupe préféré du moment. Pour passer du temps avec elle, j'aurais dû prétendre que tout allait bien, ou admettre le contraire. Et je n'étais prête pour ni l'un ni l'autre.

– Une autre fois... je commence, avant d'être interrompue par des cris en provenance du salon.

– C'est impossible ! Impossible ! Ils ont dû trouver un moyen de les fabriquer. Elles ne peuvent pas être authentiques.

Ma mâchoire se serre.

– De quoi il parle ? je demande à ma sœur dans un souffle.

Elle vide son bol de lait.

– Aucune idée. Il a reçu quatre coups de fil en une heure.

Je pousse la porte du salon. Planté près de la fenêtre, mon père se masse la racine du nez entre le pouce et l'index.

– Tu sais quoi ? Je vais vérifier l'adresse IP. Ça nous permettra peut-être de remonter jusqu'au vendeur. Mais, franchement, je pense que c'est une perte de temps. Il y a moins d'une chance sur un million pour que ce soient des vraies.

Une voix étouffée s'excite à l'autre bout du fil. Papa l'écoute, puis marmonne un « salut » et se laisse tomber sur le canapé. Il porte le même tee-shirt qu'hier, avec la même tache de soupe à la tomate sur le col.

– Qu'est-ce qui se passe ? je m'enquiers en entrant dans la pièce.

– Oh, rien d'important. (Il secoue la tête, plus exaspéré qu'en colère.) Des plumes de Créature sont apparues en ligne, et le vendeur affirme qu'elles viennent d'Édimbourg. Certains s'enflamment et ont peur qu'on ait raté une Chute.

Quand je retrouve l'usage de la parole, je ne reconnais pas ma voix.

– Mais ça ne peut pas être le cas, si ? Quelqu'un aurait vu quelque chose.

– C'est ce que je leur ai dit. (Il me sourit.) Un petit malin a dû peindre des plumes d'oiseaux pour essayer de nous arnaquer. Je ne comprends même pas que les autres prennent ça au sérieux.

Mon sentiment de culpabilité ne cesse de croître. On a pris la bonne décision, je me répète. On a pris la bonne décision. Ces mots tournent en boucle dans ma tête comme un mantra pendant que je fais cuire des pâtes, pendant que Rani continue de me harceler pour passer la journée du lendemain avec moi, pendant que j'écoute un chanteur de rue brailler *Angel of Harlem* depuis mon lit. On a pris la bonne décision. Biscuit est plus importante que les projets de mon père, plus importante que la sensation de malaise qui me tord l'estomac. La sauver est la seule chose qui compte.

Mais, derrière cette petite phrase, une voix irritante me rappelle que ce n'est pas forcément la meilleure décision pour ma famille.

Comment être sûre que c'est la bonne décision tout court ?

13

Quand un personnage meurt dans un livre ou dans un film, ses proches ont parfois du mal à comprendre que la Terre continue à tourner. Que les gens aillent toujours au supermarché, fassent la queue à la poste, laissent traîner leur bol de céréales dans l'évier et leur linge sale au pied de l'escalier.

Moi, je n ai jamais ressenti ça. En rentrant de l'hôpital, j'ai eu l'impression de traverser un pays inconnu. Le jardin où maman avait passé tellement d'heures à planter et tailler ses fleurs était devenu étrange et sauvage. La maison me semblait à la fois plus grande et plus petite, comme si les murs étaient recouverts de miroirs de fête foraine. Les scones à l'ananas et aux cerises qu'elle avait laissés refroidir sur la grille du four avaient rassis. De toute façon, je ne me pensais pas capable de remanger un jour. Son parfum flottait encore dans la salle de bain, plus entêtant qu'autrefois. Plus sucré.

Même au bout de plusieurs semaines, une fois ses cendres dispersées sur le Loch Ness, une fois Ammamma et le reste de la famille repartis pour Londres après nous avoir embrassés sur le front, je n'ai pas vécu de « retour à la normale ». L'absence de ma mère se ressentait partout : dans la pelouse qui n'avait pas été tondue, dans les livres de cuisine qui prenaient la poussière sur le micro-ondes, dans le petit coin ensoleillé du salon où plus personne ne s'installait pour lire. Tout était différent, comme si son départ avait secoué jusqu'au moindre atome de l'Univers. Et c'était moi la responsable.

J'éprouve la même sensation, le lendemain, en arrivant au Jardin botanique. La pluie du week-end a cédé la place à un soleil radieux, et l'endroit est bondé : des enfants y jouent à cache-cache, des étudiants lisent sur l'herbe, des couples se promènent entre les massifs de fleurs. Tandis que je traverse le parc pour rejoindre Allie et Calum, des images de notre précédente visite ici me reviennent en mémoire. Maman agenouillée près d'un buisson pour prendre un écureuil gris en photo ; Perry poursuivant un chihuahua terrifié sur la pelouse, avant d'être poursuivie à son tour par le propriétaire furieux. Le jardin n'a pas changé, mais ce n'est plus le même qu'il y a quelques années. Trop de fantômes errent autour du lac et entre les arbres.

Ce matin, Rani m'a encore demandé si elle pouvait nous accompagner. Je regrette presque de ne pas avoir accepté, au lieu d'avoir filé en douce pendant qu'elle discutait avec papa. Mes souvenirs sont comme des morceaux de tissu aux bords effilochés. Peut-être qu'ensemble, on pourrait composer un patchwork plus grand qui nous réconforterait toutes les deux.

Heureusement, tous les changements ne sont pas négatifs. J'aperçois Calum qui déambule à travers l'arboretum et Allie qui agite sa main gantée de caoutchouc dans ma direction. Elle a choisi une tenue de circonstance : jupe imprimée de petits oiseaux bleus et longues boucles d'oreilles en plumes. Elle est mignonne. Plus que ça : elle est belle.

– Ça commence bien ! m'annonce-t-elle en tirant trois longues plumes blanches de son sac. Regarde ce qu'on a trouvé !

– Chouette ! (Perry bondit vers elle pour lui faire la fête.) Alors, dis-moi tout : ce sont des plumes de quoi ?

Elle se racle la gorge et adopte un ton de commentatrice de documentaire animalier.

– Ces spécimens proviennent du *Larus argentatus*, plus communément appelé goéland. Ils sont un peu sales, mais ça devrait faire l'affaire. Bien que M. l'Hypocondriaque, ici présent, soit persuadé que nous allons tous attraper la grippe aviaire et mourir.

Elle pointe ses plumes sur Calum, qui les écarte d'un geste, les sourcils froncés.

– Quoi ?! Je suis juste réaliste ! se défend-il. Les oiseaux trimballent plein de maladies. (Il sort une bouteille de gel hydroalcoolique de sa poche.) Et le système immunitaire de Biscuit n'est sûrement pas capable de lutter contre les microbes actifs sur Terre. Je suis déjà étonné qu'elle ne soit pas allergique à Perry ou à nous.

J'ouvre de grands yeux ; je n'y aurais jamais pensé. Allie balaie les arguments de son frère d'un revers de la main.

– Bah, ça va aller. On n'aura qu'à les stériliser avant de les coudre sur son ai... (Elle s'interrompt pour laisser passer une femme qui promène une énorme poussette double.) Son écharpe.

Je souris.

– Oui, ou son éventail.

– Minute, minute, intervient Calum. Je croyais qu'on devait décorer son étagère ?

Nous arpentons l'arboretum en continuant à échanger des mots qui commencent par « é ». En seulement vingt minutes, nous trouvons quatre plumes de merle, deux de mésange bleue, deux de moineau et encore trois de goéland, tout ça dans le même coin. Perry, elle, poursuit les oiseaux en agitant la queue. Il fait tellement chaud que je retire bientôt mon pull. De temps à autre, on s'accorde une petite pause sur l'herbe, au soleil. Pour la première fois de l'année, je me sens en vacances.

Une seule chose vient entacher ma bonne humeur : je n'arrive pas à me sortir de la tête le coup de fil reçu par mon père.

– Ça va ? me demande Allie en se penchant pour ramasser une plume de merle. Tu es bien silencieuse, tout à coup.

Même s'il m'en coûte de reconnaître à quel point j'ai été stupide, je leur raconte ce que je cherchais le soir où je les ai rencontrés sur Arthur's Seat et ce que j'ai appris la veille. Calum paraît stupéfait.

– Ils disaient quoi, dans l'annonce ? m'interroge-t-il sans se soucier de Perry, qui voudrait qu'il lui lance un bâton. Ils les vendaient ? Ça venait d'une société, ou d'un particulier, ou de...

– Aucune idée ! Mon père est persuadé que c'est un *fake*. Il se voile la face, comme d'habitude.

– Attends, ton père est un Veilleur ? s'étonne Allie. Tu ne nous l'avais pas dit !

Elle plisse les yeux, et je l'imite.

– La première fois que je vous ai vus, vous manifestiez contre eux devant un restaurant. Si je vous avais avoué la vérité, vous m'auriez mise dans le même sac que mon père. Alors que je suis tout le contraire : je déteste les Veilleurs. C'est bien pour ça que je ne lui ai pas parlé de Biscuit !

Allie croise les bras devant sa poitrine.

– Mais c'est la raison de votre séjour ici ? Il chasse les Créatures ?

– Il a conçu une espèce d'algorithme d'après lequel la prochaine Chute devait avoir lieu à Édimbourg cet été. (Le rouge me monte aux joues. Je suis gênée de parler de ça, surtout à Allie.) Alors on est venus, oui.

– Il avait vu juste, commente Calum. Sauf que c'est toi qui as trouvé Biscuit.

Je n'avais pas envisagé les choses sous cet angle.

– On peut dire ça. Même si c'est juste une coïncidence. Les Chutes sont trop imprévisibles pour que son programme fonctionne.

– Peut-être. Mais maintenant que quelqu'un a récupéré les plumes, ils vont chercher Biscuit, continue-t-il.

Allie hausse les épaules.

– OK, et après ? La piste s'arrête là. Du moment que personne ne vous a aperçues, on ne vous retrouvera jamais. Arrête de t'en vouloir, Jaya. Tu as quand même vu une Créature tomber du ciel. C'est déjà incroyable que tu aies eu la présence d'esprit de la cacher. Alors tant pis pour les plumes ! (Elle me sourit. Mes liens avec les Veilleurs sont visiblement pardonnés, à défaut d'être oubliés.) Allons près du lac. Il y aura peut-être des plumes de canard.

À force de fouiller entre les azalées, sous les buissons et au bord de l'eau, nous avons bientôt une cinquantaine de plumes de tailles et de formes différentes. Ça ne suffira pas pour réparer l'aile de Biscuit, loin de là, mais c'est un bon début.

À 11 h 30, Allie décrète qu'on a mérité de manger un bout. Elle envoie Calum – qui soupire mais s'exécute – nous acheter des glaces. Elle et moi nous dirigeons vers le jardin chinois, où nous nous installons sous le pavillon près du lac. Un étourneau est perché sur la rambarde en bois. Il s'enfuit à notre approche, aussitôt poursuivi par Perry, dont Allie regarde la queue blanche s'agiter.

– J'aurais bien aimé avoir un chien, mais ma mère n'a jamais voulu. Elle est encore pire que Calum, complètement parano avec les microbes et...

Elle s'interrompt, saisie d'une quinte de toux. C'est encore pire qu'hier, on dirait que quelqu'un se sert de ses poumons comme d'un punching-ball. Je tends la main pour lui taper dans le dos, un geste plus symbolique qu'autre chose, mais elle secoue la tête. Quand la crise s'arrête enfin, Allie est toute rouge et respire difficilement.

– Ma pauvre, je commente. Tu as consulté un médecin ?

– Oui. Ne t'inquiète pas, c'est moins grave qu'il n'y paraît. (Elle s'essuie la bouche avec un mouchoir avant de sortir deux barres de céréales aux fruits secs et aux noix.) Tu en veux une ? Elles sont super bonnes.

Je vois bien qu'elle essaie de changer de sujet, comme je le fais systématiquement avec Rani ces derniers jours, mais j'accepte la barre.

– Revenons-en à ton père, enchaîne-t-elle. Qu'est-ce qu'il comptait faire de la Créature une fois qu'il l'aurait attrapée ?

– Bonne question. La vendre, sans doute. Avant le début des Chutes, il travaillait beaucoup et passait son temps en déplacements professionnels. Je ne sais pas s'il pense avoir trouvé un moyen plus facile de gagner de l'argent ou s'il a juste troqué une obsession contre une autre. Sans doute un peu des deux.

Allie fronce le nez, compatissante.

– *Idem* chez moi. Enfin, pas à cause des anges, mais mes parents sont toujours hyper stressés – par le boulot, nos études, où je suis et ce que je fais... Il y a des moments où j'ai envie de les enchaîner à un fauteuil avec une bouteille de vodka pour les forcer à se détendre.

– Ça m'étonnerait que ce soit la solution pour mon père. Vu tous ses délires de Veilleur, il a déjà une légère tendance à l'addiction.

Elle sourit. Le genre de sourire qui envahit tout un visage, des fossettes jusqu'aux coins des yeux. Mon cœur fait un salto dans ma poitrine, comme si quelqu'un m'avait attrapée par les chevilles et retournée, la tête en bas. Je n'avais pas ressenti ça depuis longtemps. Depuis Leah.

Je me sens coupable. Même si notre dernier rendez-vous remonte au mois d'avril, on ne s'est jamais officiellement séparées, elle et moi. On n'a jamais officiellement été ensemble non plus, mais ça ne veut pas dire que ça ne comptait pas.

– En tout cas, conclut Allie, quelle que soit la raison pour laquelle ton père t'a traînée ici, je suis contente qu'il l'ait fait. (Elle plie et replie l'emballage de sa barre de céréales.) Pour Biscuit, je veux dire.

Ses oreilles ont viré au rose. Avant que j'aie pu lui répondre, Calum revient avec trois cornets à la vanille. Je me dépêche d'étouffer l'étincelle de culpabilité suscitée en moi par le souvenir de Leah. Après tout, c'est elle qui a choisi de tourner la page.

Ici, à des centaines de kilomètres de tout ce qui s'est passé ces huit derniers mois, il est peut-être temps que je fasse pareil.

14

Notre chasse au trésor me donne l'occasion d'explorer Édimbourg comme jamais, cette semaine-là. Nous prenons le bus jusqu'à la plage de Portobello pour ramasser des plumes sur le sable. Nous récupérons celles des moineaux et des pinsons sous les arbres du parc des Meadows, indifférents aux regards curieux des joueurs de Frisbee et des familles en plein pique-nique. À chaque fois, je regrette que Biscuit ne puisse pas nous accompagner. Je m'en veux de profiter du grand air et du ciel immense, alors qu'elle n'a droit qu'à un minuscule aperçu de bleu par les fenêtres de l'appartement.

Mais à quelques jours du Fringe Festival, il y a beaucoup trop de monde en ville pour qu'elle sorte ne serait-ce qu'une minute. D'autant que les rumeurs au sujet des plumes roses se sont répandues. Quand nous retournons sur Arthur's Seat, nous trouvons la colline envahie de Veilleurs qui passent l'herbe au peigne fin. On doit leur ressembler, d'ailleurs, penchés sur les fougères et les ronces qui bordent le chemin. J'ai constamment peur que quelqu'un nous démasque.

Le mardi, nous tombons sur un véritable jackpot sous un pont, non loin du Parlement. Une pauvre mouette y a visiblement rencontré un pare-brise. Allie décrète que nous avons maintenant de quoi réparer l'aile de Biscuit. Nous nous donnons rendez-vous le lendemain chez Shona, comme tous les matins depuis une semaine. À force, j'ai l'impression que cet appartement appartient à Biscuit.

En arrivant, je la trouve endormie sur la table, son aile valide drapée autour d'elle comme une couverture. Elle a mis la radio sur une station de musique folk qui diffuse des chants traditionnels et des airs de violon endiablés. Dehors, le vacarme des marteaux et des perceuses couvre presque celui des cornemuses, car on commence à monter des scènes le long du Royal Mile. Entre les Veilleurs et les festivaliers, les prochaines semaines s'annoncent infernales.

Tout ce raffut n'empêche pas Biscuit de dormir. Les sourcils froncés, elle tressaille de temps à autre et marmonne quelques mots d'une voix tendue. J'ignore de quoi elle rêve, mais ce n'est certainement pas de nuages blancs et de portes dorées.

Soudain, un grand bruit métallique s'élève d'un camion et elle se réveille en poussant un cri. Elle se met à quatre pattes, complètement perdue. Je me précipite vers elle pour la rassurer. Son regard est toujours inquiet, mais elle inspire profondément et se rassied en écartant de son visage ses cheveux emmêlés. Puis elle roule des épaules et fait onduler ses ailes.

– Bonjour, Biscuit. Tu as bien dormi ? On aurait dit que tu faisais un cauchemar.

Je mime le sommeil de mon mieux, les yeux fermés et la tête posée sur mes mains jointes.

Biscuit ouvre la bouche. Ses lèvres remuent en silence, puis elle les tâte du bout des doigts comme pour sentir les mouvements qu'elles dessinent. Durant une fraction de seconde, j'ai l'impression qu'elle va parler. Mais elle se contente d'incliner la tête et de contempler le plafond, dont le plâtre grisâtre lui masque le ciel.

– Tu dois avoir le mal du pays. Des gens doivent t'attendre, là-haut. Ils doivent te manquer aussi.

Au même instant, un air irlandais mélancolique débute à la radio. Biscuit se tourne vers l'appareil, attirée par l'émotion qui se dégage de la chanson. J'essaie de me représenter ce à quoi elle pense, à quoi peuvent ressembler le foyer, les amis et la famille qu'elle a laissés derrière elle. Et c'est ainsi que je me retrouve à songer au père de Leah.

Ça m'arrive souvent ces temps-ci. Je l'imagine tout seul dans cette maison qu'il partageait avec sa femme et sa fille. J'imagine les chaises inutilisées, les chambres silencieuses derrière les portes closes. L'absence est une opération mathématique : diviser par trois la lessive, diviser par trois la vaisselle, diviser par trois les bruits de pas dans l'escalier. Soustraire la musique de l'autre côté du mur. Soustraire les traces de maquillage sur les serviettes de toilette. Ajouter du silence. Et encore du silence.

J'ai fait les mêmes calculs, mais l'absence ressentie est toujours plus élevée que le résultat.

Biscuit me regarde. Elle porte une nouvelle fois ses mains à ses lèvres et murmure quelque chose que je ne comprends pas. Même si nous sommes incapables de communiquer, nous avons au moins un point commun : la perte d'êtres chers. Ça me donne une vague idée de ce qu'elle peut ressentir.

Je commence à disposer les plumes sur la moquette, en attendant Allie et Calum. À gauche, les petites duveteuses et celles en éventail ; à droite, les longues et élégantes. Quelques minutes plus tard, on frappe à la porte. Calum se tient sur le seuil, rouge et essoufflé d'avoir porté Allie sur son dos. Les jambes ballantes, celle-ci serre ses bras maigres autour du cou de son frère. Un tube en plastique lui sort du nez.

– Oh, mon Dieu, ça va ? je m'exclame. Qu'est-ce qui t'arrive ?

Elle me sourit faiblement. Elle est en pantalon de pyjama bleu ciel décoré de nuages, avec de grosses baskets montantes, un duffle-coat bleu marine et une écharpe rayée bleu et blanc. Calum a enfilé un jean et un sweat à capuche, mais il est tout ébouriffé et il a de gros cernes sous les yeux.

– Je vais bien, me rassure Allie. J'ai juste passé une mauvaise nuit.

– Ça vous dérange si on discute à l'intérieur ? supplie Calum d'une voix haletante. Dans trois secondes, je vais tout lâcher.

Je m'écarte pour les laisser passer. Calum retient sa sœur d'une main et, de l'autre, il traîne une espèce de bouteille verte montée sur un chariot métallique. Une fois dans le salon, il dépose doucement Allie sur le canapé. Elle paraît épuisée. Son visage pâle a pris une teinte blafarde, et ses cheveux toujours si bien coiffés ont été attachés à la va-vite.

– Ne t'inquiète pas, insiste-t-elle en toussant. Ce n'est pas si grave que ça.

Une centaine de questions se bousculent dans ma tête, mais je n'ai pas le temps de les poser. Biscuit se précipite dans la cuisine, me frôlant au passage de son aile valide. Elle fouille dans les tiroirs et revient en croquant un cracker suédois, qui ne doit pas lui plaire, car elle émet un gargouillis d'évier bouché et recrache tout. Après vérification, je constate qu'on a épuisé le stock de sucreries de Shona.

– Et si tu essayais les légumes, pour changer ? (Je passe en revue les boîtes de conserve alignées au fond du placard.) Je m'en voudrais un peu de lui provoquer un diabète de type 2.

– Euh, pour ma part, il est hors de question que je mange des haricots verts au petit-déj, me prévient Calum. Je vais faire un saut au supermarché.

Il repart, me laissant seule avec Biscuit et Allie. Mes yeux se posent malgré moi sur le tube dans son nez. Avant que je puisse dire quoi que ce soit, Biscuit se penche et tire dessus pour l'examiner. Allie le récupère en riant.

– Tu devrais prendre exemple sur elle, Jaya. C'est juste un tube à oxygène. (Elle le remet en place.) Je me demande pourquoi les gens ont toujours peur de m'en parler. Je suis au courant qu'il est là. On aurait difficilement pu me le coller dans le nez sans que je m'en rende compte.

Je m'aperçois que j'ai gardé la bouche ouverte.

– Et, euh, tu as quoi, en fait... ?

– Une fibrose kystique. (Devant mon air perplexe, elle continue.) Une mucoviscidose, si tu préfères. C'est une maladie génétique chronique. Mes poumons et mon pancréas sécrètent un mucus gluant qui encombre mes voies respiratoires et m'empêche de respirer normalement. J'ai subi une double greffe de poumons quand j'avais quatorze ans, et ça va beaucoup mieux maintenant.

Elle dit ça comme si elle parlait de se faire arracher une dent. Je mets un moment à encaisser la nouvelle. Une double greffe de poumons. L'ampleur de ce que ça représente me laisse sans voix. Je n'ai pas de mots pour aborder une chose pareille.

– Oh. Je suis vraiment désolée. (C'est nul.) C'est grave ?

La question est idiote, mais ma connaissance de la mucoviscidose se limite à... eh bien, à ce que je viens d'apprendre il y a trente secondes. Allie sort de son sac un pilulier en plastique jaune, un peu comme celui d'Ammamma. À travers le couvercle, je distingue des dizaines de médicaments rouges, blancs et verts.

– Ça, c'est de la ciclosporine, un traitement antirejet. Ça, du voriconazole, pour lutter contre les infections. Ça, un antidouleur pour ma colonne vertébrale ; ça, des suppléments protéinés – je n'assimile pas bien ce que je mange, c'est pour ça que je dois multiplier les collations. Ça, c'est juste des vitamines...

Elle me les présente comme s'il s'agissait de vieux amis. Il y a les antibiotiques, les médicaments antiulcère, les enzymes pancréatiques de substitution. De quoi traiter toutes sortes de problèmes dont j'ignorais jusqu'ici l'existence. Biscuit attrape une petite gélule verte, qu'elle observe à la lumière de la fenêtre.

– Ouh là, je murmure en la récupérant avant qu'elle ait l'idée de l'avaler. Tout ça pour une semaine ?

Allie éclate de rire.

– Une *semaine* ? Non, c'est juste pour aujourd'hui ! Je suis un peu comme les vieux automates à pièces de l'ère victorienne. Normalement, je n'ai pas besoin d'oxygène – là, j'ai juste attrapé une vilaine infection. Mais si je n'avale pas tout ça, je m'éteins.

Elle fait mine de s'effondrer comme un robot privé d'électricité.

Je suis incapable de faire le tri dans mes pensées. L'image que je me fais des gens malades ne correspond pas à la fille têtue et enjouée que je connais depuis huit jours.

– Je suis vraiment désolée, je répète. Ça craint.

Les mots sont à peine sortis de ma bouche que je les regrette. Ils sont beaucoup trop tièdes, trop désinvoltes.

– Bah, c'est comme ça. Évidemment, je ne vais pas prétendre que c'est le pied. Les effets secondaires sont soûlants. Rater les cours aussi. Et le fait de toujours, toujours avoir ça à l'esprit. Je dois faire un million d'examens par jour. (Elle déchire l'emballage d'une de ses barres de céréales.) Mais ma vie est beaucoup plus facile qu'avant l'opération. La principale menace, maintenant, c'est les infections. En gros, je n'ai plus de système immunitaire. Je dois faire super gaffe avec les animaux, et je n'ai même pas le droit de manger de sushis. Mais, sincèrement, par rapport à avant, j'ai l'impression d'être une super-héroïne.

Je cherche quelque chose d'intelligent à dire, mais rien ne me vient. Pour la première fois depuis que je côtoie Allie, un silence gêné s'installe entre nous. On n'entend que le bruissement des ailes de Biscuit et la radio. Allie se blottit sur le canapé, les mains dans les poches de son duffle-coat. Elle pousse un énorme soupir.

– Tu vois, c'est exactement pour ça que je ne voulais pas t'en parler. Je n'ai pas honte d'avoir la mucoviscidose. Je ne m'en cache pas. Mais ce n'est pas la chose la plus importante chez moi. Ce n'est pas ce qui me définit.

– Bien sûr que non.

– Il y a des moments où je n'ai pas envie d'y penser, tu comprends ? Personne ne me laisse jamais l'oublier. *Jamais*. Chaque fois que je prévois un truc, j'ai droit à : « Tu es sûre que tu te sens d'attaque ? » ou « Surtout, n'oublie pas tes médicaments. » Quand ce n'est pas ma mère, c'est mon père, ou Calum, ou mes profs, ou même mes amis. Aux yeux du monde entier, je suis la-fille-qui-a-la-mucoviscidose. (Du bout du doigt, elle suit les contours d'un éléphant brodé sur un coussin.) C'était sympa de passer du temps avec quelqu'un qui me trouvait normale. Ne serait-ce que quelques jours.

– Je te trouve toujours normale. (Biscuit se rapproche dans son dos. Ses lèvres s'agitent rapidement, sans bruit, comme celles d'une actrice de film muet.) Et tu n'as pas à t'excuser de ne pas me l'avoir dit plus tôt. Ça ne me regardait pas. Il n'y a aucun problème.

Allie me regarde en haussant les sourcils.

– Vraiment ? Alors pourquoi tu es aussi mal à l'aise ?

– Désolée. (Je me frotte la nuque.) C'est juste que je ne sais pas trop comment me comporter avec les malades. Même si tu n'as pas l'air malade ! Tu as l'air...

– Quoi ? Normale ? Je *suis* normale. Aujourd'hui, ma mère ne voulait même pas me laisser sortir. Je lui ai dit que je montais faire une sieste. Calum l'a baratinée avec ses histoires de photographie animalière pendant que je me faufilais par la porte de derrière. C'est pour ça que je suis en pyjama ; on a dû faire vite.

– Et quand elle verra que tu n'es plus là, elle va me tuer.

Calum se tient sur le seuil, un sac en plastique dans une main et un paquet de biscuits dans l'autre. Il l'ouvre aussitôt et en offre un à l'ange, qui l'engloutit avec un cri de joie.

– Relax, commente Allie en se servant à son tour dans le paquet. On a encore une bonne heure devant nous avant qu'elle s'en aperçoive.

– Tu sais bien que c'est faux. Je parie que dans moins de cinq minutes, on va recevoir un coup de fil. Sans doute sur mon téléphone.

– Dis, Calcul, ça t'arrive souvent de traîner avec un ange ? s'énerve sa sœur. Il n'est pas question que je passe tout mon été au lit. Et puis tu as peur de quoi ? Qu'elle te prive d'argent de poche ?

Ils échangent des regards noirs, comme s'ils se renvoyaient une balle de ping-pong. Je suis partagée entre l'envie de rire et celle de m'en aller.

C'est le moment que choisit Biscuit pour se mettre à parler.

– Et la Lune resplendit, au plus noir de la nuit, quand je songe à ma mie.

La mâchoire m'en tombe. Calum fait un tel bond qu'il manque de se cogner la tête au plafond. Biscuit nous dévisage, les lèvres pleines de miettes.

– Que... qu'est-ce que tu viens de dire ? je bégaie.

– Tu as parlé de la Lune *?* (Allie se penche sur l'accoudoir du canapé, les yeux brillants. Pendant un instant, j'ai l'impression de voir la petite fille qu'elle a dû être, celle qui escaladait les meubles en pyjama *Star Wars* et se fabriquait des fusées avec de grands cartons.) Est-ce que... non, c'est impossible... C'est de là que tu viens ? De la *Lune ?*

Un peu perdue, Biscuit s'essuie la bouche avant de répondre :

– Laissons la soie aux fous et le vin aux voyous, un homme est un homme sans cela.

On dirait un peu une énigme. Ces mots me rappellent quelque chose, quelque chose qui date de l'école primaire... Et tout à coup, ça fait tilt.

– C'est un texte de Burns ! Robert Burns, le poète ! J'ai appris ses chansons quand j'étais petite. Biscuit, tu essaies de... chanter, c'est ça ? je lui demande.

Calum explose de rire. Allie sourit malgré sa déception manifeste. Ça me fait de la peine. Je m'approche de l'ange à genoux.

– Elle a dû entendre ça à la radio. Qu'est-ce que tu sais chanter d'autre, Biscuit ?

Celle-ci se mord la lèvre, puis enchaîne avec une autre œuvre de Burns.

– Jamais je ne blâmerai mon fol esprit, car rien ne résiste à ma Nancy.

Cette fois, tout le monde s'esclaffe, même Allie.

– C'est dingue qu'elle ait compris aussi vite comment reproduire ces sons ! s'extasie-t-elle. Bon, ce n'est sans doute pas ce que j'aurais choisi comme introduction à notre civilisation, mais c'est mieux que rien.

Je tends la main à Biscuit pour qu'elle tape dedans ; elle se contente de m'attraper un doigt. Nouveaux éclats de rire. Pendant qu'Allie finit de trier les plumes, je parviens à tirer de l'ange quelques nouvelles bribes musicales : deux ou trois lignes d'un chant de Noël et une mélodie inintelligible que je suppose être en gaélique. Calum se dirige vers la radio.

– Maintenant qu'on a bien rigolé, si on lui mettait une autre station ? Elle pourrait apprendre quelque chose d'utile. (Il tourne le bouton jusqu'à tomber sur une voix de femme âgée à l'accent snob.) Tiens, Radio 4. Rien de tel qu'une bonne vieille chaîne de la BBC.

Allie ricane.

– Génial. Elle va bientôt pouvoir nous réciter des recettes de cuisine et des extraits de feuilleton.

– Et alors ? Ça lui fera du vocabulaire. (Calum, d'ordinaire si blasé, semble tout excité.) On tient peut-être un truc, vous savez. Elle va peut-être finir par nous donner des réponses.

15

Quand je regagne mon appartement ce soir-là, je trouve mon père en train d'arpenter frénétiquement le salon. Il attrape des papiers qui traînent, lit quelques lignes dans un livre ou un autre, puis se jette sur son ordinateur portable afin de prendre des notes. Des coupures de journaux jonchent le sol comme les feuilles mortes en automne, et le canapé disparaît presque sous les livres ouverts. Rani l'observe depuis la porte en se tripotant les cheveux.

– Qu'est-ce qui se passe ? je lui demande.

– Bonne question. (Elle semble un peu contrariée.) Tu veux bien nous préparer un truc à manger ? Je meurs de faim.

Comme il ne reste plus rien dans la cuisine, je prends un billet de vingt livres dans le portefeuille de mon père avant de descendre à la pizzeria d'à côté. Quinze minutes plus tard, Rani et moi nous asseyons dans notre chambre avec des canettes de Coca et une maxi hawaïenne à partager. Ma sœur cale son téléphone contre le pied du lit pour regarder la vidéo d'une chaîne d'infos américaine.

– Il y a eu une nouvelle Chute à Oman hier soir, me rapporte-t-elle. Ça fait quatre-vingt-sept en tout.

Quatre-vingt-huit, je songe avec une pointe de culpabilité. Deux photos apparaissent à l'écran : la première montre le visage argenté et tout écorché d'une Créature ; l'autre, une femme souriante à la tête couverte d'un voile vert brodé d'or. La présentatrice commente les images.

« Quand Tariq Al-Farsi a allumé son ordinateur hier après-midi, il ne s'attendait pas à tomber sur une photo de sa femme, Esraa, décédée d'un cancer des ovaires l'an dernier. Mais en y regardant de plus près, la jolie brune dont le portrait occupait l'écran n'était pas Esraa... C'était une Créature, la quatre-vingt-septième en date, qui venait d'atterrir devant un centre commercial à moins de cinquante kilomètres de la maison du couple. »

La vidéo montre ensuite un homme jeune assis devant son ordinateur, le visage baigné de larmes. Tariq Al-Farsi répond au journaliste en arabe tandis qu'une voix off assure la traduction.

« On me dit que c'est une coïncidence, ou que je me fais des idées, mais je vous jure que c'est elle. Cette Créature, cet ange... c'est ma femme, qui m'est revenue. »

Il fait défiler des photos sur l'écran. Esraa à la plage, plissant les yeux pour se protéger du soleil. Esraa en train de lire dans le jardin, un sourire aux lèvres. La ressemblance avec la Créature est effectivement saisissante : elles ont le même nez aquilin, les mêmes lèvres pleines, la même fossette au menton. Mis à part le teint de peau argenté et les ailes mutilées de l'ange, on croirait des jumelles.

« Je ne sais pas ce que ça veut dire, sanglote Tariq.

Je ne sais pas quoi penser. Je venais juste de la perdre, et maintenant... j'ai l'impression de l'avoir perdue une deuxième fois. »

Je ressens comme un coup au cœur.

– C'est pour ça que papa est dans tous ses états ? je demande à Rani.

– Possible, répond-elle, la bouche pleine de pizza. Il ne m'a quasiment pas adressé la parole de la journée.

La présentatrice passe ensuite à l'histoire d'un acteur de Los Angeles, emprisonné pour conduite en état d'ivresse. Le silence retombe entre nous. Je n'arrête pas d'imaginer Tariq Al-Farsi surfant sur Internet et découvrant les images de sa femme entre deux autres infos. Son cœur a dû cesser de battre pendant qu'il la regardait tomber des étoiles, envahi par la peur, la confusion et l'infime espoir de la voir s'en sortir. Puis il y a eu le crash, et le chagrin.

L'espoir est une chose dangereuse, car lorsqu'on nous le retire, on se retrouve encore plus démuni qu'avant.

J'ai perdu l'appétit. Je repose dans la boîte ma part de pizza à moitié mangée.

– Tu te souviens des crises que maman piquait quand on commandait une hawaïenne ? me lance Rani.

– « La pizza, c'est italien ! Depuis quand Hawaï est en Italie ? »

– « Ananas, jambon, fromage ? Quelle abomination ! »

Nous éclatons de rire. Pendant quelques secondes, ça me fait du bien. Et puis mes lèvres se mettent à trembler et je dois lutter pour contenir mes larmes. Les yeux fermés, je bois une gorgée de Coca en attendant que ça passe. Quand je les rouvre, Rani me dévisage.

– Tu n'en parles jamais. (Elle ramasse un morceau d'ananas resté au fond de la boîte.) Et papa non plus. J'ai l'impression d'être la seule qui pense encore à elle.

– Mais non, moi aussi, j'y pense ! (Avant de venir ici, j'y pensais sans arrêt. Même le sommeil ne m'offrait pas de répit. Elle apparaissait dans la plupart de mes rêves et dans tous mes cauchemars.) C'est juste que c'est... difficile.

Rani se sert une nouvelle part avant de continuer, d'une petite voix.

– Jaya, qu'est-ce qui s'est passé ce jour-là ?

Mon sang se glace dans mes veines. La sensation commence au niveau de mes mains et remonte le long de mes bras, jusqu'à ma gorge, avant de redescendre dans mon dos. Je ne peux plus bouger. Ni réfléchir. Un vertige s'empare de moi. Je ne vois plus que de l'eau, des rochers et des oiseaux paniqués qui s'envolent des arbres.

– Tu sais ce qui s'est passé, Rani. On se promenait dans le vallon. C'était un accident.

Ça ne m'a pourtant jamais semblé être le bon mot. Renverser son thé, c'est un accident. Se casser la jambe au ski, c'est un accident. Voir l'un de ses parents mourir ne devrait pas rentrer dans la même catégorie.

– Oui, mais...

– *Yes ! Yes, yes, yes, yes !*

La voix de notre père résonne à travers le mur, m'évitant de devoir répondre. Rani se précipite dans le salon. Planté au milieu d'un demi-cercle de cartes et de notes, papa lève les poings en l'air tel un savant fou admirant sa création.

– J'ai réussi ! Je crois que j'ai réussi ! (Il prend Rani dans ses bras.) Je sais où va tomber la prochaine Créature !

– Pas possible ! (Ma sœur se laisse glisser sur le sol, abandonnant sa part de pizza sur la moquette.) Où ça ? Comment tu as fait ?

Papa s'agenouille à côté d'elle et étale ses papiers comme un jeu de cartes.

– Regarde, je te montre...

J'ai la nausée, et pas seulement à cause du fromage. Mon père n'a jamais eu l'air si... vivant. Malgré ses yeux rougis par le manque de sommeil et la tache de soupe qui orne toujours son col, il est plus enthousiaste que depuis des mois. Accroupi sur ses talons, il se claque les genoux.

– J'ai commencé par relever la longitude et la latitude de chaque Chute, en général, puis pays par pays. Il n'y avait visiblement aucune corrélation, en tout cas sur le plan mathématique.

Il parle tellement vite que j'ai du mal à le suivre. Dans une pile, il attrape un plan d'Édimbourg sur lequel il a tracé sept croix au marqueur rouge : quatre dans la ville elle-même, trois aux alentours.

– J'ai envisagé des dizaines d'autres théories – altitude du terrain, proximité d'une source –, sans résultat. Et puis *quelqu'un* a eu la brillante idée de s'intéresser à l'histoire des points de chute plutôt qu'à leur situation géographique.

Il donne un petit coup de poing affectueux sur l'épaule de Rani, qui est à deux doigts d'exploser de fierté.

– Et donc ? j'interviens en faisant un pas dans la pièce. Tu as découvert quoi ?

– Eh bien, j'ai fait beaucoup – *beaucoup* – de recherches sur la ville, et il se trouve que tous ces lieux ont un rapport avec la religion. Pour la cathédrale, c'est évident, mais moins pour les autres. (Il désigne les croix une à une.) D'après certaines archives, des baptêmes auraient eu lieu dans le Water of Leigh. Le terrain de golf où a atterri le numéro 58 abritait autrefois un vieux prieuré. À partir de là, j'ai pu réduire la liste des emplacements possibles de la prochaine Chute.

– Ça doit quand même laisser des tonnes de possibilités. La religion est omniprésente. Ça pourrait être une église, une synagogue, une mosquée...

Au lieu de m'en vouloir de pointer les faiblesses de sa théorie, il s'illumine.

– Exactement ! Mais une fois que j'en ai su un peu plus sur l'histoire des lieux, j'ai été en mesure d'en éliminer la plupart, jusqu'à n'en garder que trois. D'autres facteurs m'ont permis d'en écarter deux de plus, ce qui signifie...

Il désigne un endroit sur la carte. Quand je m'approche, mon cœur fait un bond dans ma poitrine. La croix se trouve pile sur Arthur's Seat, sur la ruine où j'ai caché Biscuit le premier soir.

– La chapelle St Anthony, déclare papa. J'y suis allé hier. Il ne reste que des murs à moitié écroulés, mais autrefois, c'était une petite église. Personne ne sait de quand elle date précisément. Elle pourrait remonter au XIVe siècle.

Je suis sans voix. S'il n'a pas trouvé l'endroit exact où Biscuit est tombée, il n'est pas loin du tout. Quelques centaines de mètres tout au plus. Durant une ou deux secondes, je suis prête à croire qu'il a réussi à percer le mystère. Qu'il a prédit avec justesse le lieu de la prochaine Chute.

Et puis tout s'écroule. Sa théorie ne repose sur aucune base solide ; il prend juste ses désirs pour des réalités. Pour commencer, établir un lien entre spiritualité et coordonnées géographiques n'a aucun sens. Il n'a même pas réfléchi aux causes de la chute des Créatures. Et quand bien même son algorithme fonctionnerait, il ne tient compte ni de la date ni de l'emplacement de l'atterrissage de Biscuit. Les données sont donc complètement faussées. Certes, c'est troublant qu'il soit parvenu si près de cet endroit, mais la ville n'est pas bien grande. La plupart des coïncidences n'ont rien de surprenant, pour peu qu'on raisonne en termes de probabilité. Papa ne voit que ce qu'il veut voir. Il ne croit que ce qu'il veut croire.

Mais je ne peux pas lui dire ça, d'autant que je suis en partie responsable de ses erreurs de calcul.

– C'est génial, papa ! je m'exclame. (Il est ravi d'obtenir enfin mon approbation ; on dirait que c'est lui l'enfant, et moi le parent.) Maintenant, il n'y a plus qu'à trouver un moyen de l'attraper quand elle tombera.

Rani lève le nez.

– « Elle » ?

Je pâlis.

– Oui, la Créature, quoi. Et je ne sais pas pourquoi, j'ai l'intuition que ce sera une femme.

Mon père me sourit. Ce n'est pas le petit rictus machinal dont il se contente d'habitude, mais un sourire sincère. Il ne m'a pas regardée comme ça depuis des mois. Je commence à comprendre pourquoi Rani se donne autant de mal pour s'intéresser à ses recherches.

– C'est drôle... moi aussi, me confie-t-il en ouvrant un carnet. Alors, ça ne va pas être facile. Dans l'absolu, tu as raison, Jaya : personne ne peut survivre à une telle chute. (Il rédige une équation à laquelle je ne comprends rien, sans doute parce qu'elle contient plus de lettres et de symboles que de chiffres.) Cette formule sert à calculer la vitesse à laquelle un objet tombe d'une certaine hauteur, ce qui nous permet d'estimer celle des Créatures en se basant sur leur poids moyen. Évidemment, ça ne tient pas compte de la résistance de l'air. Et bien que la plupart d'entre elles aient les ailes brisées, elles semblent tout de même capables de freiner en partie leur chute. Il faut donc pondérer le résultat en fonction de ces paramètres.

– Surtout si la Créature n'a qu'une seule aile abîmée, intervient Rani. Comme celle qui est tombée en Alaska l'autre jour.

Je repense à Biscuit. Sur le coup, elle m'a paru chuter à une vitesse folle. À peine une dizaine de secondes s'est écoulée entre le moment où j'ai aperçu la lueur rosée dans le ciel et son atterrissage dans l'arbre. Mais par rapport à certaines des premières Chutes, elle allait presque au ralenti.

Mon père sort de sa pile de papiers un schéma détaillé.

– Vous vous souvenez des gens que je suis allé rencontrer à Perth ? Eh bien, l'un d'eux a eu l'idée d'utiliser une espèce de ventilateur géant pour freiner la descente de la Créature. Nous avons une électricienne et un soudeur dans nos rangs, ce qui forme plutôt une bonne équipe.

Un ventilateur géant ? C'est ça, leur plan ? Ces gens sont clairement aussi cinglés que lui.

– Ah oui ? C'est... cool.

Je me force à lui rendre son sourire. Il croit m'avoir convaincue, alors que je n'ose simplement pas lui avouer que je trouve son idée ridicule. Rani applaudit comme une otarie. Si elle a conscience de l'absurdité de tout ça, elle n'en laisse rien paraître.

– Tu vas devenir célèbre, papa !

– Ah, ça, on verra, rit-il. Ce n'est pas le but. Mais je crois vraiment qu'on tient quelque chose, les filles. J'ai un bon pressentiment.

Il serre Rani contre lui et m'ouvre son autre bras. Je les rejoins, le souffle court. Mon père ne désire qu'une chose au monde, et elle est là, à l'étage inférieur, en train de dormir sur une table et d'écouter Radio 4. S'il l'apprenait, il m'en voudrait à mort.

Il ne me le pardonnerait jamais.

16

– Viking, North Utsire, South Utsire. Vent nord-ouest de force quatre ou cinq pouvant varier à trois ou quatre, puis sud-est de force cinq ou six. Averses, suivies de pluies plus soutenues. Bonne visibilité avec risques de détérioration.

Biscuit semble très contente d'elle. Après trois jours d'écoute intensive de Radio 4, elle a réussi à mémoriser... la météo marine. Elle pourrait aussi bien nous réciter *Guerre et Paix* en russe, parce que je ne comprends pas un traître mot de ce qu'elle raconte. Mais pour l'encourager, nous saluons sa tirade de quelques applaudissements. Le sourire aux lèvres, elle attrape son sixième gâteau de la matinée.

– Bravo, Biscuit, la félicite Allie tout en cousant une plume sur son aile abîmée. Bientôt, tu pourras présenter *Desert Island Discs*[1].

– Ne l'encourage pas, soupire Calum en feuilletant l'album *Mes 100 premiers mots*, posé sur la table basse.

Pendant qu'Allie s'occupait de l'aile de Biscuit, lui et moi avons passé les derniers jours à consulter des méthodes de lecture et des tutos YouTube, dans l'espoir

1. Émission de radio culte au Royaume-Uni. (Toutes les notes sont de la traductrice.)

de lui arracher quelques mots. Ses progrès suivent un chemin étrange. Elle nous débite sans hésiter des moitiés de chansons ou de longs monologues sur la fracturation hydraulique et les politiciens français. Elle répète aussi ce qu'on dit comme un perroquet, accent écossais inclus. Mais quand on lui demande de désigner les choses qui l'entourent, comme le « canapé » ou les « gâteaux », elle nous regarde sans comprendre.

– Et ça, Biscuit ? lui demande Calum en lui montrant une tasse ornée de champignons. Allez, tu sais ce que c'est.

Elle soupire, gigote sur la table basse et remue ses ailes. Mais, cette fois, ce n'est pas pour nous saluer. Elle meurt d'envie de s'en aller. Ça me rappelle quand j'étais petite et que ma mère essayait de m'enseigner le tamoul. Lorsqu'il y avait une chanson à écouter ou une vidéo à regarder, je parvenais à me tenir tranquille. Mais, le plus souvent, j'attendais en piaffant d'impatience le moment de retourner jouer.

Biscuit contemple la tasse comme si elle espérait y lire son avenir.

– Fortes bourrasques attendues dans toutes les régions. À l'exception de Biscay, Trafalgar et Fitzroy.

Allie éclate de rire, mais Calum serre les dents. Sa patience est à bout. Je ne sais pas pourquoi il se montre si exigeant. Comme s'il suffisait de lire à Biscuit quelques chapitres de *L'anglais pour les nuls* pour qu'elle nous dévoile les secrets de l'Univers !

– Lâche-la un peu, Calcium, le gronde sa sœur. Elle fait ce qu'elle peut.

Mais il ne décolère pas. Je me dépêche de changer de sujet avant qu'ils recommencent à se disputer.

– Il va falloir qu'on se décide à la déménager. Shona rentre dans deux jours. Même si on réussit à réparer son aile d'ici là, rien ne nous dit qu'elle pourra voler. Pas vrai, Biscuit ?

L'opération prend beaucoup plus de temps que prévu. Allie était trop malade hier pour se déplacer, et la fixation des plumes s'avère très délicate. Je pensais qu'elle se contenterait de les coller avec de la superglue, mais au lieu de ça, elles doivent être cousues une à une avec du fil de suture. Il faut que l'attache reste souple pour ne pas entraver les mouvements de l'aile. Le résultat, magnifique, forme un paysage de brun doux et de gris argenté, ponctué ici et là de touches rouge bouvreuil ou bleu martin-pêcheur. Mais Allie n'en est encore qu'à la moitié. Il lui faudra au moins trois ou quatre jours pour terminer.

– Tu as raison, reconnaît-elle, la tête basse. Sauf qu'on n'a toujours pas d'endroit où aller.

Nous passons plusieurs idées en revue, toutes impossibles. Mon appartement est évidemment hors de question, et la maison d'Allie et de Calum bien trop petite. Je propose leur lycée, mais il est utilisé par des centres aérés pendant l'été. Un hôtel pourrait être une solution, si nous avions de quoi payer davantage qu'une ou deux nuits. De toute façon, nos allées et venues risqueraient d'éveiller les soupçons des employés.

Le silence finit par retomber, égayé par la radio et les cris d'une troupe de théâtre qui interprète une scène d'*Angels in America* dans la rue.

Bientôt, c'est l'heure du flash info. Dans les titres, le journaliste annonce une nouvelle Chute, survenue la veille en Afrique du Sud : « … une Créature de petite taille et de type féminin… carrière abandonnée près de la ville de Kimberley… rapidement repérée par des touristes et dépouillée de ses plumes… »

Allie sort son carnet violet de son sac. Biscuit se retourne pour voir ce qu'elle fait, et son aile envoie accidentellement valser le calepin sur les genoux de Calum. Il s'empresse de l'ouvrir avant que sa sœur ait pu le récupérer.

– Qu'est-ce que c'est ? « Ksenia », « Rayyan »… C'est qui, ces gens ?

– Rends-le-moi. (Allie se jette sur lui, mais il la tient à distance.) Calum, arrête !

– Pourquoi tu as noté tous ces noms ?

Allie rougit et ramène ses cheveux derrière ses oreilles.

– OK, tu vas trouver ça débile, mais je… je baptise les Créatures.

– C'est tout ? C'était ça, ton grand secret ? Je suis déçu. Tu aurais pu nous le dire plus tôt.

– Vous vous seriez moqués. (Elle parvient enfin à lui reprendre son carnet.) On dirait une gamine qui donne des noms à ses peluches.

Je tends la main vers elle.

– Je peux voir ?

Après une seconde d'hésitation, elle accepte. Chaque page est consacrée à une Créature, avec un prénom écrit en lettres majuscules et les circonstances de sa Chute.

« CHENG. Tombé à Shanghai, en Chine, le 7 décembre…

VALENTINA. Tombée au nord de Rincón de Valentín, en Uruguay, le 19 janvier…

EWAN. Tombé à Sighthill, près d'Édimbourg, le 16 mars… »

Sous la date, elle a aussi indiqué la couleur des yeux, la taille, la présence éventuelle de taches de naissance ou de cicatrices, bref, tous les signes distinctifs. Il y a même un petit paragraphe sur les personnes qu'elle les imagine avoir été.

« Fort, athlétique. Sans doute amateur de sports collectifs, si ça existe là-haut. Il est parfois grincheux, mais c'est le genre d'ami sur qui on peut compter. »

« Elle n'avait pas l'air effrayée en tombant. Elle devait être soldat ou exercer un métier dangereux. Qui demandait beaucoup de courage. »

« Il dégage quelque chose de doux… de maternel. Je le vois bien entouré de bébés Créatures, donnant un coup de main à ses voisins ou à sa famille. »

– Je ne voulais pas que ces anges meurent sans identité, nous explique-t-elle. Quitte à leur en fabriquer une, et tant pis si j'étais la seule à la connaître. C'est déjà horrible que les journaux les désignent par de simples numéros. Mourir dans l'anonymat, sans personne pour se souvenir de qui ils étaient…

Elle ne termine pas sa phrase et feuillette son carnet en murmurant les noms pour elle-même. Le rictus moqueur de Calum s'est effacé. La Créature les dévisage, Allie et lui, en se mordant la lèvre. Elle ne comprend peut-être pas notre langue, mais elle perçoit très bien les changements d'humeur. Elle est aussi réelle, humaine et complexe que n'importe lequel d'entre nous.

– Ça n'a rien de ridicule, je rassure Allie. Tu les traites comme de vraies personnes.

Elle me sourit et, durant quelques secondes, tout le reste disparaît : l'appartement de Shona, la foule massée dans la rue sous des parapluies... même Biscuit. Je ne vois plus qu'Allie. Ses yeux se posent brièvement sur ma bouche, puis elle rapproche son genou du mien de quelques millimètres.

– Tu les traites comme de vraies personnes, répète Biscuit en écho à ma propre voix. Cromarty, vent sud-ouest de force cinq à sept, pouvant descendre à quatre par moments.

Cette intervention fait éclater notre bulle. Me rappelant soudain que Calum est dans la pièce, je me lève pour faire du thé, les joues en feu. Allie laisse échapper un rire nerveux qui se transforme en quinte de toux. Elle continue à faire défiler les pages, avant de se figer.

– Attendez. (Elle se tourne vers son frère.) McEwan Hall est toujours fermé ?

– Oui, au moins jusqu'en septembre. Ils ont interrompu les travaux pour le festival. Euh... *non.* (Il la fixe avec de grands yeux incrédules.) Tu plaisantes, j'espère ?

– Ce serait parfait ! insiste-t-elle en lui prenant le bras. Un immense bâtiment vide, tout près d'ici. Biscuit aurait plein de place pour s'entraîner à voler.

– De quoi vous parlez ? je demande.

– D'une espèce de vieux théâtre qui appartient à

l'université, me répond Calum. La boîte de notre père est intervenue là-bas pour un problème d'étanchéité du toit ou un truc comme ça. Il est en travaux depuis deux mois.

– Personne ne remarquera notre présence, continue Allie. Des tonnes de salles du campus sont utilisées pour le festival, donc il y a toujours du monde. Tu pourras chanter aussi fort que tu veux, Biscuit !

– Mais ça ne craint rien ? je m'inquiète. Le plafond ne risque pas de lui tomber sur la tête ?

Calum se gratte la nuque.

– Non, c'est l'extérieur qui est abîmé. Mais ce n'est pas le problème. Notre père nous tuera s'il l'apprend. (Sa sœur ouvre la bouche pour protester.) Écoute, Allie, même si on réussit à choper les clés, comment tu veux qu'on lui fasse traverser la ville avec *tout ça* ?

Il toque sur la fenêtre. Dehors, le chaos règne sur le Royal Mile. Comédiens déguisés en robots, en soldats ou en chenilles, étudiants en théâtre vêtus de tee-shirts identiques, et bien sûr Veilleurs, faux anges et guides touristiques se mêlent à la foule des festivaliers. Le calme ne reviendra pas dans les rues avant quatre ou cinq heures du matin. La nuit dernière, je n'ai quasiment pas fermé l'œil, à cause du bruit. Calum a raison : on ne pourrait même pas aller au Starbucks d'en face sans se faire repérer.

Nous avons beau réfléchir, l'étincelle d'espoir allumée par Allie ne tarde pas à s'éteindre. Sentant notre déception, Biscuit cambre le dos et déploie ses ailes.

– Tiree Automatic, vent sud-sud-est de force cinq, douze miles, PA à mille onze, en légère baisse.

Je souris.

– On dirait presque qu'elle parle des Chutes. Comme un guide spécialisé.

Allie sursaute.

– Je sais !

Elle se lève, court dans la cuisine et fouille à son tour dans les tiroirs. Elle revient avec un rouleau de papier alu, une vieille facture d'ordures ménagères et un feutre noir. Après avoir écrit « ANGEL TOURS » au dos de la lettre, elle la plaque sur la poitrine de Biscuit.

– On n'a qu'à te faire passer pour un guide ! explique-t-elle. Il suffit de recouvrir tes ailes d'alu pour leur donner l'air faux et de te maquiller un peu pour renforcer ton teint naturel. Tu vas te fondre dans la masse !

Biscuit saisit l'enveloppe, perplexe.

– Tu vas te fondre dans la masse, répète-t-elle.

Calum contemple sa sœur.

– Soit tu es complètement dingue, soit c'est une idée de génie.

– Mais oui, c'est hyper malin ! je confirme. Personne ne s'attendrait à ce qu'une vraie Créature s'exhibe de cette façon.

Allie me prend la main, ravie.

– Il nous faudra aussi des flyers ! Tout bon participant au Fringe Festival se doit d'en distribuer.

– À condition qu'on réussisse à récupérer les clés dans les affaires de papa, rappelle Calum. (Il lève une main pour empêcher sa sœur de l'interrompre.) Mais très bien, j'essaierai ce soir. Si on se fait prendre, je te préviens, je ne suis au courant de rien. Je n'ai jamais vu Biscuit de ma vie. OK ?

– OK, OK. Ne t'inquiète pas. (Elle lui donne un petit coup de poing sur le bras.) Tout va bien se passer, Cal. Et au pire, qu'est-ce qu'on risque ?

17

C'est peut-être mon imagination qui me joue des tours, mais quand je descends le lendemain matin, j'ai l'impression que Biscuit comprend, pour la première fois, que son séjour chez Shona touche à sa fin. Surexcitée, elle bondit sur les meubles, répète tout ce qu'on dit et nous rapporte une interview entière de Julianne Moore entendue à la radio. Même le legging et le pull que nous peinons à lui enfiler n'entament pas sa bonne humeur.

Allie et Calum, par contre, sont grincheux toute la matinée. Ils ne sont d'accord sur rien : ni sur le costume de Biscuit, ni sur l'itinéraire pour se rendre à McEwan Hall, ni sur les flyers. Pour finir, ça tourne carrément à la dispute. Il lui reproche son égoïsme, et elle, sa tendance à jouer les martyrs. Leurs éclats de voix font aboyer Perry. Craignant que papa et Rani les entendent à travers le plafond, je tape du poing sur la table basse.

– Hé, ça suffit ! On n'a pas le temps pour vos bêtises.

Biscuit s'en mêle.

– Dans quarante-cinq minutes sur Radio 4, *Enquêtes culinaires* s'intéressera à l'avenir de la production de fraises. Mais d'abord, les informations.

Calum marmonne des excuses pendant qu'Allie lève les yeux au ciel et termine d'habiller Biscuit dans un silence boudeur. Quand nous étalons le fond de teint sur sa peau, celle-ci plisse le nez d'un air dégoûté entre deux bribes de jeux radiophoniques – « Bzzzz ! Fin du chrono ! ».

Pour faire tenir le papier alu sur ses ailes, nous sommes obligés d'utiliser un rouleau entier de film alimentaire. Le résultat est ridiculement *cheap* et pas professionnel, mais c'est exactement l'effet recherché : notre ange ressemble comme deux gouttes d'eau aux guides peinturlurés et emplumés qui arpentent le Royal Mile.

– Prêtes ? nous demande Calum en plongeant les mains dans ses poches et en sortant un trousseau de clés. C'est parti.

Il prend Perry en laisse, pendant qu'Allie et moi encadrons Biscuit. C'est la première fois que la Créature met le nez dehors depuis le soir de sa Chute. La tête levée vers le ciel gris pâle, où des nuages sombres s'amoncellent au sud, elle inspire à pleins poumons. Elle affiche un large sourire. Elle n'est toujours pas chez elle, mais c'est ce qui s'en rapproche le plus depuis un moment.

– Désolée pour tout à l'heure, s'excuse Allie à mi-voix. Mon frère n'est pas toujours aussi pénible. Il est même plutôt drôle, quand il n'est pas persuadé que je vais tomber raide morte d'une seconde à l'autre.

– C'est ça, le problème ? Il croit que...

– Il trouve que je me fatigue trop. Que je devrais rester à la maison et vous laisser vous occuper de Biscuit jusqu'à ce que mon infection soit guérie. (Elle soupire.) Et mes parents sont encore pires. À les entendre, je suis en sucre et un rien pourrait me faire fondre.

– Ça ne doit pas être facile pour eux. De te voir... malade, comme ça.

– Depuis le temps, ils devraient être habitués.

Sa voix est dure et amère. Je ne lui connaissais pas ce ton. Biscuit la dévisage par-dessus son épaule.

– Et puis, bien sûr, vous avez remporté un Oscar pour votre incroyable prestation dans *Still Alice*. (L'accent anglais de la journaliste a un côté artificiel dans la bouche de la Créature.) Comment vous êtes-vous préparée pour ce rôle ?

– Ne t'inquiète pas, Biscuit. Je vais bien.

Le Royal Mile est bondé. Des centaines de personnes se bousculent sur le trottoir, formant des tourbillons autour des comédiens et des faux anges. Pour la première fois, je prends conscience du niveau de décibels. Cris, rires d'enfants, disputes de couples, alarmes de voitures... Perry aboie un peu pour faire bonne mesure, et Biscuit se raidit à mes côtés.

– Courage, murmure Allie en lui caressant la main. Il n'y en a pas pour longtemps. Continue à marcher, d'accord ?

Tenant la Créature par le coude, je navigue entre les magiciens, les mimes et les innombrables touristes. Je n'en reviens pas que notre plan fonctionne aussi bien : avec ses ailes clinquantes et son maquillage, elle passe inaperçue. Quelques personnes nous prennent en photo, mais leur attention est vite attirée par d'autres phénomènes. Lorsque nous arrivons devant le Starbucks, Biscuit s'immobilise. Son expression passe de l'ébahissement à l'horreur. En face de nous, un montage des différentes Chutes d'Édimbourg défile sur un écran géant. Le numéro 13 devant le pont de Forth Road ; le numéro 70 au milieu d'un jardin ; le numéro 8 sur le toit de la cathédrale St Giles.

Mon cœur se serre.

– Ne regarde pas, Biscuit. Ne...

Je la tire par le bras, mais elle m'échappe et se rapproche de l'écran en titubant, la main tendue vers l'image d'une Créature masculine chutant dans le ciel bleu. Quand on lui a montré des vidéos YouTube pour l'aider à apprendre l'anglais, on s'est demandé si elle comprenait que toutes ces formes et ces couleurs animées correspondaient à la réalité.

Cette fois, il n'y a plus de doute. Elle sait. Elle a parfaitement conscience de ce qu'elle voit. Le montage continue à tourner en boucle : les Créatures tombent, hurlent, se débattent, encore et encore et encore... Le numéro 8, le numéro 33, le numéro 42. Sauf que pour elle, ce ne sont pas des numéros. Ce sont les siens qu'elle regarde mourir.

– Allez, viens, Bis... commence Allie.

Trop tard. Un cri sourd et guttural s'échappe de la bouche de l'ange. Un Veilleur la repère ; bientôt, tout un groupe nous entoure et se met à filmer. Biscuit porte ses mains à ses joues, enfonce ses ongles dans sa peau, s'effondre. En voulant la retenir, je fais tomber un morceau d'alu de son aile droite. Ses plumes brillent d'un éclat rose vif à la lumière des flashs.

Allie se met à paniquer. La foule ne cesse de grossir ; l'étau se resserre. Perry jappe de plus en plus fort. C'est alors que Calum me colle la laisse dans les mains et se plante devant nous, les bras ouverts, en saluant bien bas avant de distribuer les flyers fabriqués par Allie.

– Mesdames et messieurs, c'était un extrait de notre nouvelle pièce, *Après la Chute*. (Les mains jointes, il sourit à son public.) Rendez-vous au Playhouse Theatre, jeudi prochain à 16 heures.

Certains applaudissent ; d'autres se détournent, déçus. Une fois l'attroupement dispersé, nous attrapons Biscuit par les aisselles et prenons le large. Elle pleure à chaudes larmes, ce qui menace de diluer son maquillage.

– Allez, Biscuit, je supplie. S'il te plaît ! Il faut qu'on bouge.

Lentement, elle pose un pied devant l'autre. Elle sanglote tout le long du chemin, sur le pont George-IV et jusque dans l'enceinte de l'université. McEwan Hall est en partie dissimulé par des échafaudages, mais je reconnais le bâtiment voisin, un syndicat étudiant doté de fenêtres gothiques et de tourelles. Ma mère et moi y avons vu une comédie musicale ratée lors de notre dernier festival. J'essaie de me raccrocher à ce souvenir, mais je suis trop préoccupée par Biscuit ; il disparaît bien vite dans les profondeurs de ma mémoire.

Quelques têtes se tournent sur notre passage. La place sur laquelle donne le hall est presque aussi peuplée que le Royal Mile. Pour faire diversion, Allie distribue ses prospectus ornés de dessins maladroits. La plupart finissent sur les pavés.

Calum désigne d'une main tremblante une ruelle à droite.

– Par ici. Vite, avant qu'on nous voie.

Mais des crissements de pneus nous arrêtent. Quatre vans viennent de se garer de l'autre côté de la rue, juste devant le local du syndicat étudiant. Les portières coulissent et des dizaines de personnes en sortent : des femmes aux vêtements sales, aux cheveux emmêlés et à la peau grasse ; des hommes pâles et maigres aux lèvres pincées et aux regards vides.

– Oh non ! s'exclame Calum. Pas eux !

Allie me tire par la manche.

– Au contraire, c'est parfait ! Dépêchez-vous, pendant que personne ne nous regarde.

Elle s'éloigne en courant, mais je reste plantée là, les yeux rivés sur les Futurs Déchus. Des badauds commencent déjà à se masser au pied du syndicat. Si quelques-uns appellent les secours, les autres attendent simplement que le spectacle commence. Deux membres de la secte appuient une longue échelle contre le mur, et le groupe escalade le bâtiment avec une agilité surprenante pour des gens aussi frêles.

Ils sont des dizaines, bien plus que d'habitude ; c'est à se demander si le toit va tenir le coup. Ils s'alignent au bord de la gouttière et sur le faîte, épaule contre épaule. Soit la branche d'Édimbourg a subitement doublé de volume, soit elle a été rejointe par une autre – Glasgow, peut-être, ou Aberdeen.

Et c'est là que je la vois. Debout sur les ardoises grises, les bras tendus pour garder l'équilibre, vêtue d'un jean déchiré et d'un sweat à capuche grisâtre.

Leah.

18

La fille qui se tient sur ce toit n'est plus que l'ombre de celle que j'ai connue. Leah a énormément maigri. Elle qui a toujours été pulpeuse flotte désormais dans son jean. Ses cheveux blonds sont devenus ternes, des boutons d'acné lui dévorent les joues, et ses vêtements n'ont pas l'air d'avoir été lavés depuis des mois. À sa gauche, il y a le jeune garçon que j'ai vu en face de chez nous le jour de notre arrivée à Édimbourg. Et à sa droite, les bras serrés autour d'une des tourelles, je reconnais sa mère.

Après quatre mois à essayer de comprendre ce qui s'est passé, tout s'éclaire enfin. Voilà pourquoi elles sont parties si précipitamment ; voilà pourquoi Leah ne m'a pas donné de nouvelles depuis avril. Sa mère et elle ne se sont jamais installées chez sa tante. Elles ont rejoint les rangs des Futurs Déchus.

– Jaya ! m'appelle Allie. (Elle me jette un regard perplexe depuis la porte de McEwan Hall.) Qu'est-ce que tu fabriques ? Dépêche-toi !

L'espace de quelques secondes, je les avais complètement oubliés, elle, Calum, et même Biscuit, avec ses ailes en alu et son legging bleu. Le chef du groupe d'Édimbourg se met à brailler dans un mégaphone, débitant son laïus habituel sur le péché, la mort et la damnation. Allie me rejoint en courant et me tire par la manche. Je titube, prise de vertige. Avant de la suivre, je me retourne une dernière fois vers le toit. Mme Maclennan a les yeux fermés, mais Leah regarde droit devant elle. Elle réagit à peine quand une bourrasque de vent la fait tanguer. Elle n'a pas l'air d'avoir peur. Elle n'a pas l'air de ressentir quoi que ce soit.

– Allez ! lance Calum à son tour. La police ne va pas tarder !

Après avoir vérifié que personne ne nous observait, il nous fait passer sous l'échafaudage pour atteindre une porte de service protégée par un gros cadenas et un panneau « Entrée interdite ». Les doigts tremblants, il essaie les différentes clés de son trousseau.

– Merde, merde, merde, marmonne-t-il. Papa va me tuer.

Derrière lui, Biscuit pleure toujours doucement. Je lui prends la main et je m'aperçois que je suis agitée de violents frissons. Au loin, des sirènes s'élèvent. Leur hurlement résonne dans ma tête, chassant tout ce qui ne concerne pas Leah. Elle fait partie des Futurs Déchus. Elle est *ici*. À Édimbourg. Comme moi. Ça ne peut pas être une coïncidence.

Calum finit par trouver la bonne clé. Il ouvre le cadenas et invite gentiment Biscuit à entrer. À l'intérieur, je manque de trébucher sur une boîte à outils oubliée dans le passage tandis que nous nous faufilons entre les échafaudages qui flanquent le mur du fond. Une fois la porte refermée, Calum pousse un soupir de ballon qui se dégonfle.

– Bien joué, Calzone, le félicite sa sœur. Tu peux recommencer à respirer, maintenant.

Perry m'arrache sa laisse des mains et s'élance dans le théâtre. Lorsque nous la rejoignons, les larmes de Biscuit se tarissent. Bouche bée, elle contemple l'espace qui nous entoure. Fini, le plafond bas et les pièces étriquées de l'appartement de Shona. Le soleil doré de l'après-midi inonde la salle depuis le puits de lumière central.

– Qu'est-ce que tu en dis ? lui demande Allie. C'est vachement mieux, non ?

Dehors, les sirènes se rapprochent. Je distingue encore la voix du chef des Futurs Déchus, étouffée par les murs épais du bâtiment. Rongée par l'inquiétude, je recule vers la porte, mon téléphone à la main.

– Il faut juste que je passe un coup de fil...

Alors que je m'apprête à tourner les talons, Biscuit donne un grand coup d'ailes, causant une bourrasque qui me projette contre Calum. Elle prend son élan, bondit le plus haut possible et...

Reste suspendue dans les airs.

En une fraction de seconde, tous mes soucis s'évaporent. La Créature s'élève en direction de l'orgue, le dos cambré ; les morceaux d'alu se détachent d'elle comme les feuilles des arbres en automne. Elle manque encore d'assurance, mais ça y est : elle vole.

Au troisième battement d'ailes, celle de droite refuse de lui obéir. Nous nous précipitons vers elle, les bras tendus pour la rattraper. Biscuit vacille, bifurque péniblement vers la droite et vise l'un des piliers de pierre.

Elle tente de se propulser vers le haut avec ses pieds, en vain, et finit par s'écraser sur un échafaudage, qui résonne bruyamment.

Tout le monde se fige, comme quand on joue à Jenga et qu'on attend, dans un suspense insoutenable, de voir si la tour va tomber ou pas. Heureusement, la structure tient le coup. Biscuit se relève, sonnée, et nous décoche un immense sourire.

– C'est la fin de cette manche, avec quatorze points pour l'équipe A et seize pour l'équipe B ! s'exclame-t-elle.

Allie et Calum applaudissent. Moi, je suis submergée par l'excitation, le soulagement et la crainte que quelqu'un nous entende. Les cris du chef de la secte se sont tus, tout comme les sirènes. Leah s'impose encore une fois dans mes pensées.

– Et c'est parti pour la deuxième manche, consacrée à l'histoire médiévale.

Calum détache en riant une longue bande de papier alu des ailes de Biscuit.

– Tu devrais peut-être faire une pause, lui dit-il. Te ménager un peu.

– C'est marrant, j'ai déjà entendu ça quelque part, commente Allie.

Mais Biscuit n'a que faire des conseils. Après une nouvelle course d'élan et un décollage hésitant, elle tourne en cercles maladroits sous le dôme de lumière. Pendant que Calum grimpe jusqu'à la dernière rangée de sièges pour mieux l'admirer. Allie me tend la main.

– Tu viens ?

Elle est au courant de l'existence de Leah – je l'ai brièvement mentionnée un après-midi où on discutait chez Shona. Mais pour une raison qui m'échappe, je suis incapable de lui avouer qu'elle est *là*, dehors, sur le bâtiment voisin. Pas tant que je n'en saurai pas plus.

– Mon père a essayé de m'appeler. Je vous rejoins tout de suite.

Après être sortie par la porte de service, je regagne la place en courant. La secte a disparu. Le toit est désert, et aucun cadavre disloqué ne gît sur le sol. Je continue jusqu'à la rue, dans l'espoir de repérer l'un des vans. Rien. Le seul indice révélant ce qui vient de se passer est la présence d'une policière occupée à recueillir le témoignage d'un couple en pulls Roots Canada assortis. J'hésite à lui demander des détails, mais je me ravise. Mes amis et moi venons de pénétrer illégalement dans un bâtiment ; ce n'est pas le moment de me faire remarquer.

À la place, je compose le numéro de Leah. Je tombe directement sur la messagerie, comme les mille dernières fois. Je recommence, juste pour entendre sa voix sur le répondeur. Les larmes me montent aux yeux. Avec les récents événements, j'avais presque oublié à quel point elle me manque.

– Ça va ? me demande Allie quand je suis de retour. Tu n'as pas l'air bien.

– Si, si, ça va. Je suis soulagée qu'on ait réussi à amener Biscuit jusqu'ici. C'était un peu l'angoisse. (Je me force à lui sourire.) Et toi, comment tu te sens ?

C'est seulement là que je m'aperçois de l'état dans lequel elle est. Sa peau a pris une teinte jaunâtre, ses yeux sont injectés de sang et de la sueur perle sur son front. Mon sentiment de culpabilité revient de plus belle. Elle devrait être au lit, pas en train de crapahuter à travers la ville avec un ange.

– On fait aller. Il me faudrait sans doute des médicaments plus forts. J'ai rendez-vous à l'hôpital demain, j'en parlerai à mon médecin.

En silence, nous regardons Biscuit tournoyer dans la pièce. Ses mouvements encore erratiques rappellent ceux d'une bouteille ballottée par les vagues, et elle a du mal à rester en l'air plus de quelques secondes. Mais le spectacle est fascinant. Perry lui court après, enchantée par ce gigantesque oiseau scintillant qui plane au-dessus de sa tête.

– Je dois reconnaître que c'est l'endroit parfait, avoue Calum, beaucoup plus calme, maintenant qu'il ne craint plus de voir débarquer son père. Biscuit a l'air heureuse.

Je prends enfin le temps d'admirer le lieu incroyable dans lequel nous nous trouvons. Le mur principal est décoré de fresques colorées de style italien qui forment une arche sous le toit, au-dessus d'un immense orgue en bois. Le vaste dôme est découpé en plusieurs segments, chacun orné d'une allégorie différente : une femme tenant un luth pour la musique, un homme tenant une balance pour la médecine. On dirait un peu une église où, au lieu de représenter des scènes bibliques, l'art serait dédié à la recherche et à la connaissance.

– Notre cousine a passé ses examens ici l'an dernier,

me confie Allie lorsque je m'assieds près d'elle. Je ne sais pas comment elle a réussi à se concentrer. C'est magnifique, hein ?

Elle se rapproche de moi. Son petit doigt n'est plus qu'à un millimètre du mien. Il y a encore quelques heures, j'aurais peut-être trouvé le courage de lui prendre la main. Mais à présent, je ne pense plus qu'à Leah, debout sur le toit. Ces quelques secondes où je l'ai aperçue ont suffi pour tout changer.

À 17 heures, Allie s'avoue vaincue. Sa toux fait peine à entendre et elle est si fatiguée qu'elle a besoin d'aide pour descendre l'escalier. Pourtant, elle trouve encore l'énergie de tout organiser (ou de « faire sa cheffe », pour reprendre l'expression de son frère) avant de rentrer chez elle. À sa demande, Calum installe un coin repos pour Biscuit avec des oreillers, des couvertures, des gâteaux et la radio qu'ils ont apportée. Puis elle instaure des tours de garde : demain matin, elle et moi continuerons à réparer l'aile de l'ange. Calum viendra me remplacer vers midi.

– Ça sera plus facile si on vient seuls ou à deux, explique Allie. On sera plus discrets.

La tête ailleurs, je l'écoute détailler le programme de la semaine. Sur le chemin du retour, j'essaie une nouvelle fois d'appeler Leah, qui, bien sûr, ne répond pas. Les quelques articles en ligne évoquant la dernière apparition des Futurs Déchus ne mentionnent pas le fait que la branche d'Édimbourg a reçu des renforts. Ce détail me tracasse. J'ai la sensation qu'ils mijotent quelque chose.

En arrivant chez moi, je suis accueillie par une voix que je mets un moment à reconnaître... *Shona?* Elle n'était pourtant censée rentrer que demain !

– Mon Bouddha est toujours là, Dieu merci, ainsi que les bijoux de ma grand-mère. Il ne manque que de la nourriture et quelques vêtements. Je me demande bien ce qu'ils vont en faire ; c'est loin d'être du Golce et Dabbana.

Notre propriétaire est assise sur le canapé, vêtue d'une longue robe violette, une tasse de thé entre les mains. Elle a les yeux rouges d'avoir pleuré. Rani et papa font semblant de s'intéresser à ce qu'elle raconte, tout en consultant discrètement téléphone et ordinateur. Sur l'écran de celui-ci, j'aperçois une image de la Chute en Afrique du Sud. Des plumes brun métallisé gisent dans une flaque de sang doré.

Shona sourit tristement en me voyant entrer.

– Bonjour, ma belle. Je suis navrée de vous envahir d'ondes aussi négatives. Je viens de découvrir qu'on m'a cambriolée. On ne m'a pris aucun objet de valeur, mais ça fait un choc.

– Oh non ! C'est affreux !

– Je n'y comprends rien. (Elle s'interrompt pour se moucher.) Pourquoi ont-ils posé mon matelas sur la table de la salle à manger ?

Papa s'arrête sur la photo d'un homme blanc, en larmes, qui tient une poignée de plumes rouges ensanglantées.

– C'était peut-être juste un vagabond qui cherchait à s'abriter pour la nuit, dit-il d'un air absent. Ça expliquerait qu'il ait pris de la nourriture et des vêtements.

Shona hoche la tête.

– Oui, la police pense ça aussi. Tu n'as rien remarqué en allant arroser mon bonsaï, par hasard ? me demande-t-elle. Personne de suspect ?

– Non, personne. J'y suis passée il y a quelques jours. Tout était en ordre.

Rani me dévisage, les sourcils froncés. Même papa tourne la tête dans ma direction. L'espace d'un instant, il semble sur le point de dire quelque chose, avant d'être distrait par un bip de son ordinateur. Shona boit son thé en soupirant.

– Ça doit dater d'hier ou d'avant-hier, alors. (Son rouge à lèvres laisse une trace pourpre sur le bord de la tasse.) Heureusement que je n'étais pas là. J'aurais pu frapper l'un de ces pauvres types avec un éléphant en porcelaine et finir ma vie en prison.

Elle reste encore un moment chez nous à réfléchir à ce qui a bien pu se passer. Si on n'était pas partis un jour plus tôt que prévu, Shona aurait trouvé une Créature en train de se bourrer de gâteaux dans son salon. Aussi hippie soit-elle, je ne lui confierais pas le sort de Biscuit. Je ne le confierais à personne, à part Allie et Calum.

Shona se lève et m'étreint le bras.

– Les cristaux ont fait des merveilles, je vois. Ton aura est beaucoup plus claire qu'à ton arrivée. Un joli orange, très lumineux.

L'améthyste et le quartz sont toujours sous mon lit. Je n'y ai pas touché depuis qu'elle me les a donnés il y a deux semaines.

– Oh, oui, merci. Ça m'a beaucoup aidée. Je vous les

rapporterai demain, et j'en profiterai pour vous aider à nettoyer.

Je ne sais pas ce qui m'a poussée à dire ça. Le remords, sans doute. Je n'avais pas l'intention de laisser son appartement dans un tel état ; je comptais faire le ménage demain avant de retourner à McEwan Hall.

– Je viendrai aussi, propose Rani. On ira plus vite à trois.

Tandis que Shona complimente papa sur ses deux adorables filles, ma sœur sourit gentiment avant de retourner à sa consultation d'InstaFall.

Shona est partie, mais mon cœur bat toujours très fort. C'était moins une. Et si j'en crois l'air soupçonneux, tout danger n'est pas encore écarté.

19

Nous avons laissé un énorme bazar derrière nous. Les plans de travail de la cuisine sont couverts de miettes de gâteaux et de vieux sachets de thé. Il y a des traces de maquillage sur la table basse. Les bibelots et les cadres que Biscuit a fait tomber gisent encore sur le sol. J'ignore pourquoi on ne les a pas ramassés. Sans doute parce que, quand on fréquente une Créature bien vivante, le rangement passe au second plan.

– Ces voleurs ont clairement été élevés dans une porcherie, décrète Shona. Vous avez vu l'état de mon canapé ?

Je tente de nettoyer une tache de Coca sur la moquette, persuadée que Shona va se retourner en criant « J'accuse ! » ou pointer son doigt sur moi comme une avocate de série B. Mais elle ne le fait pas. Il ne semble pas lui être venu à l'esprit que la quasi-inconnue à qui elle avait confié le double de ses clés puisse avoir quelque chose à voir là-dedans. Son sixième sens se limite visiblement à la lecture des auras.

Mais Rani, elle, sent tout.

Depuis que nous sommes arrivées dans l'appartement de Shona, son regard pèse sur moi. Je préférerais qu'elle y aille franchement et me pose la question qui lui brûle les lèvres, même si j'aurais du mal à lui mentir.

– Ils auraient quand même pu jeter leurs ordures à la poubelle, soupire ma sœur en ramassant un emballage de KitKat sous la table. Quel manque de respect !

– Je ne te le fais pas dire, ma jolie. Heureusement que vous n'êtes pas comme ça, toutes les deux ! C'est vraiment gentil d'être venues m'aider. (Les mains sur les hanches, Shona balaie la pièce du regard.) Bon, je crois qu'on a terminé. Jaya, tu veux bien retirer les housses des coussins ? Je vais les passer à la machine.

En m'approchant du canapé, j'aperçois un soupçon de rose contre le tissu orange. Une plume de Biscuit. J'ai l'impression que le temps s'arrête, mais, par chance, Rani est trop occupée à essuyer une trace de fond de teint pour s'être aperçue de quoi que ce soit. Je m'empresse de fourrer la preuve compromettante dans ma poche.

Encore une fois, c'était moins une.

Il est 10 heures. D'après le planning d'Allie, je devrais déjà être au théâtre. Nous disons au revoir à Shona après avoir refusé poliment le savon au maté qu'elle nous offrait avec insistance. Une fois sur le palier, je préviens Allie par SMS que j'aurai un peu de retard, avant d'annoncer à ma sœur, sur un ton aussi détaché que possible, que je dois retrouver des amis.

– Je serai de retour dans quelques heures. On pourra aller visiter le donjon, si tu veux.

Cette fois, elle ne demande pas à m'accompagner. Elle monte l'escalier d'un pas leste, comme si elle se fichait royalement de ce que je fais de mes journées.

– OK. À toute.

J'attends qu'elle ait refermé la porte derrière elle avant de filer. Pour une fois, je suis contente qu'il y ait foule dehors. Si Rani essaie de me suivre, je n'aurai aucun mal à la semer dans la cohue de touristes et de Veilleurs. Par sécurité, je fais un détour par South Bridge, où je m'arrête au supermarché afin d'acheter quelques provisions. J'inspecte la rue dans toutes les directions avant de continuer vers l'université. Aucune trace de ma sœur. Peut-être qu'elle s'est vraiment désintéressée de mes occupations. Elle doit croire que j'ai utilisé l'appartement de Shona comme planque. À moins que la Chute d'Afrique du Sud et les projets de papa soient plus importants à ses yeux.

Il est déjà 10 h 20 quand j'arrive devant le hall, mais Allie n'est toujours pas là. J'ouvre le cadenas à l'aide de la clé que Calum m'a donnée, et je me faufile à l'intérieur. La Créature est perchée au sommet de l'orgue, tel un chat prêt à bondir sur sa proie. Elle me sourit, agite les ailes pour me saluer, puis se penche au-dessus du vide. Je parviens juste à articuler :

– Biscuit, non !

Je ferme les yeux. Dans ma tête, j'entends une branche qui craque, suivie d'un « oh » de surprise. Je vois un cours d'eau tumultueux et une main qui tente de se raccrocher au vide. Je sens mon souffle s'arrêter, le vertige me saisir.

Mais cette fois, la chute n'a pas lieu. Quand je relève la tête, Biscuit plane doucement, les jambes serrées et les bras aussi écartés que les ailes. Pendant un moment, elle ressemble à un navire chevauchant les vagues ou à un oiseau porté par la brise. Paisible, gracieuse, elle incarne tout ce qu'elle est censée incarner.

Toute tremblante, je me laisse tomber sur un siège en bois au pied de l'orgue. Il faut plusieurs secondes à mon pouls pour se calmer. Je crois que je ne m'habituerai jamais à ce spectacle.

– Tu t'en sors de mieux en mieux, je la félicite.

Elle redescend presque aussitôt, mais sans s'écraser sur l'échafaudage, cette fois. Je l'applaudis en riant de son air ravi. Elle redécolle et, en plein vol, me récite sans la moindre erreur tout un poème d'Emily Dickinson. Elle monte si haut que le bout de son aile droite frôle le plafond. Celle-ci semble se remettre peu à peu. Elle est plus forte qu'il y a deux semaines, plus droite, même s'il reste encore un gros trou à combler.

Mon téléphone vibre. *Leah.* Mais c'est un message d'Allie, qui me prévient qu'elle n'est pas en état de sortir. La déception m'envahit. J'aurais du mal à dire si c'est parce qu'elle ne vient pas ou parce que Leah ne m'a toujours pas contactée.

Bien que je sois toujours sous le choc après la scène d'hier, certains détails ont commencé à me revenir. Comme la fois où Marek s'est moqué des Futurs Déchus et où Leah lui a ordonné de la fermer, parce que « eux, au moins, ils croient en quelque chose ». Ou celle où, en plein débat sur l'origine des Créatures, elle s'est levée en renversant sa chaise et a filé sans dire un mot.

C'étaient des indices. Des indices que je n'ai pas vus, ou que j'ai choisi de ne pas voir.

Pour le moment, j'ai résisté à l'envie d'appeler Emma

pour tout lui raconter. Comme je l'ai dit, elle ne sait pas tenir sa langue, et Leah pourrait vouloir reprendre une vie normale un jour. Auquel cas, autant éviter que la moitié de l'Écosse soit au courant de son séjour dans une secte.

Encore un secret que je suis prête à garder pour elle.

Après quelques envols supplémentaires, Biscuit effectue un atterrissage maladroit sur la rambarde en bois d'un balcon.

– Nous sommes en ligne avec Thomas, d'Auchtermuchty. Dites-nous, Thomas, quelle est votre opinion sur les fermes d'éoliennes ?

– Bravo ! Tu pourras rentrer chez toi d'ici peu.

Une pointe de tristesse m'envahit à cette idée. Depuis le début, notre but est de l'aider à se rétablir suffisamment pour qu'elle puisse repartir. Mais ce sera difficile de lui dire au revoir... Elle s'adosse contre un pilier pendant que j'ouvre un paquet de ses gâteaux à la guimauve préférés. Elle les mange de la même façon qu'Allie : d'abord l'enrobage en chocolat, puis la guimauve, et enfin le biscuit.

– Dis, je voulais te parler de ce que tu as vu hier sur l'écran, dans la rue...

Elle me répond par une citation à propos des allocations handicap. Avec mes mains, je dessine un rectangle censé représenter l'écran, puis je mime les Créatures chutant vers la Terre et des larmes coulant sur mes joues. Impassible, Biscuit s'approche de moi et se perche en équilibre sur le dossier d'un siège.

– Ce n'est pas ta faute. Je ne sais pas ce qui se passe.

J'ignore pourquoi vous êtes tombés, eux et toi. Tu te sens peut-être coupable d'être la seule à avoir survécu… Mais je suis sûre qu'ils n'ont rien senti. Ils n'ont pas eu le temps de souffrir.

Je déglutis pour chasser la grosse boule qui m'obstrue la gorge. Mes yeux me brûlent.

– Tu n'aurais rien pu faire. Alors ne t'en veux pas, d'accord ? Tu n'y es pour rien.

Ses ailes tressaillent, puis elle prend mes mains dans les siennes. J'ai l'impression de sentir du sable couler sur ma peau. Elle ouvre la bouche et me récite une publicité pour la Bank of Scotland, suivie du refrain de *Call Me Maybe*.

Je ris aux larmes. Biscuit se joint à moi, en un bruit aussi musical que le clapotis de l'eau. Il y a des milliards de chansons qu'elle aurait pu choisir et dans lesquelles j'aurais vu un message. *Nothing Compares to You*, par exemple. Ou *Bohemian Rhapsody*. Mais non, il a fallu que ce soit *Call Me Maybe* ! Peu importe, au fond. Comme tout ce qu'elle fait, c'est étrangement parfait.

Nous rions encore quand la porte s'ouvre. Je me retourne, le sourire aux lèvres, m'attendant à voir Allie ou Calum. La surprise me foudroie sur place.

– *Rani ?*

Ma sœur a les yeux rivés sur Biscuit. Je jure à mi-voix. J'étais tellement occupée à vérifier qu'elle ne m'avait pas suivie que j'en ai oublié de verrouiller la porte. Biscuit pousse un cri et tombe à la renverse. D'un battement d'ailes, elle reste suspendue dans les airs, un mètre au-dessus du sol. Aussitôt, ma surprise se transforme en colère.

– Qu'est-ce que tu fous ici ? (Mes pas résonnent dans le hall. Rani recule, le dos contre la porte.) Comment tu nous as trouvées ?

– J'ai fouillé dans ton téléphone pendant que tu étais aux toilettes. J'ai vu tes messages... (Elle ne finit pas sa phrase, fascinée par Biscuit, qui se redresse en tenant un gâteau à moitié mangé.) C'est une Créature. Une *Créature*, Jaya !

Ma mâchoire se serre.

– Sans blague.

Et voilà. Tout est fini. Elle va prévenir mon père. Il va débarquer ici, nous enlever Biscuit et la vendre au plus offrant. Elle va être exhibée dans tout le pays comme une bête de foire, servir de cobaye à des expériences atroces. Elle ne sera plus jamais libre, elle ne pourra plus s'amuser avec nous, se gaver de sucreries et écouter la radio. Elle ne pourra plus jamais voler.

– Rani, tu ne dois surtout pas le dire à papa. C'est un secret, OK ?

Derrière ses lunettes, ma sœur ouvre des yeux exorbités. Les ailes de Biscuit finissent par faiblir, et elle atterrit sur le sol avec un bruit sourd.

– Qu'est-ce qu'elle fait là ? bégaie Rani. Où est-ce que... Jaya, comment...

J'ai soudain peur qu'elle s'évanouisse, comme le jour où la police lui a annoncé la mort de maman. Ma colère s'évapore. Après l'avoir conduite à un siège, je lui fais manger un gâteau et boire un peu d'eau. Biscuit nous rejoint. Elle nous observe tour à tour, faisant sans doute le lien entre nos grands yeux noirs, hérités de notre mère, ou nos longs nez, hérités de notre père.

– Biscuit, je te présente ma sœur, Rani.

Celle-ci lève une main tremblante. Après une seconde d'hésitation, la Créature lui tape dans la paume. J'éclate de rire ; elle a enfin compris comment faire. Rani cligne des yeux plusieurs fois sans rien dire. Une bonne minute s'écoule avant qu'elle retrouve l'usage de la parole.

– Où est-ce que tu l'as trouvée ?

Je lui raconte tout. Sans rien omettre. Finalement, ce secret me pesait davantage que je le pensais. Une fois les digues rompues, les mots sortent tout seuls, les détails et les circonstances s'emmêlent dans la précipitation. Pour une fois, Rani ne m'interrompt pas. Elle écoute cette histoire incroyable, de plus en plus estomaquée, jusqu'au point où nous en sommes aujourd'hui : McEwan Hall, où nous avons décidé de cacher Biscuit en attendant de savoir quoi faire.

Rani se mord la lèvre inférieure.

– Il faut qu'on prévienne papa.

J'étais sûre qu'elle dirait ça. Ça me fait de la peine. J'aurais aimé qu'elle soit de mon côté. Autrefois, c'était différent. Quand nos parents empêchaient ma sœur de faire quelque chose, je prenais toujours sa défense. Quand ils se disputaient, elle venait dans ma chambre, on se fabriquait un fort avec nos couettes et on regardait des vidéos YouTube stupides pour se changer les idées. À l'époque, c'était nous contre eux. On formait une équipe.

– Ça ne le concerne pas. On doit faire ce qu'il y a de mieux pour Biscuit, c'est-à-dire l'aider à rentrer chez elle. Si tu l'avais vue le soir où elle est tombée... son aile était en lambeaux. Elle ne pouvait pas rester en l'air plus de quelques secondes. Allie n'a pas encore fini de la soigner, mais c'est déjà beaucoup mieux.

Comme pour appuyer mes dires, Biscuit s'élance depuis la rambarde. Elle s'élève vers le dôme, tournoie dans les rayons du soleil, puis passe tout près de nous. Le bout de son aile gauche caresse la joue de Rani. Ma sœur laisse échapper un petit hoquet de surprise, suivi d'un rire nerveux.

Mais elle ne va pas renoncer aussi facilement.

– Papa pourrait nous aider. Il connaît plus de choses que n'importe qui sur les Créatures.

– J'ai dit non ! (Je m'empoigne les cheveux.) Désolée, mais ce n'est pas à toi d'en décider. Ni à moi, d'ailleurs.

Elle insiste. Rani a toujours été du genre têtue. J'ai beau rester ferme, elle ne baisse pas les bras. Elle ressemble tellement à notre père quand elle est comme ça...

– Je te propose un marché, déclare-t-elle. Si elle réussit à repartir avant la fin des vacances, on ne dira rien à papa. Mais si elle n'y arrive pas, ou s'il se passe quoi que ce soit, on lui demandera de l'aide.

Merde. Je n'ai pas réfléchi à ce qui se passera quand les cours reprendront. Je n'étais même pas sûre que papa compte nous ramener à la maison. Mais je suppose que oui, dans la mesure où il pense attraper son ange et faire fortune d'ici là. Quoi qu'il en soit, il va nous falloir une solution à plus long terme.

– D’accord, je finis par céder. Si elle n’est pas partie à la rentrée, j’avouerai tout à papa. Mais pas avant.

Ma sœur me serre la main à contrecœur pour sceller notre pacte. Pendant le reste de la matinée, nous discutons du peu que j’ai appris sur Biscuit et de l’endroit d’où elle peut venir. Ça fait du bien d’échanger comme ça. Libérée de mon secret, je respire plus facilement.

Quand arrive 14 heures, Rani est parfaitement à l’aise avec Biscuit. En venant me relever, Calum la trouve en train de faire des glissades sur les dalles de pierre, morte de rire, au rythme des envolées de l’ange. Bien que surpris de la trouver là, il réagit moins mal que je le redoutais.

– Qu’est-ce qui se passe ? me demande-t-il. C’est qui ?

Je lui explique que Rani est ma sœur et qu’il n’a rien à craindre, qu’elle ne va pas filer tout raconter à notre père (ni au sien, si c’est ce qui l’inquiète). Il m’écoute à peine. Il a l’air épuisé, le teint presque aussi pâle que sa sœur, des poches sous les yeux et les cheveux en bataille.

– Comment va Allie ? je l’interroge.

Il sort le tome 5 du *Trône de fer* de son sac à dos et hausse les épaules.

– Tu l’as vue hier. À ton avis ?

Son ton est si tranchant que j’imagine le pire. Il s’installe sur un siège, pose les pieds sur un autre et ouvre son livre. Quelques secondes plus tard, il le referme en soupirant.

– Désolé. Elle va bien. Mais toutes ces allées et venues, tout ce stress, c’était trop pour elle. (Il tourne la tête vers l'autre bout du théâtre, où Rani est plongée dans une grande conversation à sens unique avec Biscuit.) Au fond, ça tombe bien que ta sœur soit là. Allie ne pourra sans doute pas revenir avant plusieurs jours.

Il se replonge dans son livre, le visage à moitié masqué par la couverture. Quand Rani et moi repartons une heure plus tard, il nous accorde à peine un regard.

Il n'a pas tourné une seule page.

20

Mme Scott ne ressemble pas à ses enfants. Elle a les cheveux blond cendré strié de gris et des grosses joues rondes. Mais son sourire me rappelle celui de Calum : il a quelque chose de forcé qui ne colle pas avec son apparence affable. Je me demande ce qu'Allie lui a dit sur moi. Elle me tient peut-être pour responsable de ses récentes disparitions. Même son fils a l'air de m'en vouloir...

– Allie va mal. Je ne suis pas sûre qu'elle soit en état de recevoir de la visite. Attends-moi ici, je vais voir si elle dort.

Elle monte l'escalier, laissant la porte ouverte. Dans l'entrée, j'aperçois une pile de baskets dans un coin et des manteaux sur la rambarde. La télé est allumée quelque part – je reconnais une publicité pour une assurance auto –, et la machine à laver tourne dans la cuisine.

Soudain, ma maison me manque. Tout est si normal ici. Chez nous, il n'y a plus rien de normal depuis que la première Créature est tombée. La vaisselle sale s'entasse dans l'évier, on mange des plats surgelés, on glisse sur les notes de papa étalées au sol et on trébuche sur ses livres.

Le mur de l'escalier des Scott est orné de photos de

famille dans des cadres en bois : vacances, anniversaires, virées à la plage. Sur certains clichés, Allie porte son tube à oxygène. Il y en a un, pris quand elle devait avoir huit ou neuf ans, où elle est couchée dans un lit d'hôpital, un masque en plastique sur le visage. Elle joue au Uno avec Calum, assis en tailleur au bord du matelas. Allie lève les bras avec un air victorieux tandis que son frère se frappe le front, dépité.

Au début, je suis surprise qu'ils aient choisi d'exposer ces images. Allie semble si faible, ses parents si pâles et épuisés, leurs sourires si hésitants... Rien à voir avec les portraits professionnels qui étaient affichés chez Leah, ou même avec les Polaroïds que ma mère, fan de tout ce qui était rétro, collait sur le frigo.

Mais plus j'y réfléchis, plus ça me plaît. Ils n'ont pas essayé de gommer ce qui occupe certainement une place énorme dans leur vie. Ils ne font pas semblant d'être une famille modèle, chez qui tout est toujours rose. Malgré l'accueil peu chaleureux qu'elle m'a réservé, Mme Scott remonte dans mon estime.

– Argh, ne regarde pas ces horreurs. (Une paire de jambes maigres en pantalon de pyjama à imprimé aztèque vient d'apparaître au sommet de l'escalier.) Je ne tiens pas à ce que tu voies à quoi je ressemblais à l'âge ingrat.

Allie se penche par-dessus la rambarde, un sourire aux lèvres. Je suis choquée de la trouver si affaiblie, la respiration sifflante, encore plus frêle que d'habitude.

– Salut, je réponds. Désolée de débarquer comme ça...

– Ne t'excuse pas. Tu ne pouvais pas mieux tomber,

j'étais en train de mourir d'ennui. (D'un signe de tête, elle désigne le palier.) On va dans ma chambre ?

Je m'empresse de retirer mes chaussures et de la rejoindre pour lui éviter de rester debout. Mme Scott nous attend en haut des marches.

– Pas trop longtemps, d'accord, Allie ? Il faut que tu te reposes.

– Quoi, j'ai des horaires de visite, maintenant ? Déstresse, maman. Je suis encore capable de discuter avec une copine pendant une heure ou deux.

Elle me précède jusqu'à une porte située au bout du couloir. Sa chambre lui ressemble : petite, bruyante et très, très animée. Il y a une guitare dans un coin, un violon et une clarinette qui prennent la poussière sur une étagère, des palettes d'aquarelles et des crayons éparpillés sur le bureau, des patins à glace au milieu des chaussures, une coupe de troisième place à une compétition de claquettes devant la fenêtre et même une canne à pêche contre l'armoire.

– Waouh ! je m'exclame. On se croirait au musée national des Hobbies.

– Je sais, s'amuse Allie. Je devrais faire payer l'entrée.

Elle grimpe sur son lit et s'adosse contre les oreillers. Je continue à regarder autour de moi, fascinée. Raquettes de tennis, cerfs-volants, consoles... toute une vie d'activités diverses et variées. Je soulève un mannequin de bois articulé servant de modèle à dessin, dont je déploie les bras comme des ailes.

– Où est-ce que tu trouves le temps de faire tout ça ?

– Oh, je ne le fais plus. La plupart de ces « passions »

ne m'ont occupée que quelques semaines. J'essayais de trouver la bonne, comme la photo pour Calum. (Elle attrape un ukulélé bleu turquoise au-dessus de son lit.) Le truc pour lequel je serais vraiment douée, qui me rendrait exceptionnelle. (Elle gratte quelques accords. Elle se débrouille plutôt bien, même si ses doigts accrochent un peu les cordes.) Bref. Tout ça était très amusant, mais je n'ai pas de véritable don.

Je m'assieds à côté d'elle sur sa couette vert foncé imprimée de petites fleurs blanches.

– Tu devrais persévérer. Il doit bien y avoir deux ou trois instruments que tu n'as pas encore testés. Tu as pensé à la scie musicale ?

Allie laisse échapper un petit rire. Elle tousse plusieurs fois, puis s'essuie la bouche sur un mouchoir.

– Non, ça va. J'ai eu ma dose. À part ça, comment va notre ange ?

Je lui montre une vidéo tournée avec Rani le matin même. On y voit Biscuit prendre son élan et arquer légèrement le dos, comme le font les athlètes avant un saut en hauteur. Elle ramène ses ailes l'une contre l'autre, les déploie vers le sol et s'envole vers le plafond, sous lequel elle effectue trois cercles parfaits avant d'aller se poser au sommet de l'orgue.

– Incroyable ! s'extasie Allie. Douze secondes !

– Tout ça grâce à toi et au super boulot que tu as fait sur son aile.

Nous échangeons un sourire. Ses joues se colorent d'un soupçon de rose. Au même instant, sur la vidéo, on entend Rani pousser un cri de joie. Allie fronce les sourcils.

– C'était qui, ça ?

Je pensais que Calum l'aurait déjà prévenue. Abasourdie, elle m'écoute lui raconter comment ma sœur m'a suivie jusqu'à McEwan Hall. Avant qu'elle panique, j'insiste sur le fait que Rani a promis de garder le secret. Allie pince les lèvres.

– En gros, on est obligés de lui faire confiance. (Elle n'a pas l'air convaincue, mais elle n'a pas non plus l'énergie de se battre.) Espérons qu'à force de traîner avec des Veilleurs, elle aura des infos qui pourront nous aider.

Il y a une pointe de dédain dans sa voix. Même si ça m'agace qu'elle juge ma sœur sans l'avoir rencontrée, je ne peux pas lui en vouloir de se montrer méfiante.

– Ça, elle maîtrise le sujet ! Elle trouvera peut-être un moyen de communiquer avec Biscuit. Parce que Calum et moi, on n'a pas eu beaucoup de succès jusqu'ici.

– Normal, il est trop exigeant. C'est bizarre : il est capable de rester immobile pendant des heures à attendre qu'un oiseau s'envole ou que le soleil filtre entre les feuilles pour une bonne photo. Mais avec les gens, il n'a aucune patience.

Je repense à son ton glacial de la veille.

– Comment il va ? Ces derniers jours, je l'ai trouvé un peu tendu.

Allie agite la main d'un geste insouciant.

– Bah, Calum est toujours torturé par un truc ou un autre. Il n'y a pas de quoi s'inquiéter.

Les yeux d'Allie se posent sur un grand portrait en

noir et blanc affiché au mur, où on la voit marcher avec ses parents sur une plage. Elle repousse ses cheveux de son visage tout en parlant à son père, qui la tient par les épaules. Sa mère et lui échangent un sourire par-dessus la tête de leur fille. À l'arrière-plan, une vague s'écrase sur le sable, propulsant une gerbe d'embruns vers le ciel gris. Alors que les mouettes luttent contre le vent qui les emporte dans des directions différentes, tous les trois continuent à marcher, insouciants.

Le regard d'Allie s'adoucit.

– Ce n'est pas facile pour lui. Avoir un frère ou une sœur malade, c'est épuisant. Si seulement il prenait un peu de recul...

Je tente d'imaginer ce que je ressentirais si Rani se trouvait à sa place sur les photos de l'escalier. Rien que d'y penser, j'ai le ventre noué.

– Allie... (Elle a déjà compris ce que je m'apprête à lui demander.) Tu vas si mal que ça ?

Elle tripote sa couette en silence. Je m'assieds en tailleur et me rapproche d'elle jusqu'à ce que nos genoux se touchent. Ce contact me fait frissonner.

– Tu te souviens de la double greffe de poumons dont je t'ai parlé ? Eh bien, les médecins craignent que je sois atteinte de ce qu'ils appellent une BO, ou bronchiolite oblitérante. Si ça se confirme, ça veut dire que mon corps rejette mes nouveaux poumons.

J'ai l'impression que le lit tangue sous mes fesses.

– Hein ? C'est possible, ça ?

– Oh oui, c'est hyper courant. Tous les patients présentent des symptômes de rejet plus ou moins importants. Le truc, c'est que la BO est difficile à diagnostiquer. Au début, je réagissais bien, mais à force, le traitement a perdu de son efficacité. Ils ont augmenté les doses, ce qui pourrait résoudre le problème. Ou pas.

Je déglutis.

– Et si ça ne fonctionne pas ?

Pas de réponse. Le générique du journal télévisé s'élève du rez-de-chaussée, bientôt couvert par le bruit de l'aspirateur. Allie se laisse tomber sur le dos, les cheveux étalés sur l'oreiller en tourbillons chocolatés.

– Tu sais, au moment du premier diagnostic, mon espérance de vie était de sept ans. (Elle compte sur ses doigts.) Puis c'est monté à onze, puis à quatorze, et maintenant... les paris sont ouverts. J'ai vécu toute ma vie au conditionnel, Jaya. J'ai appris à faire avec.

– Mais si ça ne fonctionne pas ? j'insiste parce que, moi, je n'ai *pas* appris à vivre avec ça.

Elle me dévisage. Ses lèvres sont très pâles, de la même couleur que certaines des plumes de Biscuit, mais sans leur éclat lumineux.

– Si les médicaments ne fonctionnent pas, je vivrai peut-être encore quelques années. Ou une seule. Ou cinq. Ou moins. Ou peut-être que demain, quelqu'un découvrira un traitement miracle et que je finirai centenaire ! Je ne peux pas le savoir. Personne ne sait quand il va mourir.

Elle a raison. Accidents de voiture, effondrements d'immeubles, attentats terroristes dans un aéroport ou au coin d'une rue... Des gens en parfaite santé meurent tous les jours. Je suis bien placée pour le savoir : je l'ai vu de mes propres yeux. Mais c'est différent quand ces menaces ont un nom, une définition, une échéance. C'est différent quand la personne concernée n'a que dix-sept ans.

J'ai la tête qui tourne. Je suis à deux doigts de vomir et je n'arrive plus à parler. Je ne sais pas quoi dire. Parce qu'il n'y a rien à dire. Allie tousse, se tamponne les lèvres avec un mouchoir, puis s'essuie le front. Elle froisse le tissu blanc entre ses doigts, comme une rose assortie à celle qu'elle porte tatouée sur le poignet.

– Pourquoi une rose ? je lui demande lorsque je retrouve enfin l'usage de la parole.

– En anglais, ma maladie s'appelle « cystic fibrosis ». Essaie de le dire très vite.

Je dois recommencer deux ou trois fois avant de comprendre.

– « *Sixty-five roses* ». Soixante-cinq roses ?

– Exactement. Je sais, c'est un peu cliché. Normalement, je déteste les tatouages symboliques. Comme ces couples qui choisissent une clé et un cadenas, ou deux pièces de puzzle. Je trouve ça trop ringard.

Elle se redresse sur un coude, la tête un peu plus haute que la mienne, et pose une main sur ma cuisse, paume vers le haut. Dans la pénombre, les pétales ont pris une teinte bleu fumé.

– Mais je dois avouer, poursuit-elle, que cette image-là me plaisait bien. Les roses ne sont pas moins belles parce qu'elles sont éphémères. Personne ne les regarde en se disant : « Oh là là, quelle tragédie, elles seront bientôt fanées. » On les apprécie simplement le temps qu'elles durent. Ou alors, c'est qu'on n'a rien compris.

Je suis les contours du dessin sur son poignet, là où les tendons saillent légèrement sous la peau.

– C'est une belle idée.

– Soixante-cinq, ça faisait un peu beaucoup, surtout que les tatouages ne sont pas vraiment recommandés quand on a subi une greffe. Et le tatoueur a bien vu que je n'avais pas dix-huit ans. J'ai eu du mal à le convaincre de m'en faire ne serait-ce qu'une. J'y suis allée avec ma bouteille d'oxygène en toussant comme jamais. Il a dû se dire que c'était mon dernier vœu.

Elle glousse. Je voudrais l'imiter, mais je n'y arrive pas.

– Comment tu fais pour en rire ?

– Tu voudrais quoi, que je reste là à pleurer sur mon sort ? J'ai eu beaucoup de chance de recevoir ces poumons. Souvent, les gens meurent avant de trouver un organe compatible. Moi, j'ai déjà eu plusieurs années de sursis. Je pense tout le temps à mon donneur. Tout le temps.

Du bout des doigts, elle remonte le coin de mes lèvres pour me faire sourire. Je repousse sa main tout en clignant des yeux pour chasser mes larmes.

– Je ne vais pas te mentir, Jaya. Il y a des moments où ça me paraît tellement injuste que j'ai envie de hurler. (Elle me prend la main. La sienne est chaude et moite.) Mais que je le veuille ou non, ça finira par arriver. Alors autant profiter à fond du temps qu'il me reste.

Nous restons silencieuses un moment. Le bruit étouffé

de la télé nous parvient du rez-de-chaussée ; dans la rue calme, une voiture passe de temps en temps. Je pense à ma mère. Elle n'avait que trente-sept ans quand elle est morte. C'est déjà plus vieux que bien des gens, mais pas encore assez. Rien ne me convaincra jamais que c'était assez.

– Calum a raison, je déclare. Tu devrais te ménager. Ce n'est pas la peine d'aggraver les choses.

– Je sais, je sais. Mais j'ai du mal. Je n'ai pas envie de rater une seule minute avec Biscuit. (De sa main libre, elle désigne sa chambre, les instruments de musique, les fournitures d'art et l'équipement de sport.) Tout ça... c'était sympa, mais depuis la greffe, je me fiche d'être douée pour quelque chose. Je veux juste être quelqu'un de bien. Quelqu'un qui *fait* le bien.

Je repense à la première fois où je les ai vus, Calum et elle, devant le restaurant, avec leurs prospectus et leurs pancartes. À toutes les heures qu'elle a passées dans l'appartement de Shona, à coudre laborieusement des plumes sur l'aile de Biscuit. À la façon dont elle nous a interdit de parler d'elle comme si elle n'était pas là. À la liste de noms dans son carnet.

Allie est quelqu'un d'exceptionnel. De vraiment exceptionnel. Je voudrais le lui dire, mais je ne sais pas comment m'y prendre.

Et finalement, ça ne sera peut-être pas nécessaire... Elle penche la tête vers moi, elle regarde mes lèvres comme seuls Leah et quelques garçons l'ont fait avant elle. Une partie de moi se dit que ce n'est pas le moment, qu'elle ne va pas bien, mais une autre partie, plus importante, lui réplique qu'on s'en fiche. J'attends, le cœur battant...

Et mon téléphone sonne.

– Merde. Désolée. (Toute rouge, je le sors de ma poche.) Ça doit être mon père.

Alors que je m'apprête à refuser l'appel, je m'aperçois que c'est un numéro inconnu. Un numéro à Édimbourg. Il n'y a pourtant personne ici qui pourrait m'appeler depuis un fixe. À moins que...

– Il faut que je réponde.

Je me réfugie dans le couloir, laissant Allie toute seule. Les doigts tremblants, je fais glisser le bouton vert sur l'écran.

– Allô... Allô ?

Il y a un long silence. La ligne est mauvaise. À l'arrière-plan, j'entends des bruits de klaxons et l'avertissement sonore d'un passage piéton. Mon interlocuteur m'appelle vraisemblablement depuis une cabine.

– Allô ? je répète, la main tellement crispée sur l'appareil que je commence à avoir une crampe.

Et puis j'entends sa voix, et mon cœur s'arrête de battre.

– Jaya. (Nouveau silence. Son souffle est court, haché.) C'est moi. Leah.

21

Calton Hill grouille de monde. Le Fringe Festival a étendu ses tentacules de la vieille ville jusqu'aux monuments qui la surplombent. Des danseurs en justaucorps orange bondissent sur l'herbe, une chorale chante *Oh Happy Day* et un acteur interprète *Hamlet* devant un groupe de touristes grisonnants. Tout en grimpant les marches d'un bon pas, je comprends que c'est la raison pour laquelle Leah m'a donné rendez-vous ici : au milieu des visiteurs, des artistes, des rires et des flashs d'appareils photo, elle passe inaperçue.

Je la trouve assise au pied du Monument national d'Écosse, une rangée imposante de colonnades d'inspiration grecque. Elle est entourée d'une bande de gamins étrangers en voyage scolaire qui la cachent presque à ma vue. Dès qu'elle m'aperçoit, elle se lève. J'ai l'impression de regarder quelqu'un que je connais dans une pièce de théâtre. C'est bien Leah, et en même temps, ce n'est pas vraiment elle. Les épaules voûtées, elle tire nerveusement sur l'ourlet de son sweat. En m'approchant, je constate qu'elle n'a pas l'air en bonne santé. Elle a les joues creuses et des croûtes au coin des lèvres.

Peu importe. Elle est là.

Nous nous rejoignons sur le chemin. Mon regard est rivé sur elle ; le sien sur le sol.

– Tu es venue, je finis par lancer, bêtement, comme si c'était moi qui l'avais appelée.

Ses yeux se posent sur mon épaule, puis sur le ciel bleu, et sur un homme qui promène son chien. Sur tout, sauf mon visage. Mes bras sont démangés par l'envie de l'étreindre. Sans connaître exactement les croyances des Futurs Déchus, je suis à peu près sûre qu'ils n'approuveraient pas notre relation. Leah avait déjà assez de mal à l'assumer avant son départ ; il y a peu de chances, que ces quatre mois passés au sein d'une secte aient arrangé les choses.

Puis une pensée me vient. C'est peut-être pour ça qu'elle est là. Pour me sauver de moi-même.

– Si tu as l'intention de me convertir, tu perds ton temps, je la préviens. Je ne suis pas intéressée par ces histoires débiles de rédemption.

Elle tressaille, aussi surprise que moi par mon animosité. Depuis des mois, j'ai réfléchi à ce que je lui dirais si je la revoyais un jour. Ce n'est pas ce que j'avais prévu.

– Non, bien sûr que non. (Elle a les dents jaunes. Leah, la fille qui apportait sa brosse à dents au lycée pour se les laver le midi.) Ce n'est pas ce qui m'amène.

– Alors quoi ? Comment tu as su que j'étais à Édimbourg ?

Elle toise un couple en train de prendre un selfie.

– J'ai vu tes photos sur Instagram. Dont une avec Perry, il y a à peu près trois semaines.

– Et tu ne pouvais pas m'écrire ? (J'ai beau essayer de

la retenir, la colère monte en moi. Je lui en veux d'être partie ; je lui en veux de m'avoir quittée.) Je t'ai appelée au moins mille fois. Je t'ai envoyé je ne sais pas combien d'e-mails. Je suis même passée chez toi...

– Jaya, s'il te plaît. (Elle secoue la tête, ce qui fait retomber une mèche de cheveux gras sur son front.) La perspective de te revoir... c'est la seule chose qui m'a permis de tenir.

Je me rapproche d'un pas. Elle se recroqueville sur elle-même, comme si elle rentrait dans sa coquille.

– Raconte-moi, je la supplie. Raconte-moi ce qui s'est passé.

Soudain, j'ai peur qu'elle se mette à pleurer. Elle cligne des yeux, la lèvre frémissante et la tête penchée en arrière. Mais après avoir pris une grande inspiration, elle continue d'une voix mal assurée.

– Je ne peux pas. Je ne sais même pas comment c'est arrivé.

Les gamins étrangers défilent sur le chemin en nous bousculant avec leurs sacs à dos rouges. Nous allons nous asseoir sur un banc libre avec vue sur la vieille ville. Les mains de Leah tremblent ; elle les serre entre ses genoux pour les immobiliser. Pendant quelques minutes, elle ne dit rien. Elle n'arrête pas de regarder par-dessus son épaule, comme si elle inspectait la colline, à la recherche d'une menace invisible.

– Tu te souviens de la première fois où les Futurs Déchus sont passés aux infos ? me demande-t-elle enfin. On sortait de cours, et Sam nous a montré la vidéo.

J'avais oublié, mais ça me revient tout à coup. Sam a

traversé un groupe de 6e, le volume de son téléphone réglé au minimum. À l'écran, six ou sept personnes se tenaient sur le toit d'un immeuble quelque part aux États-Unis. Leur discours était noyé par les sirènes et le brouhaha, mais on distinguait quelques mots : « destin », « humanité », « dragons »... Leah a éclaté de rire en disant que le type devait avoir confondu sa Bible avec *Le Trône de fer*.

– Maman n'allait pas bien. Ça n'était pas nouveau, mais là, ça prenait des proportions inhabituelles. Les Chutes lui avaient retourné la tête. Quand je suis rentrée à la maison ce soir-là, elle regardait la vidéo en boucle. Papa lui a demandé d'arrêter d'écouter ces tarés. Elle a obéi, mais le lendemain matin, je l'ai surprise en train de recommencer. Elle était comme... possédée. Après, je ne sais pas si tu te rappelles, ça a fait boule de neige. On a commencé à voir arriver des vidéos de Tokyo, Moscou, Paris... Et puis la branche de Londres est passée à la télé, et celles de Manchester, d'Édimbourg, de Glasgow. Ma mère regardait tout ça en cachette, elle consultait des sites Internet, des forums. Je crois qu'elle appréciait que ces gens prennent les Chutes au sérieux, comme un message de Dieu. À ce stade, les gens commençaient déjà à se lasser et à les ignorer, papa le premier. Mais elle, elle avait l'impression que les Futurs Déchus pourraient lui donner des réponses. Un but. Qu'ils combleraient le vide de son existence.

Je pense à mon père, perdu dans son labyrinthe de notes, d'espoirs et de théories. Pour une fois, je me réjouis que son obsession n'ait pas pris un tour plus sombre.

– Et puis, une nuit, continue Leah, j'ai été réveillée par des cris. Maman était en train de faire ses valises. Elle avait décidé qu'on allait rejoindre la secte, tous les trois. Papa a refusé, bien sûr, mais j'ai répondu que si elle voulait bien attendre la fin de la semaine, j'irais avec elle. Je me disais que ça nous laisserait le temps de trouver une solution. J'espérais qu'elle se calmerait, qu'elle comprendrait que c'était une énorme erreur. Ça aurait pu marcher si, deux jours plus tard, mon père n'avait pas essayé de la convaincre de se faire hospitaliser. Elle a paniqué et elle est partie en claquant la porte. Je ne voulais pas qu'elle y aille seule, alors je suis montée dans la voiture avec elle. Je n'ai même pas eu le temps d'emporter des vêtements.

Un homme déguisé en Hobbit passe près de nous en braillant dans son téléphone. Nous nous taisons. En contrebas, les voitures avancent au ralenti à travers la ville. C'est fou comme la voix de Leah a changé. Elle a toujours le même timbre, le même accent, mais l'assurance qui la caractérisait a disparu.

– Et vous avez intégré la branche d'Édimbourg ? je reprends, une fois que le Hobbit s'est éloigné.

– Non, celle de Glasgow.

Il y a quelques semaines, le soir où j'ai rencontré Biscuit, j'étais en train de regarder une vidéo d'eux sur le site de la BBC. Si mon téléphone n'était pas tombé en panne de batterie, j'aurais sans doute vu Leah sur le toit.

– C'était comment ?

– Dur. On s'ennuyait beaucoup. On vivait dans une vieille ferme en dehors de la ville, à treize dans une seule chambre. Niveau nourriture, c'était – et c'est toujours – hyper basique : soupe et pain. On n'a le droit de se laver qu'une fois par semaine. Tous les divertissements sont interdits, donc pas d'ordinateur ni de téléphone. J'en ai volé plusieurs, pour prendre de tes nouvelles et de celles de mon père. Je l'ai bien regretté le jour où je me suis fait choper.

J'attends qu'elle développe, mais elle se contente de relever les manches de son sweat. Je retiens un cri. Ses doigts sont rouges et abîmés, ses ongles noirs de crasse, ses bras couverts de bleus – certains tout frais, violet foncé, et d'autres virant au jaune et au rose.

J'ai l'impression d'avoir avalé des charbons ardents. Je voudrais des noms, je voudrais prévenir la police, je voudrais faire un raid dans cette foutue secte et tabasser les responsables. Mais à la façon dont Leah tire sur ses manches, je comprends qu'elle regrette déjà de m'avoir montré ça. Alors je ferme les yeux et j'inspire profondément en essayant de ne plus y penser.

– Qu'est-ce que tu fais à Édimbourg ? je lui demande.

– Il y a eu un regroupement. À cause de rumeurs... (Leah s'interrompt le temps que deux femmes voilées, l'une de blanc, l'autre de vert, prennent des photos du panorama.) Des rumeurs qui disent qu'une Créature serait tombée ici et aurait été attrapée avant que ça s'ébruite. Damien, le chef d'Édimbourg, a réclamé des renforts pour la retrouver. J'ai persuadé ma mère de se porter volontaire.

J'ai du mal à garder mon calme.

– Vous savez où elle est ?

– Non, je ne crois pas. Les chefs sont en contact avec des gens sur Internet qui prétendent avoir récupéré des plumes. Ton père n'est pas au courant ?

– Non. (Je prie pour qu'elle ne détecte pas la tension dans ma voix.) Il ne m'a rien dit.

Quelque part dans la vieille ville, une horloge sonne six coups. Leah se lève d'un bond et rabat sa capuche sur sa tête.

– Il faut que je file. S'ils apprennent que je t'ai parlé, ils… ils ne vont pas être contents.

– C'est une blague ? Pourquoi tu m'as appelée si tu y retournes ?

Ses yeux se promènent sur la colline avant de revenir se poser sur moi. Ils sont toujours du même bleu pâle, et pourtant, je les trouve différents. Ternes. Comme s'ils étaient sur le point de s'éteindre.

– J'avais besoin de te voir. J'ai eu beaucoup de temps pour réfléchir, depuis notre départ. Je me suis rendu compte que j'avais été horrible avec toi. Tu traversais des moments terribles, entre l'accident de ta mère et ton père qui… Et moi, tout ce qui m'inquiétait, c'était ce que les gens penseraient de nous. J'aurais dû te prévenir. J'aurais dû te dire au revoir.

Ces derniers mois, je me suis souvent demandé si je ne réagissais pas de manière exagérée à sa disparition. De toute évidence, on n'était pas si proches que ça. J'avais dû prendre mes désirs pour la réalité et confondre quelques rendez-vous sans enjeu avec une vraie relation. Le fait qu'elle prononce enfin ces mots me prouve que ce n'était pas le cas. Que c'était bien réel.

Mais déjà, elle s'éloigne en courant. Je la rattrape par la manche.

– Leah, arrête ! Tu ne peux pas y retourner ! Regarde-toi. Regarde ce qu'ils ont fait de toi.

Elle se dégage.

– Ce n'est pas si facile. Je ne peux pas m'en aller comme ça.

– Pourquoi ? Tu ne leur dois rien. (Nous descendons les marches en zigzaguant entre les touristes.) On n'a qu'à aller voir la police. Elle pourra t'aider. Tu seras en sécurité...

– Je ne peux pas ! (Elle me fait brusquement face. Ses yeux lancent des éclairs.) Qu'est-ce que tu crois ? Je n'abandonnerai pas ma mère !

J'ai l'impression de recevoir un coup de poing. J'ai envie de pleurer. Je sais que ça n'a rien à voir avec moi ni avec le fait que je n'ai pas réussi à sauver ma mère à moi, mais je ne peux pas m'empêcher de faire le rapprochement. C'est comme si Leah m'accusait de ne pas avoir tout tenté. Elle marmonne :

– Pardon, Jaya, ce n'est pas ce que je voulais dire...

Deux larmes brûlantes roulent sur mes joues. Lorsque je lève la main pour les essuyer, Leah m'attrape et me serre dans ses bras. Mes paupières se ferment. Juste une seconde. Et durant ce bref instant, même si ses cheveux ne sentent plus la noix de coco, même si elle n'a plus que la peau sur les os, tout redevient comme avant.

– Je suis désolée, souffle-t-elle. Pour tout. Je te jure. Mais je ne suis pas venue ici pour que tu me sauves.

Je rouvre les yeux juste à temps pour voir ses mèches blond foncé disparaître derrière un groupe de Veilleurs. Je lui cours après, bousculant les touristes qui traînent au pied des marches. Mais je ne suis pas assez rapide. Le temps que j'atteigne la route, elle m'a échappé.

Encore une fois.

22

Il m'a fallu quatre mois, deux nouveaux amis et une Créature pour enfin me sortir Leah de la tête, et une seule conversation de vingt minutes pour l'y ramener. Cette nuit-là, je dors très mal, obsédée par les images de notre rendez-vous – la manière dont elle s'est recroquevillée quand je me suis approchée d'elle, son regard vide alors qu'elle parlait des mauvais traitements subis. Je ne comprends pas comment ils ont pu la briser aussi vite. Ça ne colle pas avec la fille que j'ai connue.

Le lendemain matin, au petit-déjeuner, j'avale des céréales dont je ne sens pas le goût tout en prêtant une attention distraite à ce que raconte mon père. Il doit retrouver d'autres Veilleurs à Glasgow pour boucler les plans de leur ventilateur. Il m'embrasse le sommet du crâne, soulagé que, pour une fois, je ne lui fasse pas une scène parce que je dois rester avec Rani.

– Il n'y en a plus pour longtemps, ma puce, m'assure-t-il en enfilant sa veste. Dès demain soir, les choses pourront revenir à la normale. Promis.

Demain. Il croit que la Créature va tomber *demain.* Je frissonne car je sais combien il va être déçu, mais Leah accapare trop mes pensées pour que je réfléchisse à autre chose.

Dès que la porte se referme derrière lui, je me tourne vers ma sœur.

– Allons voir Biscuit.

Il n'est pas encore 8 heures, et Calum n'arrivera pas avant 10 heures pour assurer son tour de garde. On devait le relever dans l'après-midi. Mais j'ai besoin de me changer les idées. Si je reste ici, je vais passer la matinée à fixer mon téléphone dans l'espoir – et la crainte – que Leah me rappelle.

Avant de partir, Rani passe en revue les livres de papa. Elle fourre dans son sac à dos une dizaine d'ouvrages reliés aux titres évocateurs : *Les Anges de Rembrandt* ou *Créatures célestes et art islamique.*

– J'ai un plan, m'explique-t-elle, un sourire aux lèvres. On va la faire parler.

Une demi-heure plus tard, pendant que la Créature tournoie sous le dôme de McEwan Hall, Rani étale ses trouvailles sur le sol. Je reconnais certaines des œuvres reproduites, comme les deux chérubins de Raphaël qui ont l'air de s'ennuyer. Mais il y en a d'autres que je n'ai jamais vues : le petit Jésus entouré de trois anges musiciens, ou quatre créatures ailées attaquant des démons sous une inscription en arabe. Rani me parle de Rossetti, de Van Eyck, de Klee et de tout un tas de peintres et de mouvements qui me sont inconnus.

– Puisque les artistes ont su représenter l'apparence des anges, dit-elle, ils pourraient bien avoir vu juste sur l'endroit d'où ils viennent. Regarde. (Elle me montre un homme à la couronne d'or et aux vêtements brodés, dans le dos duquel jaillissent des ailes acérées couvertes de plumes rouges, bleues et vertes.) Ce tableau a été peint en 1590 dans l'empire moghol, qui correspond aujourd'hui à l'Inde et à une partie de l'Asie centrale. Et celui-là... (Elle ouvre un autre livre sur un portrait de l'ange Gabriel et d'une Vierge étonnamment blanche pour une femme du Moyen-Orient.) Celui-là est une œuvre de l'Italien Fra Angelico datant de 1426. Plus d'un siècle et des milliers de kilomètres les séparent, mais tu as vu comme les ailes se ressemblent ? Mêmes couleurs, même forme...

Certes, il y a des similarités, mais pas tant que ça non plus. Les couleurs du premier ange sont très vives, ses ailes angulaires et ses plumes aussi grosses que des tuyaux d'orgue. Alors que celles du Gabriel sont plus douces, leurs lignes bleu pastel et jaune paille soulignant harmonieusement sa tunique rose saumon. Comme papa, Rani ne voit que ce qu'elle veut bien voir.

– On pourrait penser que c'est une coïncidence, ou que les artistes se sont inspirés d'anecdotes religieuses et d'autres tableaux. (Elle caresse la forme des ailes sur la page.) Mais pour qu'un si grand nombre d'entre eux aient imaginé les anges de la même façon, il doit forcément y avoir un fond de vérité.

Avant que j'aie pu répondre, Biscuit se pose à côté de nous. Rani lui tend l'un des livres et lui explique les scènes bibliques illustrées. Je n'en reviens pas qu'elle sache autant de choses. Il y a encore un an, ses plus grandes passions étaient le trampoline, les bonbons Haribo et un jeu d'iPad avec des koalas volants. Elle est trop jeune pour tout ça.

Elle passe ensuite au plafond d'une église baroque où des anges et des saints batifolent dans les nuages. Il y a même un Christ assis sur un arc-en-ciel.

– Tu reconnais quelque chose ? demande-t-elle à Biscuit. Ça ressemble à là d'où tu viens ?

La Créature contemple la fresque avec intérêt, surprise de constater que certaines de ces formes blanches ou colorées sont censées représenter des ailes. Mais elle ne fait ni « oui » ni « non » de la tête, elle ne désigne pas les nuages en bavardant avec excitation. Au bout d'un moment, Rani se résout à essayer un autre livre. Puis encore un autre.

Une heure plus tard, nous en avons parcouru six, toujours sans le moindre résultat. Biscuit se contente de répéter nos paroles et de nous réciter la première scène d'une pièce sur des créatures mythologiques mi-femmes mi-phoques appelées *selkies*.

Lorsque ma sœur enchaîne avec *Les Anges de Rembrandt*, je lui signale gentiment :

– Je n'ai pas l'impression qu'elle comprenne. On n'aura peut-être jamais de réponse...

Rani baisse la tête, avant de la relever, les yeux pleins de larmes.

– Jaya, est-ce que maman s'est suicidée ?

Mon cœur fait un bond dans ma poitrine.

– Quoi ? Non, Rani, non ! Comment peux-tu penser ça ? C'était un accident. Tu le sais !

– Je ne sais rien du tout ! Tu ne m'as jamais raconté ce qui s'était passé. Et elle me manque...

Les derniers mots sont sortis dans un sanglot. J'hésite

à la prendre dans mes bras, à cause du fossé qui s'est creusé entre nous ces derniers temps. Et puis je me souviens de qui elle est, de qui je suis, et je la serre contre moi. La gorge nouée, les yeux fermés, j'entends le bruit du torrent, les pierres qui dégringolent, je revois le foulard jaune accroché à une branche.

Je me concentre sur Rani, sur son corps frêle, sur ses larmes qui imbibent mon tee-shirt. Doucement, je lui soulève le menton.

– Tu te rappelles la fois où on pique-niquait à Black Isle et où une mouette a piqué le sandwich de maman dans sa main ?

Elle laisse échapper un petit rire.

– Oui ! Elle l'a poursuivie sur toute la plage pour le récupérer. Comme si elle pouvait encore le manger après ça. (Elle se redresse et s'essuie les yeux.) Et tu te souviens du rouge à lèvres hyper cher qu'elle avait acheté quand on était petites, et toi...

– Je nous ai barbouillé la figure avec ! (On a encore la photo quelque part : moi âgée de six ans et Rani tout bébé, hilares, le visage barré de traces rouges.) Elle ne m'a même pas grondée.

Les larmes me montent aux yeux, à moi aussi. Tous ces souvenirs me donnent le vertige. J'ai beau penser très souvent à ma mère, je n'en parle jamais. Mais cette fois, Rani en a besoin.

Alors nous parlons. Des chansons qu'elle écoutait dans la voiture, des berceuses qu'elle nous chantait autrefois. De ses plaisanteries et de ses répliques de films préférées, de ses dictons tamouls hérités d'Ammamma qui sonnaient toujours un peu bizarrement en anglais. De sa cuisine : son curry d'aubergine crémeux, son pad thaï, son parippu, ses pâtes au cheddar. De la maison qui embaumait le bacon le samedi matin, et la cannelle et la muscade quand elle faisait de la pâtisserie le dimanche.

Nous parlons de ce qui nous manque le plus. Il y a tellement de choses : ses câlins, ses fous rires hystériques quand elle téléphonait à Ammamma ou à ses amies de Londres, sa façon de nous tresser machinalement les cheveux pendant qu'on faisait nos devoirs, son odeur de terre et de rose après avoir jardiné. Nous parlons aussi de ce qui nous énervait, comme sa manie de passer l'aspirateur dès qu'on s'asseyait devant la télé ou de débarquer dans nos chambres pour trier notre linge sale quand on avait de la visite... Aujourd'hui, on ne sait même plus pourquoi ça nous agaçait. Parce que même ça, ça nous manque.

Plus nous parlons, plus les souvenirs remontent à la surface. Maman qui sourit devant un bonhomme de neige bancal affublé d'une écharpe orange ; ses mains qui épluchent un mangoustan sur un marché à Nuwara Eliya ; son interprétation d'une chanson de Take That dans la cuisine, une cuillère en bois en guise de micro. Derrière chaque anecdote se devinent, en creux, toutes celles qu'elle aurait pu vivre mais qu'elle ne vivra jamais.

C'est trop injuste. J'ai profité d'elle pendant seize ans à peine, et Rani encore moins. On ne devrait avoir cette conversation que dans un demi-siècle, avec des décennies de souvenirs à ajouter à la liste – anniversaires, mariages, vacances en France, au Sri Lanka ou en Nouvelle-Zélande. Une fraction de seconde a suffi pour supprimer son avenir et nous couper d'une bonne partie de son passé. Je ne pourrai jamais lui demander ce qu'elle serait devenue si elle n'était pas tombée enceinte à vingt ans ni ce qu'elle pensait de mon homosexualité. Je me doute que ça ne l'aurait pas dérangée : si elle ne m'a jamais posé aucune question, l'été dernier, elle m'a très subtilement offert le roman *Come as You Are*, qui raconte l'histoire d'une jeune lesbienne. Malgré tout, j'aurais aimé avoir l'occasion d'en discuter avec elle.

Le silence finit par retomber entre ma sœur et moi. Nous regardons Biscuit tournoyer sous la verrière. Je calcule la durée de chacun de ses vols : dix-sept secondes, vingt-deux, dix-neuf. Ses mouvements sont de plus en plus fluides et ses décollages beaucoup moins hésitants. Elle a fait des progrès considérables.

– J'aurais aimé que maman puisse la rencontrer, soupire Rani. Elles se seraient bien entendues.

– Je sais. (Je passe mon bras autour de ses épaules.) Moi aussi.

Un craquement me fait me retourner. Calum vient d'entrer, alors qu'il n'était pas censé arriver avant une demi-heure. L'inquiétude, puis la peur me saisissent. Je pense aussitôt à Allie.

– Tu es en avance, je m'étonne. Tout va bien ?

– Ouais, super, répond-il d'une voix morne. (Il jette son blouson sur le sol avant de nous rejoindre et de tapoter un livre du bout du pied.) C'est quoi, tout ça ?

– J'espérais que Biscuit reconnaîtrait quelque chose, lui explique Rani. Si les anges ressemblent autant aux représentations qu'on en fait, peut-être que c'est pareil pour le paradis.

Une lueur passe dans les yeux de Calum. À genoux, il commence à feuilleter l'ouvrage le plus proche. Il s'arrête sur un tableau intitulé *L'Ascension*, l'un des premiers que ma sœur a choisis.

– Regarde : tu vois ces nuages ? lance-t-il à la Créature, revenue se poser près de nous. Chez toi, c'est où ? Derrière ? Pourquoi on ne voit rien d'ici ?

Quelque chose dans sa voix me met mal à l'aise. Biscuit le fixe sans réagir. Rani lui signale qu'elle a déjà essayé, mais il ne l'écoute pas.

– Allez, tu n'as qu'à hocher la tête pour dire « oui » ou « non » !

Et il continue à mitrailler la Créature de questions. Le plus terrible, c'est que je vois bien qu'elle fait des efforts. Elle garde les yeux rivés sur les images de nuages et d'anges qui défilent. De temps en temps, elle ouvre la bouche, et Calum s'arrête. Mais tout ce qui en sort, ce sont des paroles de chansons ou un jingle radio. Alors, avec un grognement, il passe à la page suivante.

Bientôt, les ailes de Biscuit frémissent. Elle doit se lasser de cet interrogatoire, à moins qu'elle sente, elle aussi, la tension monter dans la voix de Calum. Voyant qu'elle s'apprête à redécoller, il la retient brusquement par le poignet. Elle pousse un cri étranglé.

– Mais tu vas le dire, à la fin ? s'écrie-t-il. Dis-nous d'où tu viens !

– Calum ! Lâche-la !

Je lui tords le bras pour qu'il la libère. Aussitôt, Biscuit s'élance vers le toit et va se poser dans l'alcôve au-dessus de l'orgue. Rani monte l'escalier quatre à quatre en l'appelant. Je tiens toujours Calum, qui se dégage et donne un coup de pied dans les livres.

– Hé ! je proteste. Tout va bien. Elle est juste...

– Non, tout ne va pas bien ! aboie-t-il. (Il se dirige vers la porte en s'empoignant les cheveux.) Tu ne comprends pas. Tu ne comprends rien à rien.

– Comment ça ?

Il se retourne, les yeux brillants.

– Tu sais ce qu'Allie voulait faire comme métier quand elle était petite ? Astronaute. *Astronaute*, putain. Avec sa mucoviscidose, elle a déjà du mal à respirer sur la Terre. Tu l'imagines dans l'espace ?

Je ne vois pas où il veut en venir. Tous les gosses de six ans rêvent de devenir astronautes.

– Non, bien sûr, je réponds. Mais quel rapport avec Biscuit ?

– Ma sœur fait comme si de rien n'était, mais elle a subi une greffe de poumons, Jaya. Tu réalises à quel point c'est grave ? Elle est restée quinze jours dans le coma. Elle a failli mourir deux fois. Elle ne devrait même pas sortir de sa chambre en ce moment, vu l'infection qu'elle se traîne... Mais toi, tu débarques et tu t'attends à ce qu'elle suive le rythme.

Son accusation est tellement injuste que je mets un moment à pouvoir parler.

– Mais c'est *faux* ! Je ne l'ai jamais forcée à quoi que ce soit. Vous défendiez les droits des Créatures bien avant que je découvre Biscuit. Tu sais que c'est important pour elle. (Comme il ne se déride pas, je lui rappelle ce qu'Allie elle-même ne cesse de répéter.) Et puis c'est *sa* vie. Elle est libre.

Les lèvres de Calum frémissent. Mais au lieu de me crier dessus, il se contente de lever la tête vers le plafond d'où les muses le regardent, serrant contre elles leurs livres et leurs instruments.

– Tu as raison, admet-il. Je ne peux pas l'empêcher d'agir comme elle veut. Elle peut bien baisser complètement les bras, si ça l'amuse. (Il me dévisage, glacial.) Mais tu ne peux pas t'attendre à ce que je reste là sans rien faire. Parce que ce n'est pas elle qui va se retrouver toute seule à la fin. Ni toi.

J'ouvre la bouche pour répondre, avant d'être heurtée de plein fouet par ce que ses paroles signifient.

Les mains enfoncées dans ses poches, Calum pince les lèvres en contemplant ses pieds. Il se retient visiblement de pleurer.

– Tu devrais prendre ta journée, je lui conseille finalement. (Biscuit est toujours cachée derrière une colonne du deuxième balcon, d'où Rani tente de la convaincre de sortir.) On prend le relais.

– Si vous voulez. De toute façon, c'est foutu. Elle ne nous donnera jamais aucune réponse.

Tandis qu'il s'éloigne, je réalise enfin ce qui me dérangeait dans sa voix. J'y ai perçu la même chose que dans celle de Leah hier, le même désespoir, la même peur. Lui aussi se tient au bord du gouffre, et j'ignore s'il va sauter ou pas.

23

Il fait un temps idéal pour attraper des anges. Déjà dix-huit degrés, et pas un souffle de vent. Le morceau de ciel que j'aperçois depuis mon lit est d'un bleu étincelant. Je me surprends à espérer qu'il s'ouvre en deux pour laisser s'échapper des centaines de Créatures, qui tomberaient dans les bras de mon père et exauceraient tous ses vœux.

C'est peu probable.

Il est 8 heures du matin. D'après les calculs de papa, la prochaine Chute devrait avoir lieu aux alentours de 10 h 54, à quelques minutes près. Nous avons rendez-vous au pied d'Arthur's Seat à 9 heures pour tout installer. Il est parti du principe que je serais de la partie, et je n'ai pas eu le cœur de le décevoir. C'est *sa* journée, après tout. Celle vers laquelle ont tendu tous ces mois de stress et d'obsession. Et même si je sais déjà que ce sera un désastre, refuser de l'accompagner ne ferait qu'aggraver les choses.

Mais là, tout de suite, je ne me sens pas encore capable de l'affronter. Je roule sur le flanc afin de consulter mes messages. J'ai passé les derniers jours dans le même état que durant les semaines qui ont suivi le départ de Leah : mon téléphone greffé à la main, à traîner sur Instagram et à rafraîchir ses différents profils sur les réseaux sociaux. Aucun appel manqué, aucun SMS. Comme si notre rendez-vous sur Calton Hill n'avait jamais eu lieu.

Au moment où je me décide enfin à me lever, je reçois un message d'Allie :

« Mauvaise nouvelle, ma gardienne de prison a la crève, elle reste à la maison. Je ne vais pas pouvoir rendre visite à B. Dégoûtée... ça fait trop longtemps que je ne vous ai pas vues, elle et toi. »

J'ai des papillons dans le ventre. Même si je n'arrête pas de penser à Leah, je regrette encore de ne pas avoir embrassé Allie l'autre jour, avant de filer en courant. Cette fille me plaît énormément. C'est normal, en même temps : elle est drôle, courageuse, jolie, intelligente et adorable avec Biscuit. J'aime sa façon de rejeter la tête en arrière quand elle rit, et sa manie de tripoter ses boucles d'oreilles quand elle réfléchit, et... Bref, Allie me plaît.

Mais Leah aussi. Et je ne sais plus où j'en suis.

Après avoir répondu à Allie, je m'habille à contrecœur en me préparant à trouver mon père survolté. En réalité, il est assis sur le canapé avec son ordinateur portable, les sourcils froncés. Rani et lui regardent une vidéo. À l'écran, un homme blanc bien coiffé se tient sur un coteau en surplomb d'une vallée méditerranéenne.

« Nous voici à Manosque, dans la région française des Alpes-de-Haute-Provence, dit-il tandis que la caméra balaie le panorama. Une ville tranquille de vingt-deux mille habitants – surtout connue pour avoir vu naître l'écrivain Jean Giono – jusqu'à ce matin, à 5 h 42, où elle est devenue le point de chute de la 88e Créature. »

Le film enchaîne avec les images d'une cour d'école, où une dizaine de gendarmes rougeauds tentent de contenir une foule de Veilleurs impatients. À la place de mon père, j'y verrais un mauvais présage, car il est rare que deux Créatures tombent le même jour, surtout aussi près l'une de l'autre. S'il vient d'y avoir une Chute dans le sud de la France, il y a très, très peu de chances qu'il se passe quelque chose tout à l'heure à Édimbourg.

Rani a abouti à la même conclusion.

– Rappelle-toi le 12 juin, dit-elle. Il y a eu trois Chutes le même jour : une aux Philippines, une au Canada et une ici. Ce n'est pas la première fois que ça arrive.

– Bien vu, acquiesce papa. (Il ferme l'ordinateur, fait claquer ses mains sur ses genoux et se lève. À ce stade, sa confiance en lui est aussi solide qu'un roc ; il en faudrait beaucoup plus que ça pour l'ébranler.) Bon ! C'est l'heure d'aller attraper cette Créature !

Mon estomac fait des saltos. Le regard de Rani pèse sur moi, mais je l'ignore.

– Ouais, je réponds sur un ton faussement enjoué. C'est parti !

Lorsque nous arrivons au pied de la colline, dix minutes plus tard, les copains Veilleurs de mon père sont déjà là. Ils n'ont pas besoin de porter les tenues criardes ou les auréoles en plastique des touristes pour que je les repère. Ils forment un groupe de types et d'âges variés, en costume, maillot de foot, tee-shirt *Dr Who* ou robe à fleurs. À part les Créatures, qu'est-ce qui pourrait bien rassembler une bande aussi hétéroclite ?

Après s'être garé au bord de la route, papa sort une boîte à outils du coffre. Un ou deux Veilleurs lui font signe et la fille au tee-shirt *Dr Who* lève sa cigarette dans sa direction. Derrière eux, deux personnes sont penchées sur un étrange assemblage de métal et de plastique. La base ressemble à un gigantesque lit à baldaquin doté de roues métalliques à la place des pieds, de grosses poignées à hauteur de taille et d'un crochet en acier permettant de la remorquer avec une camionnette. Au sommet, ils ont fixé une espèce de réacteur d'avion, en beaucoup plus grand : une énorme sphère de métal renfermant huit hélices surdimensionnées. On dirait un peu un ventilateur, comme papa l'avait annoncé. Un ventilateur de sept mètres de long et de la largeur d'un bus.

– Et voilà sur quoi nous avons bossé à Perth ! déclare-t-il, tout fier.

– Waouh, papa ! s'extasie Rani. C'est incroyable ! Hyper impressionnant !

Certains des Veilleurs viennent nous serrer la main ou nous taper dans la paume. Les autres nous saluent depuis la pelouse, où ils traînent des boudins de caoutchouc bleu vif tirés du coffre d'une voiture. Papa nous les présente, mais je perds vite le fil. Ils sont vingt-cinq au total, bien plus que je l'imaginais. Rani fonce tout droit vers la machine devant laquelle une femme noire en salopette verte se débat avec un amas de câbles emmêlés. À côté, un homme grand et maigre de type scandinave grimpe sur une échelle pour fixer quelque chose à la structure. Rani les bombarde de questions.

– On n'a pas eu beaucoup de temps pour l'assembler, mais elle est extrêmement puissante, lui explique la femme, qui s'appelle Maya. La vitesse de rotation est la même que celle d'un moteur d'avion, et on a modifié les hélices pour plus de résistance. Regarde, je vais te montrer.

Elle actionne un interrupteur. Le ventilateur se déclenche avec un bruit de réacteur ; deux corbeaux qui passaient par là se retrouvent alors propulsés dans les airs avec une telle violence qu'ils y laissent quelques plumes.

L'homme, Lars, indique une rangée de cadrans juste sous l'interrupteur.

– Avec ça, on peut moduler la puissance et la vitesse. L'idée, c'est d'orienter la machine vers la Créature et de freiner sa Chute avec le ventilateur, puis de baisser doucement les réglages pour l'accompagner jusqu'au sol en toute sécurité.

J'ai beau avoir arrêté la physique après le collège, leur démonstration me paraît un peu légère. Mais quand Rani les interroge sur leurs qualifications, Lars lui répond qu'il est prof de maths et que Maya a un doctorat. Ils doivent donc savoir de quoi ils parlent. Je suppose que ce n'est pas évident de faire des calculs sans certaines variables essentielles, comme le poids des Créatures, l'angle et la vitesse de l'approche, l'heure précise...

Papa me donne une tape sur l'épaule et sourit à ma sœur.

– Allez, vous deux. Au boulot.

Les boudins de caoutchouc bleu s'avèrent être des matelas gonflables destinés à amortir l'atterrissage de la Créature. Rani et moi passons une heure avec un certain Amir, très bavard et originaire de Glasgow, à les dérouler et à les gonfler à l'aide d'une pompe électrique. Ensuite, nous donnons un coup de main à Lars et à Maya, qui s'entraînent à déplacer leur machine sur l'herbe. C'est épuisant. À 10 heures, Evelyn, la fan de *Dr Who*, nous distribue des esquimaux au chocolat en guise de petit-déjeuner. Ça ne choque personne, et nous nous asseyons par terre pour les déguster.

À ma grande surprise, je passe un bon moment. Je suis trop occupée pour me sentir coupable de laisser mon père poursuivre cette mascarade, et l'enthousiasme des Veilleurs est plutôt contagieux. Ils sont tellement convaincus que la Chute va se produire aujourd'hui qu'ils disent tous « quand » et non pas « si ». Certains réfléchissent déjà à ce qu'ils s'offriront avec leur part de la récompense ; d'autres ont préparé de longues listes de questions à poser à l'ange.

– Attention, je ne suis pas en train de chercher une preuve de l'existence de l'au-delà. J'ai déjà la foi, ça me suffit, tu comprends ? me confie Amir. Mais il y a d'autres trucs que j'aimerais savoir... sur ce qui se passe là-haut, pourquoi ils tombent, tout ça.

Evelyn acquiesce et enchaîne :

– Je sais que ça risque de prendre du temps, en fonction de la vitesse à laquelle la Créature parviendra à apprendre l'anglais… (Je réprime un sourire – si elle savait !) Mais je voudrais lui demander si je vais revoir mon Daniel un jour. C'est tout.

Après avoir froissé l'emballage de son esquimau, elle retourne aider Lars et Maya. Ses mots résonnent tristement dans ma tête. « C'est tout. » Comme si c'était un simple détail, et non la plus grande énigme de tous les temps.

Vers 10 h 30, un attroupement commence à se former autour de la machine. Il y a des dizaines de Veilleurs venus de tous les pays, qui prennent des photos et nous bombardent de questions. Shona est là aussi, pérorant sur les énergies positives et l'influence de la Lune en Scorpion pendant que Rani lui fait visiter le site. Il y a même un journaliste et un caméraman qui traînent dans les parages.

– On démarre un compte à rebours ? propose Amir à 10 h 53.

– Ce n'est pas aussi précis que ça ! se moque papa. Tu sais bien qu'il y a dix minutes de marge d'erreur de chaque côté. (Mais il finit par hausser les épaules.) Bah, après tout… Allons-y !

Un frisson d'excitation parcourt le public. Certains nous observent avec un espoir sincère, la plupart avec une ironie amusée, voire un cynisme assumé. La moitié sont clairement de simples curieux. Lars actionne une nouvelle fois l'interrupteur, et les hélices se mettent à tourner. Le bruit est assourdissant : malgré la centaine de personnes présentes, j'ai du mal à entendre le décompte.

– Dix... neuf... huit...

Les voix gagnent en intensité. Sans m'en rendre compte, je me joins à elles. Tous ces gens concentrés sur un même but, scandant les mêmes mots, ça a quelque chose de fort. Et tant pis si les chiffres en eux-mêmes ne veulent rien dire.

– Sept... six... cinq... quatre...

Rani se tient près de papa à quelques mètres de moi. Nos regards se croisent, mais j'ai du mal à interpréter son expression. Au bout d'un moment, elle détourne la tête.

– Trois... deux... un !

Nous attendons un point lumineux. Nous attendons une traînée d'or, d'argent ou de cuivre, comme sur les vidéos YouTube. Nous attendons une réponse.

Rien. Quelques Veilleurs lèvent les mains au ciel, faussement dépités ; d'autres éclatent de rire. Les badauds regardent autour d'eux, étonnés par ce compte à rebours inutile.

– Ne vous inquiétez pas, ça va finir par arriver ! les rassure papa. Nos calculs n'étaient pas si précis. (Rani lui rend faiblement son sourire.) Dommage, ça aurait eu de l'allure, pas vrai ?

Ça aurait même été un miracle. Mais il s'en est déjà produit quatre-vingt-neuf. Un de plus serait vraiment trop demander.

On entend souvent parler des étapes du deuil comme s'il s'agissait d'une espèce de programme d'entraînement à l'issue duquel on se voit décerner un certificat. Mais huit mois après la mort de ma mère, je ne sais pas trop où je suis censée en être.

Ça change tous les jours. Il y a des moments où je me dis que je commence à accepter, et puis je croise quelqu'un qui lui ressemble dans le bus, ou bien je lis un truc qui l'aurait fait rire, et je n'arrive pas à croire – *physiquement*, je n'y arrive pas – que je ne la reverrai plus jamais. C'est une danse lente et triste où je ne cesse de passer de cavalier en cavalier : déni, colère, marchandage, dépression, et ainsi de suite.

Au cours de la matinée, mon père traverse les fameuses cinq étapes. Sauf que cette fois, ce n'est pas de ma mère qu'il doit faire le deuil. C'est de l'argent. De la gloire, de la fortune, de tout ce qu'une Créature lui aurait apporté. Du sens que la chasse avait donné à sa vie. Il ne lui reste plus rien.

Ça commence par le choc, qui ne dure pas longtemps. Quelques minutes à contempler le ciel en clignant des yeux, un sourire qui vacille lorsque la marge d'erreur est écoulée, puis il frappe dans ses mains et enchaîne directement avec le déni.

– On a dû se mélanger les pinceaux dans nos calculs, décrète-t-il avec un petit rire. Je vais vérifier… Ne vous inquiétez pas, on ne peut pas s'être trompés de plus d'une heure.

Une heure qui se transforme bientôt en deux, puis en trois. Pas le moindre signe. Le public a depuis longtemps mis les voiles ; même Shona se rappelle brusquement qu'elle a une répétition de djembé et repart vers le Royal Mile. Le déni de papa cède alors place à la colère. Il reproche aux ingénieurs le bruit du ventilateur, comme si ça avait pu faire fuir l'ange. Il aboie sur un membre de l'équipe, qui propose de revenir le lendemain. Quand le journaliste lui demande un commentaire sur cet « échec », il devient si rouge que j'ai peur qu'il lui colle un coup de poing. Mais il se contente de débiter un chapelet d'insultes.

Rani le suit partout en le tirant par la manche. Je ne les quitte pas des yeux, terrifiée à l'idée qu'elle craque et lui parle de Biscuit. Elle n'arrête pas de répéter les mêmes platitudes : qu'il n'est pas trop tard, qu'il ne faut pas baisser les bras. Papa finit par la repousser en la fusillant du regard.

– Tu pourrais la fermer cinq minutes, Rani ? J'essaie de réfléchir !

Je crains une seconde qu'elle se mette à pleurer, mais elle attrape la laisse de Perry, dévale le sentier et va s'asseoir sur un rocher, les bras croisés. Il n'y a plus grand monde maintenant, juste quelques promeneurs et retardataires. Je me rends compte qu'on n'a pas mangé, alors je descends au camion de glaces nous acheter du Fanta et des chips. Quand je reviens, même les Veilleurs plient bagage.

C'est là que papa entre dans la phase de marchandage.

– Attendez, les gars, elle pourrait encore arriver ! Amir... Amir, allez, encore une petite heure ! Je te laisserai un plus gros pourcentage de la récompense.

Son ami lui étreint l'épaule en secouant la tête. Maya nous embrasse, Rani et moi, tandis que Lars s'installe au volant d'une Toyota rouge avec un sourire triste. Personne ne juge nécessaire de récupérer le ventilateur ou la pile de matelas gonflables. J'ignore quelle magie les avait convaincus que ce plan ridicule et complètement improbable avait une chance de réussir, mais elle a cessé de faire effet. Ils ont tous l'air déçus et un peu piteux.

C'était peut-être mon père, le magicien. Sa foi aveugle est peut-être ce qui les a fait tenir durant des mois. Mais aujourd'hui, ça ne suffit plus. Alors il tente une nouvelle approche.

– S'il vous plaît, marmonne-t-il. S'il vous plaît. Faites ça pour moi. J'ai travaillé tellement dur... Je ne vous demande pas grand-chose.

Nos tentatives pour le ramener à la raison restent vaines. L'après-midi traîne en longueur. Rani devient ronchon, Perry meurt de faim, comme moi d'ailleurs, et je suis impatiente de retourner à McEwan Hall, où j'aurais dû prendre mon tour de garde depuis plusieurs heures.

Je finis par perdre patience.

– C'est terminé, papa ! Elle ne viendra pas !

Il continue à scruter le ciel comme s'il cherchait un détail qui lui aurait échappé. Puis ses épaules s'affaissent.

– D'accord, cède-t-il d'une voix atone. Rentrons.

Sur le trajet du retour, la tension est palpable. Une fois rentré, mon père file dans la cuisine se servir un grand verre de whisky. Il le descend cul sec, se ressert, puis va s'asseoir dans le salon. Les plans, les notes et les tableaux d'affichage ressemblent désormais à une exposition dans un musée – témoignages de croyances dépassées, cartographies d'une Terre plate.

Papa abat son verre sur la table, éclaboussant celle-ci au passage.

– Quel idiot ! s'écrie-t-il. Je suis un bel abruti. Comment j'ai pu me monter la tête à ce point ? Non mais franchement, quelle perte de temps...

Il arrache la carte du monde affichée au mur. Il déchire ses pages de notes en deux, saccage les livres de la bibliothèque, roule les Post-it en boule. Rani et moi essayons de l'arrêter, mais il nous écarte de son chemin et continue à détruire des jours et des nuits de recherches, des semaines et des mois de planification. Bien que son obsession m'ait toujours tapé sur les nerfs, ça me fait de la peine de le voir tout mettre en pièces.

– Pauvre... crétin !

Il se laisse tomber sur le canapé, la tête entre les mains, au milieu d'une neige de papier. Rani va lui préparer un thé et des toasts, même si nous savons toutes les deux qu'il n'avalera rien. Sur la pointe des pieds, je ramasse les lambeaux qui gisent autour de lui. Il finit par s'endormir, entouré d'une aura de tristesse aussi prégnante que l'odeur du whisky.

Alors que je dépose une poignée d'équations déchirées dans la poubelle de la cuisine, Rani m'attrape par le poignet. Elle pleure.

– Il faut qu'on le lui dise, Jaya. S'il te plaît.

Je fais « non » de la tête, bien que je sois tentée de

céder. Certes, il se mettrait en colère, mais le choc et la joie ne tarderaient pas à prendre le dessus. Le soulagement, aussi. Et la satisfaction d'avoir vu juste.

Je pourrais lui offrir tout ça, mais je choisis de ne pas le faire. Pour le moment, Biscuit passe encore avant lui.

Ma sœur renifle et s'essuie les yeux sur son tee-shirt.

– Regarde dans quel état il est. Tu es trop égoïste !

– Arrête, Rani. Tu as promis de garder le secret.

– C'était avant que...

Je la coupe d'un regard sévère.

– Je ne plaisante pas. Si tu lui dis, je nierai en bloc.

– OK. (Elle renifle encore et retire ses lunettes.) Mais ne viens pas te plaindre quand il découvrira tout et qu'il t'en voudra à mort.

Le temps que je finisse de ranger le salon, il est plus de 17 heures. J'étais censée arriver à McEwan Hall il y a trois heures. Je mets dix bonnes minutes à traverser la rue, à cause d'un millier d'Espagnols déchaînés et d'une troupe de breakdance qui tournoie sur les pavés. Mais le chaos est le bienvenu après le silence pesant de l'appartement.

Quand j'arrive sur la place où se dresse le bâtiment, je vois Allie approcher en sens inverse. Elle paraît épuisée et minuscule dans son gilet trop grand et son jean skinny. Mais dès qu'elle m'aperçoit, son visage s'illumine.

Bon sang, qu'est-ce qu'elle est jolie.

– Devine quoi ? La gardienne de prison Scott est sortie faire des courses, m'annonce-t-elle. Vive les soldes !

Elle me serre dans ses bras. Aussitôt, le poids qui m'oppressait la poitrine s'envole. Je prolonge notre étreinte un peu plus longtemps que je ne le ferais avec une simple amie.

– Comment tu te sens ? je lui demande. Tu es sûre que c'est une bonne idée de sortir ?

– Mais oui, ça va beaucoup mieux. (Une quinte de toux vient immédiatement démentir cette affirmation.) OK, pas vraiment. Je ne resterai qu'une demi-heure. Mais ça en vaut la peine.

Nous nous sourions avant de détourner les yeux, gênées. Tout en cherchant les clés du hall dans mon sac, je lui raconte ma journée. J'hésite à lui parler de Leah. Comment expliquer à la fille qui me fait craquer que mon ex vient de débarquer, que j'ai peut-être encore des sentiments pour elle… ah oui, et qu'elle est membre d'une secte ? Je ne saurais pas par où commencer.

Après avoir vérifié que personne ne nous observait, je tourne la clé dans la serrure en lui avouant :

– Je suis contente de te voir. Mon père a complètement craqué après la Chute – ou plutôt, après l'absence de Chute. J'ai besoin de me changer les idées…

Les mots meurent sur mes lèvres lorsque je pénètre dans le hall. Les rayons du soleil qui filtrent par la verrière dessinent un cercle de lumière rosée sur le parquet. Le sac à dos noir de Calum gît, grand ouvert, à côté de l'orgue, laissant dépasser son exemplaire du *Trône de fer*.

Biscuit n'est pas là.

24

Il n'y a aucune trace de lutte. Mis à part le sac de Calum et un emballage de Twix dans un coin, rien n'indique que quelqu'un est venu ici. Les ongles d'Allie se plantent dans mon bras.

– Il est où ? Calum ? Calum !

Pas de réponse. J'inspecte les fresques et le plafond dans l'espoir ridicule que Biscuit se cache parmi les muses et les anges, priant pour que tout ça ne soit qu'une mauvaise blague. Puis je baisse le nez et découvre trois plumes à mes pieds : une de merle, une de moineau et une rose scintillant.

– Non, non, non...

Des images terribles défilent dans mon esprit : des silhouettes sombres envahissant le hall, empoignant Biscuit par les ailes et Calum par les cheveux. Elle est partie. Elle est vraiment partie. À son tour, Allie repère les plumes.

– Non !

Elle est visiblement assaillie par les mêmes visions que moi. Les mains tremblantes, elle sort son téléphone de sa poche. J'entends la tonalité résonner trois, quatre, cinq fois, avant que le répondeur se déclenche.

– Ils ont dû se faire enlever, conclut-elle d'une voix hachée. Quelqu'un a dû suivre Calum jusqu'ici.

– Mais qui ?

Elle ne me répond pas. Il y a beaucoup trop de possibilités : les Futurs Déchus, les chercheurs, n'importe lequel des milliers de Veilleurs qui arpentent le centre-ville. Si je n'avais pas passé la journée avec lui, je pourrais même ajouter mon père à la liste des suspects.

Soudain, je frissonne. Les Futurs Déchus savent qu'une Créature se trouve à Édimbourg. D'après Leah, ils sont des dizaines à ses trousses. Ils feraient des coupables idéaux.

Avant que j'aie eu le temps d'en parler à Allie, elle se relève, si faible qu'elle doit s'appuyer sur moi pour ne pas perdre l'équilibre.

– On doit les retrouver.

Elle m'entraîne vers la porte sans prendre la peine de la refermer derrière elle. Il n'y a plus rien à protéger ici, désormais. Sa voiture, une Renault gris argent, est garée devant les Beaux-Arts.

– On commence par où ? je demande en m'installant sur le siège passager.

– Aucune idée ! (Elle démarre, les mains toujours tremblantes.) On avisera.

On n'aurait pas pu choisir pire moment pour perdre un garçon et un ange au milieu d'Édimbourg. Le centre-ville est complètement bouché ; Allie doit s'arrêter tous les mètres pour laisser passer des piétons. Je guette les plumes roses qui, telles des miettes de pain, nous conduiraient jusqu'à Biscuit, mais le trottoir est invisible sous les milliers de paires de chaussures. Il y a encore une semaine, on a dû se creuser la tête pour trouver une bonne cachette. Depuis, la ville semble s'être transformée en un véritable labyrinthe de coins et recoins secrets.

Nous passons devant les stands du parvis de la cathédrale, revenons vers l'université, enchaînons les petites rues dont je ne reconnais pas les noms. Puis, après avoir réalisé que nous irions plus vite à pied, nous nous garons derrière la gare. Nous vérifions les impasses, les ruelles et les jardins cachés ; nous jetons un coup d'œil dans les pubs et les cafés, conscientes qu'ils ne peuvent pas y être mais trop désespérées pour ne pas essayer. Et pendant tout ce temps, des images des Futurs Déchus faisant irruption dans McEwan Hall tourbillonnent dans ma tête. Je les vois s'emparer de Biscuit, la menotter, arracher les plumes de ses ailes... Encore et encore, avec une telle clarté que ça me rend malade.

Mais il y a un détail qui ne colle pas : pourquoi auraient-ils embarqué Calum ?

Malgré l'adrénaline, les forces d'Allie s'épuisent à vue d'œil. Lorsque nous regagnons le Royal Mile au bout d'une heure, sa respiration est sifflante et elle recommence à tousser.

– Faisons une pause, je décrète.

Je la conduis vers Cockburn Street, où nous nous asseyons sur le pas d'une porte rouge vif, à l'écart du flot des touristes. Allie sort deux barres de céréales de son sac et m'en propose une. Je refuse d'un signe de tête. Je suis trop écœurée pour manger, trop nerveuse pour tenir en place.

Maintenant que le pire s'est produit, je me sens ridicule

d'avoir cru pouvoir protéger Biscuit. On aurait dû trouver un endroit plus sûr. On n'aurait jamais dû la laisser seule, même pour quelques minutes. Il y a des milliers de gens qui la cherchent, des organisations disposant de bien plus d'argent et de pouvoir que nous ne pouvons l'imaginer. Et nous, on s'est contentés d'un pauvre cadenas sur une porte.

Soudain, je comprends ce que mon père a dû ressentir en rentrant à la maison et en voyant, placardé sur les murs, le résultat de mois de recherches vaines : il n'y avait absolument aucune chance pour que ça suffise.

Allie essaie une nouvelle fois de joindre Calum, puis sa mère, en vain.

– Et s'ils leur avaient fait du mal ? murmure-t-elle en tripotant son téléphone. Je me plains tout le temps de mon frère, mais je ne sais pas ce que je ferais si...

Sa voix se brise. Je lui prends doucement la main. Moi aussi, je m'arracherais les cheveux si Rani disparaissait. Et malgré tous les défauts de mon père, malgré tout ce qu'il nous a fait vivre ces huit derniers mois, je serais effondrée s'il lui arrivait quelque chose.

C'est là que je me souviens du marché passé avec ma sœur : je lui ai promis de prévenir papa si les choses tournaient mal. Notre appartement est à deux minutes. Je pourrais m'y rendre en courant, lui dire la vérité... Sa colère ne serait qu'un faible prix à payer pour retrouver Biscuit. Et s'il y a bien une personne capable de deviner qui l'a enlevée, c'est mon père.

Je déglutis. Ça ne va pas plaire à Allie, mais c'est la seule solution.

– Écoute, je crois qu'on devrait...

Mes paroles sont noyées par le hurlement d'une sirène. Je me crispe, comme à chaque fois que j'entends ce bruit perçant synonyme d'accident, de sang, de culpabilité.

Et, désormais, synonyme de Futurs Déchus.

Je regarde autour de moi en essayant d'en déterminer la provenance. Ça se rapproche. De plus en plus.

J'aide Allie à se relever.

– Viens. J'ai une idée.

Nous coupons par une arcade et longeons North Bridge en direction de Princes Street. Alors que nous approchons de l'intersection, des gens commencent à sortir par les fenêtres du dernier étage de l'hôtel Balmoral. Ils escaladent les dômes et les tourelles du bâtiment en s'accrochant aux cheminées : cinquante, soixante, soixante-dix personnes, grouillant comme une infestation de fourmis.

La circulation est bloquée au bout du pont. Les piétons se répandent sur la chaussée pour prendre des photos, malgré les coups de klaxon furieux des automobilistes. Traînant Allie derrière moi, je scrute le toit, en quête de Leah. Au détour de la rue, je la vois enfin. Elle est en train de se hisser au-dessus de l'entrée principale avec l'aide de sa mère et d'un homme chauve très grand.

– C'est elle, j'avoue dans un croassement. Leah. Mon ex.

Allie me dévisage avec de grands yeux. J'attends l'avalanche de questions qui va suivre, mais elle se contente de me serrer la main un peu plus fort. Nous regardons une femme petite et ronde aux cheveux bruns grimper jusqu'à l'espèce de clocher qui surmonte l'hôtel. Agrippée à la rambarde métallique, elle met un moment à trouver comment allumer son mégaphone.

– Pécheurs ! Depuis maintenant huit mois, des anges tombent des cieux. Alors que, depuis deux millénaires, pas une seule fois le Créateur...

Sa voix tremble un peu. Je passe en revue les membres présents sur le toit : le garçon et la fillette que j'ai aperçus le premier soir sont là, mais pas le barbu qui semblait être le chef de la branche d'Édimbourg. D'habitude, dans les manifestations que j'ai vues à la télévision, c'était toujours la même personne qui s'exprimait, et presque toujours un homme. Mais aujourd'hui, pour je ne sais quelle raison, il s'est fait remplacer.

Les doigts d'Allie se crispent sur ma main.

– Oh non... souffle-t-elle.

Elle a les yeux rivés sur la statue du duc de Wellington de l'autre côté de la rue. À son pied, Calum contemple les Futurs Déchus, les bras croisés sur la poitrine. Soudain, il tressaille comme s'il se sentait observé. Et son regard croise celui de sa sœur.

Toute explication devient alors inutile. Son expression révèle à elle seule ce qui s'est passé.

Allie se fraie un chemin à travers la foule. Je la suis en écartant les gens au passage, aveuglée par une colère noire. Calum recule contre le socle de pierre, apeuré. Je pourrais le frapper. Je meurs d'envie de lui envoyer mon poing dans la figure, mais Allie est plus rapide que moi. Elle se plante devant lui et lui donne un grand coup de sac sur la tête.

– Putain, mais qu'est-ce que tu as fait ? hurle-t-elle. Elle est où ? Qu'est-ce que tu as fait d'elle ?

Calum reste prostré, les bras sur le visage.

– Je me suis fait avoir ! Allie, écoute-moi !

Les larmes inondent le visage de sa sœur. En la voyant si bouleversée, je parviens temporairement à maîtriser ma colère. Je l'éloigne de la statue et des curieux qui nous observent. Calum nous emboîte le pas, les mains levées en un geste d'excuse.

– Je vous jure que je n'avais pas prévu ça. Je ne pensais pas qu'ils l'enlèveraient… J'avais juste envoyé… quelques photos…

– Tu as envoyé des photos de Biscuit à quelqu'un ? Tu es débile ou quoi ?

– À qui ? je m'écrie.

Quand il lève les yeux vers le toit du Balmoral, j'ai envie de vomir. L'intuition que j'ai eue sur Cockburn Street se confirme : ce sont les Futurs Déchus qui détiennent Biscuit. Eux qui pensent que les Chutes sont un signe de la colère divine, eux pour qui Biscuit est sans doute un démon, un être fautif et indigne du paradis. Et leur horde de fidèles n'a même pas eu besoin de la localiser, puisque Calum s'est chargé de la dénoncer.

– Le jour où Jaya nous a parlé des plumes qui avaient été retrouvées, je suis allé voir sur Internet, nous explique-t-il. Le type proposait une récompense contre toute information. Je lui ai écrit en demandant combien il paierait pour des photos, et il m'a répondu que ça valait bien dix mille livres. Je ne me doutais pas que c'était eux. Je pensais avoir affaire à un Veilleur friqué.

Un coup de klaxon nous fait tous sursauter. Deux camions de pompiers tentent d'approcher de l'hôtel, mais la foule les en empêche. Malgré mes efforts pour me concentrer sur ce que raconte Calum, mon attention est sans cesse attirée vers le toit.

– Le type ne m'a pas cru, il m'accusait d'avoir truqué les images. Alors hier, je lui ai envoyé une vidéo. (Il se tord les mains, comme s'il essayait d'essorer la honte qui suinte par tous ses pores.) J'ai été stupide, je n'ai pas songé que ça lui révélerait l'emplacement de Biscuit. Ils ont débarqué à trois ce matin... Je n'ai rien pu faire.

Là-haut, la femme au mégaphone continue son discours. Leah regarde droit devant elle, par-dessus les toits, vers l'horizon. À côté d'elle, sa mère remue les lèvres et l'homme chauve semble plongé dans ses prières.

– En résumé, tu as vendu Biscuit, crache Allie.

– Même pas... avoue Calum d'une toute petite voix. Ils ne m'ont jamais donné l'argent. Ils l'ont juste emmenée.

La femme arrive au passage sur la rédemption. À ce moment-là, normalement, la voix du chef enfle et devient tonitruante. Mais dans son cas, les mots restent hésitants. Allie fait les cent pas, les poings serrés.

– Putain, mais qu'est-ce que tu voulais faire de tout cet argent ?

Les yeux de Calum se posent sur moi, puis sur le sol.

– C'était pour toi. Pour le traitement par cellules souches.

La colère d'Allie disparaît instantanément. Elle se prend la tête à deux mains en gémissant :

– Oh non, Calum... Imbécile...

Il ouvre la bouche pour dire quelque chose, mais une clameur s'élève tout à coup dans le mégaphone. Les échelles des pompiers ont enfin atteint le toit. Les fidèles s'enfuient, rentrent par les fenêtres ouvertes ou se laissent tomber sur les balcons.

Mais pas Leah.

Elle reste debout à côté de l'homme chauve, au bord du vide. Sa mère, qui est remontée vers le pignon, lui crie de se dépêcher.

Leah fait un pas en avant.

Un hurlement résonne dans ma tête sans qu'aucun son franchisse mes lèvres.

Je ne peux pas assister à ça une seconde fois... Ça ne peut pas recommencer.

Je ferme les yeux. Une fraction de seconde plus tard, un corps s'écrase sur le bitume.

25

Les cris se répandent dans la rue comme une énorme vague, qui retombe et cède la place à un silence horrifié. Des policiers ordonnent à la foule de s'écarter. Je me retrouve plaquée contre Calum. Derrière mes paupières closes, une image apparaît : un corps frêle, des bras formant des angles étranges, une flaque de sang.

Quand j'ose enfin rouvrir les yeux, Leah est toujours debout sur le toit. Avec sa mère et quelques autres, elle contemple la rue en contrebas. Certains, accroupis, s'agrippent aux ardoises. La femme brune lâche son mégaphone, qui glisse le long du toit et atterrit dans une gouttière.

– Qu'est-ce qui s'est passé ? je demande. Qui est tombé ?

– Tu n'as pas vu ? s'étonne Allie. Le type, là, à côté de Leah. Il... il a sauté.

Les pavés et le ciel se mettent à tourner, mais je bouscule les curieux pour courir vers l'hôtel. Les Futurs Déchus sont en train d'en sortir et de rejoindre les trois vans garés en double file devant la gare. Certains y parviennent, tandis que d'autres sont arrêtés par la police, comme des feuilles prises au piège par les roseaux au bord d'une rivière.

Quand nous arrivons au niveau du passage piéton,

deux silhouettes grises se faufilent derrière un couple âgé. Les deux enfants qui se trouvaient sur le toit atteignent leur van, suivis de la femme brune, qui se retourne près de la portière pour crier aux autres de se dépêcher. Lorsque Leah passe près de moi, je bondis pour la retenir. Elle me regarde, estomaquée.

– La Créature, je murmure. Elle est où ?

– Hein ? Qu'est-ce que tu racontes ?

La frustration m'envahit, bien que sa surprise paraisse sincère.

– Je t'expliquerai plus tard. Il faut que tu nous conduises à votre base. Tout de suite.

– Quoi ? Je ne peux pas, Jaya. Je te l'ai dit, ils... (Le premier van démarre et s'engage sur la route, obligeant les badauds à s'écarter.) Je dois y aller. Je dois rentrer...

– Non ! (Elle tente de se dégager, mais je resserre mon étreinte.) Tu dois fuir ! Je t'ai vue, sur le toit ! Tu étais à deux doigts de...

Je n'ai pas besoin de terminer ma phrase. Le visage de Leah se décompose. Elle semble si faible, brisée... Et le pire, c'est que je ne sais pas si c'est parce qu'elle a failli sauter ou parce qu'elle ne l'a pas fait. Je n'y comprends plus rien. Elle refuse de quitter les Futurs Déchus sans sa mère, mais elle était prête à se jeter dans le vide pour leur échapper. Ça n'a aucun sens.

– Tu ne sais pas ce que c'est, chuchote-t-elle, lisant dans mes pensées. Tu n'as aucune idée du pouvoir qu'ils ont.

Je tente une autre stratégie : la culpabilisation.

– S'il te plaît, Leah. Tu me dois bien ça. (Je lui prends

les mains et les serre jusqu'à ce qu'elle me regarde dans les yeux.) J'ai perdu ma mère ; toi, tu as disparu... Cette Créature est mon amie. Je ne veux pas la perdre, elle aussi. Pas comme ça.

Lentement, son expression change et se durcit. Leah renifle, puis s'essuie le nez sur sa manche.

– Qu'est-ce que je dois faire ?

Alors que je m'apprête à le lui expliquer, je m'aperçois que la femme brune nous observe. Elle fait un pas dans notre direction avant d'être interceptée par un policier qui l'accuse de « violation de propriété privée » et de « trouble à l'ordre public ». Sans laisser à Leah le temps de changer d'avis, je l'entraîne de l'autre côté de la rue, où nous attendent Allie et Calum.

– Il faut qu'on file, vite !

– Par ici ! renchérit Allie. Je vais conduire.

Nous zigzaguons entre les bus qui encombrent Princes Street. Allie a de plus en plus de mal à respirer et à courir, mais elle continue. Elle nous fait traverser la gare de Waverley, monter un escalator et déboucher dans Market Street. Ce n'est qu'une fois à la voiture que je m'aperçois que Calum nous a suivies. Écartant un groupe de touristes, il pique un sprint et atteint la portière conducteur avant sa sœur.

– Je viens avec vous, décrète-t-il. Je veux me rattraper.

La colère que j'avais mise de côté devant l'hôtel déferle de nouveau en moi.

– Pas question ! Tout ça, c'est ta faute ! Tu leur as quasiment vendu Biscuit.

Il baisse la tête. Allie hésite devant la portière.

– Jaya a raison. Biscuit ne te fera plus confiance. Ta présence risque de compliquer les choses. (Elle fait le tour du véhicule.) Sors de là, Calum.

Je fais monter Leah à l'arrière avant de prendre place près d'Allie. Calum court après notre voiture, devenant de plus en plus petit dans le rétroviseur jusqu'à disparaître au détour d'une rue.

Ça fait bizarre de voir Allie et Leah réunies dans un même espace. Elles sont toutes les deux pâles et fatiguées, encore secouées par ce qui s'est passé à l'hôtel. Tellement différentes, aussi : Leah joue nerveusement avec ses cheveux, les genoux repliés contre sa poitrine, tandis qu'Allie manie le volant d'une main déterminée pour sortir de la ville. C'est comme si ma vie à Édimbourg venait d'entrer en collision avec celle d'avant. C'est... surréaliste.

Et un peu gênant. Allie, l'une des personnes les plus bavardes que je connaisse, ne sait pas quoi dire à cette fille qui a failli s'élancer dans le vide il y a quelques minutes. Lorsque je ferme les paupières, la scène tourne en boucle dans mon esprit : la foule, le brouhaha, puis le bruit de l'homme qui s'écrase. Leah, prête à le suivre.

Rien que d'y penser, les battements de mon cœur s'accélèrent et j'ai les yeux qui piquent. Mais ce n'est pas le moment d'en discuter.

– Où est la base ? je demande à Leah pendant que nous traversons la vieille ville. Où est-ce que vous logez ?

– Je n'en sais rien ! (Elle tire si fort sur ses cheveux qu'elle en arrache quelques-uns.) C'est une vieille usine électrique, à environ une demi-heure du centre. Mais je ne peux pas te guider. Ils ne nous ont jamais donné l'adresse et je ne connais pas la route.

Allie l'observe dans le rétroviseur.

– L'usine avec deux grosses cheminées ? Sur la côte ?

– Oui, c'est ça !

– Je sais où c'est. Elle doit être démolie bientôt. (Elle jette un coup d'œil à son compteur.) C'est à quinze kilomètres d'ici, pas plus, mais vu la circulation, on va en avoir pour une heure.

– Expliquez-moi ce qui se passe, supplie Leah, dont les mains tremblent tellement qu'elle n'a toujours pas réussi à attacher sa ceinture. Qu'est-ce que vous cherchez ?

Il vaudrait mieux éviter de lui infliger un nouveau choc – elle vient quand même de voir quelqu'un qu'elle connaissait sauter d'un toit –, mais je n'ai pas le choix. Je lui raconte tout, depuis ma rencontre avec Biscuit jusqu'à sa disparition. Elle me dévisage comme si je jurais avoir été enlevée par des extraterrestres. Je finis par sortir mon téléphone et lui montrer les vidéos tournées avec Rani, où l'on voit Biscuit voler sous le dôme de McEwan Hall.

– Je comprends mieux pourquoi c'était la panique aujourd'hui. (Elle se laisse retomber contre le dossier du siège, sidérée.) On n'était pas censés manifester, et puis Damien et Ross, les chefs, ont rassemblé tout le monde il y a quelques heures et nous ont ordonné de sortir. C'était bizarre. D'habitude, ils passent des semaines à tout préparer. Nous envoyer dans un endroit aussi exposé, sans aucune précaution... Pas étonnant qu'il y ait eu autant d'arrestations.

La voiture longe South Bridge et traverse le quartier de Newington. Nous sortons enfin des embouteillages pour nous engager sur des routes de campagne. Histoire de rompre le silence et de nous faire oublier notre stress, Allie allume la radio. Les infos mentionnent brièvement les Futurs Déchus, sans préciser qu'ils auraient découvert une Créature. Si on prévient la police maintenant, tout le monde croira à une farce. On est le dernier espoir de Biscuit.

Enfin, la station électrique apparaît au loin. Elle forme un énorme bloc noir et gris contre le ciel rosé du soir. Le mur, partiellement écroulé, révèle par endroits l'ossature de poutres et de tuyaux. Tout autour, le terrain est jonché de morceaux de métal, d'outils rouillés et de machines hors d'usage.

– C'est vraiment ici que vous vivez ? demande Allie. La vache...

Un de leurs vans est garé devant le bâtiment, mais les trois que nous avons vus en ville ne sont pas encore rentrés. Allie s'arrête au niveau des toilettes publiques, à une centaine de mètres du parking. Nous sommes suffisamment loin pour ne pas éveiller les soupçons – si quelqu'un nous a vues passer, il pourra penser qu'on fait une pause pipi – et suffisamment près pour entrer discrètement.

Je laisse échapper un petit rire nerveux.

– OK, alors, c'est quoi l'idée ?

Silence. Allie fouille dans la boîte à gants et en tire un sac en papier brun ainsi qu'un feutre, qu'elle tend à Leah.

– Tu pourrais nous faire un plan de l'intérieur ?

Leah lisse le papier avant de représenter grossièrement la disposition des lieux, tout en escaliers ouverts et passerelles qui s'entrecroisent. Ça va être difficile de se cacher.

Allie et moi échangeons un regard. Ce n'est pas gagné. Les seuls avantages dont nous disposons, c'est l'absence d'électricité dans le bâtiment et le nombre de fidèles arrêtés par la police. Certains vont être placés en garde à vue et ne reviendront pas avant plusieurs heures. Mais nous ne savons pas combien ni si ça suffira.

Pendant ce temps, Leah prend peu à peu conscience de ce que nous lui demandons. Elle se met à sangloter et se recroqueville sur son siège, la tête sur les genoux.

– Je ne peux pas ! Je ne peux pas. (Elle recommence à s'arracher les cheveux.) Ils vont se venger sur ma mère. Ils vont retrouver mon père.

– Mais non, je proteste sans grande conviction.

En réalité, j'ignore de quoi ces gens sont capables. Leah secoue la tête et attrape la poignée de la portière.

– Non, non, je dois y retourner. Si j'y vais maintenant, ils ne s'apercevront peut-être pas que je suis arrivée avec vous...

– On a juste besoin que tu nous aides à entrer et à localiser Biscuit, lui rappelle Allie. Je te propose un truc : si on se fait choper, tu n'auras qu'à dire que tu ne nous connais pas et que tu nous as surprises. On jouera le jeu, je te le promets.

Leah pince les lèvres. Je voudrais qu'elle dise « non », qu'elle refuse de me sacrifier comme ça. Mais elle finit par acquiescer.

– OK. Je vais essayer. Ouais… Je vais essayer.

Un long silence s'ensuit. Je me sens comme une figurante sur le tournage d'un film d'action, propulsée dans le rôle de l'héroïne sans qu'on lui ait donné le texte. Après avoir pris une grande inspiration, je détache ma ceinture.

– Allez. C'est parti.

Nous parvenons à traverser la cour et à dépasser une grosse pile de rebuts métalliques. Leah désigne une ouverture qui abritait autrefois une porte. Au même instant, plusieurs silhouettes passent derrière les fenêtres du troisième étage. Nous attendons qu'elles aient disparu pour nous glisser à l'intérieur.

Nous nous retrouvons dans les entrailles de la centrale électrique, vaste labyrinthe glacial de tuyaux gigantesques et d'équipement rouillé. Si j'en crois les graffitis, les mégots de cigarettes et les bouteilles cassées, l'endroit est désaffecté depuis des années.

Je frissonne tout en suivant Leah sur le sol de ciment. Au bout de la pièce s'élève un escalier en métal comme ceux qu'on voit sur les immeubles à New York ou à Montréal, mais en beaucoup plus grand. Elle nous fait signe de monter. C'est encore plus exposé que je le craignais : si quelqu'un sort de l'un des bureaux situés à l'étage, on est fichues.

– Il n'y a pas d'autre accès ? hésite Allie.

Leah fait « non » de la tête. Nous grimpons à pas de loup, sursautant à chaque fois que les marches grincent. Allie a beau étouffer ses quintes de toux dans sa manche, j'ai l'impression qu'elles résonnent comme le tonnerre un soir d'orage. Au deuxième étage, Leah nous fait traverser une passerelle qui mène à une pièce remplie de casiers. Des couvertures élimées sont étalées sur le carrelage froid.

Je me demande si c'est là qu'elle dort. Cette pensée me fend le cœur.

– On va passer par la salle des machines, nous explique-t-elle. On a moins de risques de croiser quelqu'un par là-bas.

Elle nous précède le long de couloirs déserts bordés d'appareils à moitié démontés et d'outils abandonnés. Le sol est couvert de poussière et de vieux clous. À une ou deux reprises, nous entendons des voix au-dessus de nos têtes et nous nous tapissons dans l'ombre. Lorsque nous débouchons dans une vaste salle remplie de tuyaux, Leah retient un cri. Une femme rousse vêtue d'un jean noir et d'un pull déchiré est en train de descendre l'escalier à l'autre bout. Sa mère.

– Merde ! Cachez-vous, vite !

On n'a pas le temps de faire demi-tour et quasiment aucun endroit où nous réfugier, à part derrière un gros réservoir cylindrique vert qui se dresse dans un coin. Leah nous pousse le long du mur. Il y a tout juste la place pour nous trois, mais si Mme Maclennan vient dans cette direction, elle nous verra.

– Il y a quelqu'un ? lance-t-elle justement.

Sa voix résonne sous le haut plafond. La main d'Allie cherche la mienne. Je la presse contre mes lèvres pour ne pas crier. Tout est fini.

C'est là que Leah sort de notre cachette.

26

Elle lève les mains en l'air, comme si sa mère tenait un pistolet chargé.

– C'est moi, maman ! J'étais… j'ai perdu un truc. Un élastique à cheveux.

Mme Maclennan s'avance vers elle. Elle n'a pas l'air bien. Ses clavicules sont saillantes au-dessus du col de son pull. En quelques mois, des rides sont apparues aux coins de ses lèvres couvertes de boutons de fièvre, et son regard a un éclat froid qu'on ne lui connaissait pas. Mais son visage se détend quand elle reconnaît sa fille.

– Oh, Dieu merci. J'ai cru que la police t'avait embarquée. Comment as-tu fait pour rentrer aussi vite ?

– J'ai essayé de retourner aux vans, mais ils étaient déjà partis. Alors j'ai pris le bus.

Sa mère hésite pendant une seconde qui me paraît durer une éternité.

– Le bus ? Avec quel argent ?

– Je n'ai pas payé. Je me suis glissée au milieu d'un groupe de touristes. (Les doigts de Leah tremblent, comme si la vérité bouillonnait pour sortir d'elle. Elle tire sur ses manches.) Maman, tu sais où sont Damien et Ross ? J'ai un truc à leur dire.

– À quel sujet ? (Leah ne répond pas. Sa mère plisse

les yeux.) Ils sont dans la salle de contrôle. Réunion extraordinare, ils y ont passé la journée.

– Il faut absolument que je leur parle.

Mme Maclennan appuie ses mains sur ses hanches, mais Leah ne lui laisse pas le temps d'en débattre.

– Fais-moi confiance. S'il te plaît. Tu veux bien aller les chercher ? Si c'est moi qui les interromps, ils vont se fâcher. Toi, ils te respectent.

Sa mère se laisse convaincre et retourne vers l'escalier. Sur le coup, je me demande si Allie et moi sommes le « truc » dont Leah compte parler aux chefs. Est-ce qu'on va se retrouver coincées avec elle dans cet endroit lugubre, contraintes de payer une rançon ou de sauter dans le vide pour leur échapper ? Mais une fois que les pas de sa mère se sont éloignés, elle revient vers nous en courant.

– Je vais les distraire, annonce-t-elle. Si je les attire au sous-sol, ils n'entendront rien. Dès que la porte se sera refermée, filez à la salle de contrôle récupérer Biscuit.

Nous la contemplons, bouche bée. Elle semble aussi surprise que nous par cet élan de courage. Pour la première fois depuis sa réapparition, je retrouve la fille dont je suis tombée amoureuse.

Je ressors le sac en papier afin de mémoriser le chemin : encore deux volées de marches à monter, puis une longue passerelle sur la gauche.

– Tu penses pouvoir les occuper combien de temps ? je m'inquiète.

– Quelques minutes, pas plus. Vous allez devoir faire vite.

– Qu'est-ce que tu vas leur dire ?

Leah se mord la lèvre.

– Je ne sais pas encore. J'improviserai. Peu importe, du moment que ça vous laisse le temps de la libérer.

– Mais...

Ça pourrait se terminer de dizaines de façons, et tous les scénarios qui défilent dans mon esprit aboutissent à de nouvelles marques sur les bras de Leah. Mais avant que j'aie pu protester, une porte s'ouvre au-dessus de nos têtes et des pas font grincer la passerelle métallique.

– Leah ? appelle un homme avec un fort accent de Glasgow. C'est quoi, cette histoire ?

Il descend lentement l'escalier. Je reconnais ses cheveux blond vénitien et ses oreilles décollées pour les avoir vus sur la dernière vidéo. L'homme brun et trapu en charge de la branche d'Édimbourg l'accompagne, suivi de Mme Maclennan.

– Allez, grouille ! ordonne le chef de Glasgow. On n'a pas toute la journée.

– J'ai un truc à vous montrer. (Le corps de Leah est parcouru de frissons, mais sa voix reste calme.) En bas. Ça... Ça concerne la Créature.

Les trois adultes se figent. Au même instant, mon téléphone vibre dans ma poche. Heureusement, le son est étouffé par le tissu.

– Fais voir ! aboie l'homme. Tout de suite !

Tout le groupe se dirige vers l'escalier. Allie et moi nous recroquevillons derrière notre réservoir. L'assurance de Leah a disparu. Elle semble terrorisée, si fragile… mais elle les entraîne le plus loin possible de nous.

À la seconde où la porte claque, je prends Allie par la main et nous rejoignons en courant la salle de contrôle indiquée sur le plan. Elle n'est pas fermée à clé. J'allume la lampe-torche de mon téléphone pour y voir quelque chose. C'est une grande pièce ovale entourée de consoles vert vif couvertes de boutons, de jauges et de leviers. Au milieu, ligotée sur une chaise, se trouve Biscuit.

Le soulagement se lit sur son visage lorsqu'elle nous voit. Ses joues sont zébrées de larmes et une traînée de sang doré macule sa mâchoire. D'une voix paniquée, elle débite des bribes de phrases insensées.

– Averses d'orage modérées à – Calum, pourquoi tu – alors ne t'en veux pas, d'accord ? – chaque petit geste compte…

Ses ailes sont maintenues par des liens si serrés que certaines des plumes soigneusement cousues par Allie se sont détachées. Elle a les bras tordus dans le dos et les chevilles entravées. Je me précipite vers elle pour la rassurer, mais elle refuse de se taire. Alors qu'Allie commence à défaire les nœuds, un bruit de pas nous parvient de l'extérieur.

Ils reviennent.

Leur conversation n'aura pas duré plus de deux minutes. J'ai peur pour Leah. Allie continue à tirer sur les cordes, mais je lui fais signe d'arrêter.

– Si on la détache, ils sauront qu'on est ici. On ferait mieux de se cacher.

En face de nous, un petit passage permet de se glisser

derrière les consoles. La paroi de l'une d'elles est tombée, laissant jaillir un amas de câbles entortillés comme des intestins. Je les repousse à l'intérieur pour nous faire de la place, puis je braque la lumière de mon téléphone sur Allie. Elle murmure quelque chose à Biscuit, dont elle tient le visage entre ses mains. Le bruit de pas approche.

– Allie, vite !

– J'arrive.

Elle se glisse avec moi sous les câbles, les genoux repliés, tandis que j'incline la tête pour que mon menton repose sur ma poitrine. Nous tenons tout juste assises. La Créature gémit.

– Fais ce que je t'ai dit, Biscuit, lui rappelle doucement Allie depuis notre cachette.

Je n'ai pas le temps de lui demander davantage de précisions, car des voix s'élèvent sur la passerelle. J'éteins la lampe de mon téléphone juste avant que la porte claque contre le mur en s'ouvrant.

– Sacrée coïncidence, déclare le chef de Glasgow. On vient juste de trouver cette chose, et la gamine prétend avoir des infos à son sujet ? C'est louche. On devrait l'interroger.

– Elle ne sait rien, Ross. (C'est la voix de son collègue d'Édimbourg, si proche qu'elle me met les nerfs à vif.) Moi aussi, je me demande à quoi elle joue. On s'occupera d'elle quand tout sera fini, histoire de lui remettre les idées en place.

Un faisceau de lumière balaie la pièce. Le silence retombe. La chaise en plastique de Biscuit racle le sol. Je sens l'haleine d'Allie sur mon épaule, légère et tiède.

Mon pouls bat si fort que je m'étonne qu'ils ne l'entendent pas.

– Bon Dieu. J'ai encore du mal à y croire.

Nouveau gémissement. J'imagine le leader d'Édimbourg en train de caresser la joue de Biscuit, de toucher ses ailes. J'enrage.

– Bon, continue l'homme, on a perdu assez de temps comme ça.

Ross acquiesce d'un grognement.

– Ouais. Si les fidèles apprennent qu'elle est là, ça va vite dégénérer.

Ils ont du mal à se mettre d'accord. Ross hésite entre prévenir « le gouvernement » de l'existence de Biscuit – la « chose », comme ils l'appellent – et la vendre à un centre de recherche pour se partager l'argent. Damien, le chef d'Édimbourg, l'écoute en silence peser le pour et le contre. Puis quelqu'un se déplace dans la pièce. Il y a un nouveau silence, interrompu par un petit couinement.

– On devrait la détruire, déclare soudain Damien. Lui briser les ailes. La balancer du haut d'un toit.

Le faisceau de lumière se promène de droite à gauche.

– Tu es dingue ? Si le gouvernement apprend qu'on a mis la main sur une Créature et qu'on l'a *tuée*...

– Ce n'est qu'une bande d'escrocs. D'imposteurs. Les politiques vont l'envoyer à un labo américain et on ne touchera pas un centime.

– Alors faisons-le nous-mêmes. Maintenant, avant qu'ils soient au courant. Le centre californien dont je t'ai parlé offre une récompense de...

– On s'en fout, de la récompense ! Moi, je te parle de *pouvoir*. (La voix de Damien s'anime.) Il y a plus d'une centaine de fidèles, ici. On pourrait en rassembler encore plus en faisant venir les branches de Newcastle et de Manchester. Imagine un peu : des centaines de gens, debout sur un toit. Et au milieu, cette chose, ce démon, qui fend l'air et s'écrase sur le bitume. Tu ne comprends donc pas ? Elle est forcément diabolique, puisqu'elle a été chassée du paradis. On se chargerait juste de lui faire terminer sa chute ! Ça nous rapprocherait davantage du Seigneur que n'importe qui.

Il continue sur sa lancée : ils passeraient sur les chaînes d'infos de tous les pays, les convertis afflueraient des quatre coins du monde, ils surpasseraient les branches de Londres et de New York en moins de deux jours. J'ai beau fermer les yeux, les images qu'il évoque me brûlent les paupières. Allie n'arrête pas d'articuler silencieusement :

– Allez, Biscuit, s'il te plaît...

Mais quoi qu'elle lui ait demandé de faire, la Créature ne bouge pas.

Soudain, mon téléphone recommence à vibrer. Les deux hommes s'interrompent.

– C'était quoi, ça ? demande Damien.

L'un d'eux fait un pas. Dans notre direction.

Alors je cesse de réfléchir. Bondissant de ma cachette, j'arrache la lampe de la main de Damien et je la balance à l'autre bout de la pièce. Elle se brise contre une console nous plongeant dans le noir. Un de nos adversaires se jette sur moi, mais un bon coup de pied dans le tibia le fait tomber.

– Attrape-la, Allie ! Vas-y !

Des jurons et des chocs sourds résonnent autour de nous. Allie empoigne la chaise de Biscuit et parvient à la traîner vers la porte avant de dénouer ses liens. Une main me saisit par la manche, mais j'arrive à me débarrasser de mon gilet pour lui échapper. Une fois dehors, je coince la poignée avec la chaise sur laquelle était attachée Biscuit. Ça ne tiendra pas longtemps, mais dix secondes d'avance peuvent faire la différence.

– Cours !

Au moment de descendre l'escalier par lequel nous sommes arrivées, nous découvrons une poignée de Futurs Déchus au teint grisâtre et aux mouvements lents qui s'apprêtent à monter. Leur mâchoire se décroche lorsqu'ils aperçoivent Biscuit. Parmi eux, je reconnais les enfants du toit. La petite fille, accrochée au bras de son frère, ouvre d'immenses yeux noirs.

Je fais volte-face et j'entraîne Biscuit vers un autre escalier, qui mène à l'étage supérieur. Nous avons à peine gravi quelques marches que la porte de la salle de contrôle s'ouvre sur Damien et Ross. Le premier s'élance à notre poursuite pendant que le deuxième, penché sur la rambarde, ordonne à ses fidèles estomaqués de rappliquer.

Je n'ai jamais couru aussi vite de ma vie. Je monte les marches trois par trois, tirant Allie d'une main et poussant Biscuit de l'autre. Même si j'ai trop peur pour me retourner, j'entends les Futurs Déchus se rapprocher.

Tellement que j'ai l'impression de sentir leurs souffles haletants sur ma nuque. Arrivée en haut, je m'élance de tout mon poids contre la porte d'une sortie de secours. Trébuchant les unes sur les autres, nous nous retrouvons...

Sur le toit.

Il n'y a nulle part où aller – à part le vide. Pas de mur, pas de barrière. À cette hauteur, les bourrasques glaciales menacent de nous précipiter vers la mer en contrebas. Malgré mon vertige, je m'approche du bord avec Allie et Biscuit. Ross et Damien arrivent à leur tour, suivis de plusieurs fidèles toujours sous le choc.

– Reculez ! crie Allie. Si vous approchez, elle va sauter. Ses ailes sont encore fragiles. Elle ne survivra jamais.

C'est un mensonge risqué, car ils ont vu les vidéos de Biscuit tournoyant sous le dôme de McEwan Hall. Mais dans la confusion du moment, cela suffit à les faire hésiter. La mort de Biscuit ne les intéresse que si elle a lieu en public. Damien retient les autres.

– Ne vous mêlez pas de ça, réplique-t-il. Cette chose est un ange déchu, une manifestation du diable. Ce n'est pas à vous de décider de son avenir.

– Pas plus qu'à vous... commence Allie, avant qu'un nouveau coup de vent nous fasse tanguer.

Damien et Ross s'élancent. Ça y est. C'est la fin.

Quand, soudain, Biscuit prend la parole.

– Vous vous trompez sur Dieu. Vous vous trompez sur tout.

Les rafales couvrent quasiment sa voix douce, mais les deux hommes s'arrêtent net. J'oublie alors les gens qui nous entourent, le vent et le fait que nous sommes sur un toit à plus de vingt mètres du sol. Elle a appris à parler ! Elle va enfin nous révéler ses secrets !

Mais quand je vois Allie hocher la tête d'un air encourageant, ça fait tilt. Voilà ce qu'elle a murmuré à Biscuit dans la salle de contrôle, voilà ce qu'elle voulait qu'elle répète. Je lui décoche un sourire discret. Je n'y aurais jamais pensé.

– C'est bien, dit-elle de manière que nous soyons les seules à l'entendre. Tu peux y arriver.

Les yeux fermés, l'ange récite sur un ton chantant les mots soufflés par Allie.

– Vous vous trompez sur tout. Ce n'est pas en dormant à même le sol que vous purifierez vos âmes. Ce n'est pas en risquant vos vies que vous leur donnerez un sens. Ce n'est pas en criant sur les toits que vous sauverez qui que ce soit. Je sais que vous avez peur, mais vous devriez vous servir de cette peur pour faire le bien. Attaquez-vous à l'appât du gain et à la destruction qui ravagent votre monde. Soulagez ceux qui souffrent. Rentrez chez vous, retrouvez vos familles et mettez-vous au travail, parce que ce que vous faites là n'est pas la clé du paradis. Et ce n'est pas une vie.

Biscuit rouvre les yeux. Des dizaines de visages maigres et épuisés la contemplent, les cheveux soulevés par le vent. Un mélange de surprise, de confusion et de peur – voire, chez certains, de colère. Mais Damien est le seul à réagir. Il secoue la tête.

– Tu mens.

Cette fois, quand il s'approche de nous, personne ne

le suit. Les fidèles se regardent, inspectent le tissu élimé de leurs vêtements et clignent des yeux comme s'ils venaient de se réveiller. Une femme squelettique serre les deux jeunes enfants contre elle.

Damien, lui, ne renonce pas. Accompagné d'une poignée de fidèles déterminés, il avance vers vous.

Je n'ai même pas le temps d'avoir peur. Biscuit passe un bras autour de ma taille, l'autre autour de celle d'Allie, et fait un pas en arrière.

Ensemble, nous tombons du toit.

27

Le sol s'approche à toute vitesse. La route s'élargit sous nos yeux jusqu'à ce que je ne voie plus que du bitume, de la mousse et des mégots de cigarettes. Je me prépare à une explosion de douleur. C'est alors que Biscuit se cambre en arrière et remonte en looping. Ciel, béton et croissant de lune se confondent. Les fidèles plantés sur le toit s'éloignent en tourbillonnant, de plus en plus petits à chaque pirouette.

Pendant quelques secondes, je ne ressens rien. Ce n'est qu'une fois que Biscuit bat des ailes et se stabilise à une soixantaine de mètres au-dessus du sol que la peur me pétrifie. La mer bleu-gris s'agite en contrebas.

– Pose-moi ! je hurle en me débattant comme si j'essayais de nager pour rejoindre la terre ferme.

Impossible de me concentrer sur la sensation du vent dans mes cheveux ou le plaisir de voler. Tout ce que je vois, ce sont les vagues qui finiront par nous engloutir.

– S'il te plaît, s'il te plaît ! je supplie. Je veux descendre !

Allie crie quelque chose que je ne comprends pas en désignant sa voiture sous nos pieds. Quelques secondes plus tard, Biscuit touche terre à côté, juste après nous avoir libérées. Allie et moi roulons sur le sol. Des cailloux déchirent mon jean et s'incrustent dans mes cuisses, mais je m'en aperçois à peine. Notre atterrissage forcé a soulevé un gros nuage de poussière. Allie, toute rouge, se protège la bouche et le nez avec sa manche.

Il faut agir vite. Des silhouettes sombres défilent derrière les fenêtres de la centrale électrique : Damien et les quelques irréductibles à ses ordres courent vers la sortie.

– Fais monter Biscuit dans la voiture, Allie ! Maintenant !

Sans réfléchir, je ramasse une bouteille de bière vide qui traînait et je la brise sur le trottoir. Pendant qu'Allie et Biscuit foncent vers la voiture, je m'approche du van gris garé devant le bâtiment et je plante le tesson de verre dans les pneus jusqu'à ce que l'air s'échappe en sifflant.

Au moment où je repars, j'entends quelqu'un crier mon nom. Leah escalade la pile de détritus qui se trouve près de la porte, son jean se prenant dans les tiges de métal et les vieux câbles. D'autres fidèles sortent à leur tour. Leur regard passe de Leah à Biscuit, puis à leurs camarades restés sur le toit. Mon amie pique un sprint dont je ne la pensais pas capable et atteint la voiture d'Allie en même temps que moi. Nous nous engouffrons à l'arrière avec Biscuit, bras et jambes entremêlés.

– Démarre !

Allie écrase la pédale de l'accélérateur. Après un dérapage au coin du bâtiment, elle rejoint la route en évitant encore deux ou trois Futurs Déchus.

– Biscuit, baisse-toi ! supplie-t-elle. Je n'y vois rien !

Les plumes de l'ange masquent la plus grande partie

du pare-brise arrière. Doucement, je l'aide à se pencher en avant, une aile étalée sur les genoux de Leah et l'autre sur les miens. En me retournant, je constate que Damien est en train de monter dans le van.

– Non, non, non... gémit Leah, agrippée à mon bras. Plus vite ! Il va nous rattraper !

Le van s'élance... puis s'arrête. Allie, les traits tendus, surveille la scène dans son rétroviseur. Damien ressort pour inspecter les pneus.

Elle pousse un gros soupir. Sa respiration est toujours sifflante ; il lui faut un moment avant de pouvoir parler.

– On a eu chaud, déclare-t-elle d'une voix rauque. (Nos regards se croisent dans le miroir. Malgré son teint de cendre, elle se force à sourire.) Bien joué, le coup des pneus, Jaya. Tu es aussi *badass* que les religieuses de *La Mélodie du bonheur* !

Je voudrais rire, mais j'en suis incapable. Biscuit est toujours courbée en deux, la tête sur les genoux. Je caresse ses cheveux. Elle marmonne quelque chose qui ressemble aux paroles d'une chanson d'Alanis Morissette. Je lui soulève délicatement le menton afin d'essuyer un filet de sang doré sur sa joue. Elle est couverte d'écorchures, sans parler de ses chevilles et de ses poignets tuméfiés. Quand je pense que ces sales types ont osé lui faire du mal, ça me rend folle.

– C'est fini, Biscuit. Ils sont partis.

Elle tremble comme une feuille. Plus que jamais, je regrette de ne pas savoir si elle me comprend. Je continue à lui caresser les cheveux et les ailes, dans l'espoir de lui communiquer ce que les mots échouent à faire.

– Qu'est-ce que tu leur as raconté, là-bas ? j'interroge Leah.

Elle ne me répond pas tout de suite, trop occupée à vérifier que personne ne nous suit.

– Que j'avais trouvé une… une Créature. Que je l'avais cachée au sous-sol, mais qu'elle avait dû s'échapper. Ils n'y ont pas cru. Je n'ai jamais su mentir.

– Tu as assuré, la félicite Allie en réprimant une nouvelle quinte de toux. Il fallait du cran pour faire ce que tu as fait.

– Je n'aurais jamais dû laisser ma mère. Ce n'est pas ce que j'avais prévu. (Leah s'essuie les yeux sur sa manche.) Mais quand j'ai vu à quel point elle était fâchée que j'aie menti aux chefs, j'ai compris qu'elle n'accepterait jamais de partir. Vous étiez ma seule chance.

– Tu as pris la bonne décision, je déclare.

Mais elle continue à regarder en direction de la base longtemps après que celle-ci a disparu au loin.

Bientôt, nous quittons les derniers faubourgs et nous nous retrouvons sur des petites routes. Je rejoins Allie à l'avant, et Leah remonte ses jambes sur la banquette afin que Biscuit puisse se coucher sur le sol – même s'il y a peu de risques qu'un passant l'aperçoive par la fenêtre. Elle enroule son aile droite autour de son corps comme une couverture. Pour masquer la gauche, dont la pointe reste dressée vers le plafond, je suspends mon blouson sur le dossier d'Allie.

– On va où ? je m'enquiers. On ne peut quand même pas tourner en rond toute la nuit.

– On ne peut pas non plus rentrer à Édimbourg,

rétorque notre conductrice. Quelqu'un a peut-être vu Biscuit sur le toit de la centrale, à moins que les Futurs Déchus aient prévenu leurs responsables nationaux. Si c'est le cas, l'info va se propager sur Internet en cinq minutes.

Je réfléchis un instant.

– Pourquoi pas chez moi ? C'est assez isolé, et notre jardin est entouré d'arbres. On ne voit quasiment rien depuis la route. On pourrait en profiter pour déposer Leah chez son père.

Celle-ci acquiesce, les yeux embués.

– Mais il y en a bien pour quatre heures de trajet, non ? soupire Allie en se frottant les yeux. Je ne tiendrai jamais, Jaya. Tu n'as pas le permis ?

– Non... Je ne pourrai le passer qu'en octobre.

– Moi, je l'ai, intervient Leah. Enfin, pas sur moi... et je ne suis pas assurée.

J'éclate d'un rire sans joie.

– Si on se fait arrêter, ça sera le cadet de nos soucis !

Le téléphone d'Allie se met à sonner pour la énième fois. Le nom de Calum s'affiche à l'écran. Elle hésite, se mord la lèvre, puis finit par refuser l'appel.

– Allons-y, dit-elle. J'ai assez de médicaments pour tenir quelques jours. Il faudra juste qu'on s'arrête en chemin pour acheter quatre ou cinq litres de café.

Elle saisit l'adresse sur le GPS et sélectionne un itinéraire qui évite l'A9, où se trouvent la majorité des caméras de vidéosurveillance et des radars. Nous repartons à travers les villages et les hameaux, contournant des champs de bétail endormi et des collines éclairées par le clair de lune. Allie allume la radio pour combler le silence – il y a un débat interminable sur l'émission *Qui est le meilleur pâtissier ?*, suivi d'un jeu-concours pour gagner une semaine de vacances à Ténérife.

Au fur et à mesure que la tension retombe, le sommeil me gagne. On a réussi, je songe, les paupières lourdes. On l'a récupérée.

Encore un miracle.

La maison de Leah paraît déserte. Il est presque 3 heures du matin, le point le plus noir de la nuit. Toutes les lumières sont éteintes et le portail d'accès est fermé. Je pense soudain à Peter Pan revenant de Neverland pour constater que ses parents l'ont oublié. Sauf que Leah est tout le contraire des Enfants perdus : elle a trop grandi, trop vite.

Elle reste assise un moment derrière le volant, les mains crispées sur sa ceinture.

– Je ne sais pas quoi dire à mon père, nous avoue-t-elle. Et s'il m'en veut d'avoir abandonné maman ?

– Tu rigoles ? Après tout ce que tu as traversé, il ne te fera jamais aucun reproche. (Je lui donne un petit coup d'épaule.) Allez, file. Raconte-lui simplement ce qui s'est passé.

Elle acquiesce, les yeux rouges et humides. On l'a peut-être arrachée aux griffes des Futurs Déchus, mais ce trajet de deux cent cinquante kilomètres n'aura pas suffi à ramener la fille drôle, bavarde et impertinente qu'elle était il y a encore quelques mois. Au fond, peut-être qu'elle a toujours douté d'elle. Peut-être que la secte l'a juste dépouillée de son masque.

– OK.

Elle prend une grande inspiration, puis baisse les yeux vers Biscuit, endormie sur le sol. Elle contemple encore avec émerveillement ses immenses ailes chatoyantes.

– Souhaitez-lui bonne chance de ma part. Jaya, merci pour tout. Je suis vraiment désolée.

Nous la regardons pousser le portail et s'avancer vers le porche. Une lumière s'allume à l'étage, et bientôt, la porte d'entrée s'ouvre. M. Maclennan aussi a été transformé par les Futurs Déchus. Son visage est marqué, vieilli, ses cheveux striés de gris. Il met une seconde à reconnaître la fille pâle et maigre qui se tient devant lui, avant de lui sauter au cou, en larmes. Ils sont toujours là, à osciller doucement dans la lumière des lampadaires, quand Allie reprend le volant et s'éloigne.

Dix minutes plus tard, nous nous garons devant chez moi. J'ai une grosse boule dans la gorge. La maison est plus petite que dans mon souvenir. Je reconnais à peine la porte rouge que j'ai franchie tant de fois ; le jardin me semble plus sauvage dans le noir. J'aurais aimé qu'il y ait quelqu'un pour m'accueillir, comme chez Leah. Ne serait-ce que mon père. Il m'a appelée une bonne trentaine de fois au cours des dernières heures, et Rani une vingtaine. Je leur ai répondu par SMS que j'allais bien, mais je ne me sens pas encore capable de leur parler. Je ne saurais pas par où commencer.

Allie coupe le moteur et s'affale sur le volant.

– Rappelle-moi de ne jamais, jamais refaire un truc pareil.

Je sors de la voiture et ouvre la portière arrière.

– On est arrivées, Biscuit.

Je la secoue doucement. Elle se réveille en sursaut, bafouille quelques phrases d'une publicité pour une assurance auto et se frotte les yeux.

Sa fatigue disparaît à la seconde où ses pieds touchent terre.

La première chose qu'elle fait, c'est prendre une grande bouffée d'air frais. J'avais oublié à quel point il est différent ici, plus doux, plus propre qu'en ville. Elle inspire, expire, puis lève la tête vers les étoiles. Je me demande ce qu'elle voit là-haut. Les constellations sont-elles synonymes pour elle de vieilles légendes, comme les histoires de dieux et de monstres que l'on raconte de la Chine à l'Égypte et de l'Inde à la Grèce ? Ou balisent-elles simplement le chemin du retour ?

Ses ailes frémissent.

– On est arrivées, Biscuit, répète-t-elle. Appelez dès maintenant pour tenter votre chance, et remportez dix jours de mer, de soleil et de sable chaud.

Je la pousse en avant.

– Vas-y.

Ici, avec les ombres du jardin et le ciel bleu nuit en arrière-plan, ses ailes paraissent plus immenses que jamais. Les fibres de ses plumes scintillent sous les étoiles en des dizaines de teintes de rose métallisé, auxquelles se mêlent désormais le bleu canard et le jaune canari. Elle prend son élan sur le gravier – si les cailloux lui font mal aux pieds, elle ne le montre pas –, franchit le bassin d'un bond et s'envole au-dessus de la maison, tourbillonnant autour de la cheminée comme une volute de fumée.

Allie s'extirpe de son siège et s'interrompt en plein bâillement quand elle voit Biscuit planer au-dessus des arbres.

– Mais si quelqu'un la voit ?

Je secoue la tête. Nos voisins les plus proches sont soit des personnes âgées, soit de jeunes couples avec enfants : il y a peu de risques qu'ils soient encore debout à une heure pareille. Et même si c'était le cas, je ne me vois pas refuser ce plaisir à Biscuit.

Alors nous la laissons en profiter. Allongées sur l'herbe, nous sommeillons par intermittence pendant qu'elle monte et descend dans le ciel, où elle reste parfois suspendue pendant une vingtaine de minutes. Lorsqu'elle se fatigue enfin, il est près de 4 heures et une lueur orangée commence à poindre à l'horizon. Je récupère le double des clés caché sous un hérisson en céramique dans un massif de fleurs. Le sourire de Biscuit disparaît quand elle comprend qu'elle va de nouveau être enfermée, mais elle accepte de nous suivre.

La maison est étrange, comme toujours quand on rentre après une longue absence. J'installe Biscuit dans le salon, la pièce la plus spacieuse. Après avoir allumé la radio, je vais chercher un paquet de gâteaux dans la cuisine, au cas où elle aurait un petit creux.

– Désolée, tu dois te sentir à l'étroit... mais tu pourras ressortir demain. Aussi longtemps que tu le voudras.

Elle me sourit.

– Aussi longtemps que tu le voudras.

C'est avec des papillons dans le ventre que je conduis Allie à ma chambre. Depuis le début de l'opération de sauvetage, notre relation s'est plus ou moins mise sur pause. Mais alors que je sors un sac de couchage du placard, ça me revient d'un coup : la tension entre nous, le moment où j'ai failli l'embrasser, ses questions silencieuses au sujet de Leah, les réponses que je ne pouvais pas lui donner jusqu'à il y a quelques heures.

Mais nous sommes toutes les deux trop fatiguées pour penser à autre chose qu'à dormir. Allie, surtout, n'en peut plus. Elle se laisse tomber sur mon lit sans même prendre la peine de retirer ses chaussures, les bras au-dessus de la tête. Vus sous cet angle, les pétales de son tatouage ont l'air de flotter dans les airs.

– Comment tu te sens ? je lui demande.

Pour la première fois, elle se montre complètement honnête avec moi.

– Mal. Ce n'est peut-être pas la chose la plus débile que j'ai faite dans ma vie, mais ça entre facilement dans le top 3. (Elle entrouvre un œil et m'adresse un sourire contrit.) Et puis… je t'ai menti : j'ai juste assez de médicaments pour demain.

Je mets une seconde à comprendre ce qu'elle sous-entend.

– Calum.

Ses paupières se referment.

– Ce qu'il a fait est impardonnable. Je ne l'appellerai qu'avec ta permission.

Il n'est pas question que je refuse. Son traitement n'est pas optionnel. Si Calum ne vient pas, ce sera ses parents, qui m'en veulent probablement à mort de l'avoir traînée jusqu'ici. Je m'assieds à côté d'elle.

– C'était quoi, le truc pour lequel il voulait de l'argent ? Il a parlé de cellules souches, c'est ça ?

Elle hoche la tête.

– C'est un traitement alternatif qui a été mis au point pour la mucoviscidose. Il n'est pas encore autorisé au Royaume-Uni, mais certaines personnes ont pu l'obtenir en République dominicaine. Évidemment, ça coûte un bras. Des milliers de livres, beaucoup plus que ce que les photos de Calum lui auraient rapporté. Il cherche une solution miracle, au cas où toutes les autres échoueraient.

– Pourquoi tu ne me l'as pas dit plus tôt ?

– Ça ne change rien au fait qu'il a vraiment déconné. Il n'aurait jamais dû faire ça derrière notre dos. Et il n'a pas à prendre ce genre de décision à ma place. (Elle fait glisser sa main sur la couette jusqu'à toucher la mienne.) Mais si tu es d'accord, je crois qu'il mérite une seconde chance.

Tout le monde fait des erreurs. Moi la première. Je ne peux pas en vouloir à Calum plus longtemps.

– OK. De toute façon, c'est à Biscuit de lui pardonner, pas à moi. (Je consulte mon téléphone. Encore dix nouveaux appels manqués.) Et puisqu'on en parle, moi aussi, j'ai un coup de fil à passer.

Allie hausse les sourcils. À la faible lumière de ma lampe de chevet, je vois de la peur, de la colère et de la suspicion se succéder dans ses yeux.

– À ton père ?

– J'ai promis à ma sœur de le prévenir en cas de problème. Il est temps que je lui fasse confiance. Et puis Rani va vouloir nous rejoindre. Pour dire au revoir à Biscuit.

Allie tripote une de ses boucles d'oreilles en silence.

– D'accord. Allons-y.

Le soleil se lève. J'ai l'esprit embrumé et la voix pâteuse. Il est beaucoup trop tôt pour appeler qui que ce soit – ou beaucoup trop tard.

28

Ça s'est passé un lundi. Ça s'est passé en novembre, à un endroit où on n'était pas censées être. Moi, j'aurais dû être en maths, en train d'écouter M. Anderson disserter sur les vecteurs et les tangentes. Et elle, au bureau installé dans notre ancienne chambre d'amis, en train de faire de la paperasse ou de répondre à des mails. Aucune de nous deux n'aurait dû se promener dans le vallon.

Ce matin-là, je ne me sentais pas en état d'affronter les cours. Je n'étais pas encore remise de la fête du samedi soir chez Amy Williamson. En partie à cause du mélange de vodka, de Red Bull et de Smirnoff Ice que j'avais bu – c'était la première fois que j'avais une gueule de bois de deux jours, et j'espérais que ce serait la dernière. Mais si j'avais passé mon dimanche enfermée dans ma chambre, à me disputer sur WhatsApp et à écouter de la musique à fond pour noyer le monde extérieur, c'était surtout à cause de Leah.

À ce stade, on s'était déjà embrassées trois fois. D'abord le jour de mes seize ans, en octobre ; puis pendant le feu de joie de Guy Fawkes Night[1] en novembre ;

1. Fête traditionnelle en Grande-Bretagne, qui commémore la Conspiration des Poudres de 1605, lors de laquelle Guy Fawkes a tenté de faire sauter le Parlement.

et enfin dans la forêt, lors d'une course d'orientation où on s'était complètement perdues parce qu'on ne savait pas lire une carte. Chacun de ces baisers avait été précipité, mais aussi un peu plus long que le précédent. Chacun avait été échangé en secret, mais représentait une étape vers quelque chose de plus concret.

Jusqu'à ce que j'entre dans la cuisine d'Amy Williamson pendant la fête et que je la trouve en train d'embrasser Joseph Macrae. Le « quelque chose » vers lequel je croyais progresser s'était effondré devant moi. Des mots blessants avaient suivi, puis des messages où elle jurait qu'elle n'était pas comme ça, qu'elle ne voulait pas être avec moi, que toute cette histoire n'était qu'une phase, une erreur… Et mes derniers espoirs avaient été réduits à néant.

– Je n'y vais pas, ai-je annoncé à ma mère quand elle est venue me réveiller à 7 h 30 le lundi matin. Je ne me sens pas bien. J'ai la migraine.

Elle a posé une main sur mon front. Petite, j'avais essayé une ou deux fois de feindre de la fièvre en appliquant un gant de toilette brûlant sur ma peau. Cette fois, je n'en avais même pas l'énergie. Même s'il était évident que je n'avais rien, maman a écarté mes cheveux de mon visage et a remonté ma couette sous mon menton.

– Tu n'as qu'à rester avec moi aujourd'hui. Rendors-toi ; je vais prévenir le lycée.

Elle est revenue vers 10 heures avec une tasse de thé et des tartines. Pendant que je grignotais, elle m'a parlé des mails qu'elle venait de recevoir d'un client mécontent. Puis elle m'a proposé d'aller faire un tour dans le vallon.

– Un peu d'air te ferait du bien. Ça soulagerait ta migraine.

Depuis des mois, elle ne cessait de me répéter que les examens qui m'attendaient à la fin de l'année étaient très importants et que chaque cours comptait. Surprise qu'elle m'autorise à sécher, je n'ai pas discuté. J'étais trop heureuse de ne pas avoir à supporter Leah, les questions d'Emma et le visage parfait de Joseph Macrae.

Après m'être lavée, habillée et coiffée, je suis descendue mettre mes chaussures. Puis nous sommes parties. J'ignore à quel moment les choses ont déraillé. Peut-être que si je n'avais pas pris le temps de me faire une queue-de-cheval, elle serait encore là. Peut-être que si j'avais dû remonter chercher un truc dans ma chambre, elle serait encore là. Une chose est sûre : si j'avais refusé cette promenade, si j'étais allée en cours ce matin-là, elle serait encore là.

Mais je ne l'ai pas fait. Je suis montée dans la voiture, et l'improbable est devenu inévitable.

Aujourd'hui, le vallon n'est qu'un point parmi tant d'autres dans la longue liste des endroits que je prends soin d'éviter. Mais en novembre, c'était encore l'un de nos circuits préférés, un havre de paix et de verdure peuplé de bouleaux, d'ifs et d'ormes, avec une magnifique cascade donnant sur les collines.

Tout était calme, et il faisait étonnamment beau pour la saison. On est sorties de la voiture en discutant du lycée, des dernières aventures amoureuses d'Emma, de la nouvelle copine de mon oncle Dinesh. Ma mauvaise humeur s'estompait peu à peu, jusqu'à ce que ma mère prononce le nom interdit.

– Il y a longtemps qu'on n'a pas vu Leah, a-t-elle commenté en poussant le portail d'accès au sentier.

À moins qu'elle ait dit : « Leah a choisi quelles options, déjà ? » Ça fait partie des nombreuses choses dont je ne me souviens pas. En tout cas, elle me tendait une perche.

Je ne l'ai pas saisie. Ça me faisait du bien d'être dehors. Le grand air m'aidait à remettre de l'ordre dans mes idées. J'avais même laissé mon téléphone à la maison.

Alors j'ai changé de sujet. Une autre fois, ai-je songé en suivant ma mère vers le sommet de la cascade. On en parlera une autre fois.

Nous avons bifurqué pour rejoindre la clairière. C'était le plus beau point de vue sur le vallon : de là, on apercevait même les montagnes couvertes de neige à l'horizon. Pour y accéder, il fallait traverser un petit ruisseau, où des pierres permettaient de passer sans se mouiller les pieds, en longeant l'à-pic qui débouchait sur un bassin rocheux une dizaine de mètres plus bas.

J'étais passée par là des dizaines de fois, et ma mère encore plus souvent. Ce jour-là, le courant n'était pas très fort, les pierres ni glissantes ni gelées. Rien ne laissait penser que cette promenade serait différente.

Maman était peut-être plus près du bord que d'habitude, mais je ne m'en suis pas rendu compte. Une pierre a peut-être roulé sous son pied, mais je ne l'ai pas vue. En tout cas, pour une raison ou une autre, elle a perdu l'équilibre. La jambe droite tendue dans le vide, les bras levés, elle a attrapé une branche au-dessus de sa tête et, pendant une seconde, elle est restée immobile. Puis, dans un craquement, la branche a cédé. Elle a juste dit :

– Oh.

Et elle a disparu.

Il y a eu un bruit d'éclaboussures et d'os brisés. Un bruit dont j'ai reconnu l'écho des dizaines de fois depuis, à chaque nouvelle Chute. Un bruit qui tourne en boucle dans mes pensées et mes cauchemars.

Après ça, il ne me reste plus que des taches de couleur. Le foulard jaune vif pris dans un arbre au pied de la cascade. La flaque de sang rouge qui se diluait dans l'eau. La douzaine de verts différents qui m'écorchaient les bras et me faisaient trébucher. Et puis le noir.

Allie m'a confié l'autre jour qu'elle avait vécu une grande partie de sa vie au conditionnel. Depuis l'accident, c'est pareil pour moi. *Si* on n'était pas allées se promener. *Si* je n'avais pas séché les cours. *Si* je n'avais pas embrassé Leah à mon anniversaire. *Si* maman n'était jamais tombée enceinte de moi.

Il existe de nombreux scénarios dans lesquels ma mère ne meurt pas. Dans la plupart, je suis le seul dénominateur commun. Peu importe comment on pose l'équation, le résultat est toujours le même : c'est ma faute, ma faute, ma faute.

29

Je suis réveillée par un crissement de pneus sur le gravier. Je me redresse en clignant des yeux, incapable de me souvenir où je suis. Puis des images de la veille me reviennent : McEwan Hall, Leah sur le toit, Biscuit attachée, la longue route vers le nord...

Le coup de fil à mon père. À qui j'ai demandé de rentrer, le plus vite possible, sans lui expliquer pourquoi.

Une clé tourne dans la serrure. La porte s'ouvre. En voulant m'extirper de mon sac de couchage, je me prends les pieds dedans.

– Merde !

Allie se réveille en sursaut, les cheveux tout ébouriffés. Je me précipite au rez-de-chaussée. Les chaussures de papa gisent dans l'entrée ; le sac à dos de Rani est posé devant l'escalier. La porte du salon est entrouverte. Il ne l'a peut-être pas encore vue. Je vais peut-être avoir le temps de tout lui expliquer de vive voix, comme je voulais le faire...

Trop tard.

Durant une fraction de seconde, je vois la scène à travers ses yeux. Il y a une Créature chez nous. Dans notre salon. Assise sur le dossier de notre canapé, ses ailes rose vif se détachant sur nos murs crème. Une Créature en train de manger et d'adresser un sourire chocolaté à notre chienne.

Perry s'élance vers elle, ravie. Biscuit la soulève dans ses bras et se laisse lécher le visage en gloussant. Adossée au mur, Rani se gratte la jambe avec le talon de sa chaussure. Elle me fait un vague signe de la main.

– Papa... Papa, je...

Il se retourne. J'ai la lèvre inférieure qui tremble et les paumes moites. Il va me tuer. Ou me haïr. Je ne sais pas ce qui est le pire.

– Jaya, qu'est-ce que ça signifie ? (Son regard passe de Biscuit à moi.) Je ne comprends pas. Qui est-ce ?

– C'est... (Je déglutis.) C'est Biscuit.

Sans attendre ses questions, je lui raconte toute l'histoire, ou du moins ce que j'en connais. Un long silence s'installe. J'ai l'impression que l'écho de mes phrases prend de l'ampleur, jusqu'à ce qu'elles deviennent complètement absurdes.

Biscuit finit par prendre la parole.

– Tout à l'heure, nous recevrons Russel Tovey, qui nous parlera de son dernier film et partagera avec nous une recette de ratatouille à tomber. Mais d'abord, place à la météo !

Le visage de mon père pâlit. Il s'effondre dans un fauteuil et fixe Biscuit avec de grands yeux, avant de se tourner de nouveau vers moi. Je n'arrive pas à savoir laquelle de nous deux le surprend le plus.

– Pourquoi ne m'as-tu rien dit ?

Il me demande ça d'une si petite voix... J'ai du mal à le supporter. C'est mon père. Mes mots ne devraient pas lui faire cet effet. Le blesser, l'entamer jusqu'à l'os comme ça. J'ai l'impression que je pourrais l'achever en quelques syllabes.

– Pourquoi ne m'as-tu rien dit ? répète-t-il. (Il lève les mains. Je redoute d'abord que ce soit pour m'étrangler, mais il s'empoigne les cheveux.) Je ne pensais qu'à ça... je ne rêvais que de ça... Pourquoi, *pourquoi* m'as-tu caché une chose pareille ?

Je ne sais pas quoi répondre. Comme c'est souvent le cas, avec le recul, je me sens bête.

– Elle avait peur que tu la vendes, intervient Rani. Que tu la cèdes à un labo de recherche ou à une secte.

Papa la dévisage, bouche bée.

– Attends... Toi aussi, tu étais au courant ?

Les yeux de ma sœur se remplissent de larmes.

– Elle m'a interdit de t'en parler ! Je voulais, mais elle m'a fait jurer !

– Je n'y crois pas. Je n'arrive pas à croire que vous...

Il se lève et arpente la pièce. À chaque pas, il s'arrête pour darder un regard fou sur Biscuit. Celle-ci se plaque contre le mur, les ailes crispées. Au bout d'un moment, mon père se tourne vers moi.

– Tu m'as laissé faire. (Le rouge lui monte aux joues.) Hier. Tu m'as laissé me ridiculiser devant tous ces gens, alors qu'il n'y avait aucune chance que ça marche !

Rongée par les remords, je chasse mes larmes d'un revers de la main.

– Je suis désolée ! Je n'ai jamais voulu t'humilier. C'était pour le bien de Biscuit.

– *Son* bien ? (Les veines saillent sur ses tempes, à

présent.) Et le nôtre, alors ? Le bien de ta famille, ça ne compte pas, ça ?

Ses éclats de voix font sursauter Biscuit, qui tombe du canapé. Rani la prend par la main pour la conduire à l'étage. J'ai une grosse boule dans la gorge. Je ne m'attendais pas à ce que ça se passe comme ça. J'en veux à mon père depuis si longtemps que je pensais trouver les arguments pour me défendre, comme Allie et Calum l'ont fait face au patron de chez Céleste le jour où je les ai rencontrés. Mais finalement, tout ce que je ressens, c'est une immense et écrasante tristesse.

– Je ne savais pas quoi faire, papa. J'aurais dû te prévenir. J'aurais dû... (Les murs du salon se mettent à tourner devant mes yeux.) J'étais là quand ça s'est passé. Je l'ai vue tomber. C'est ma faute. Tout est ma faute.

Le sol tangue sous mes pieds. Je m'effondre sur la moquette, la tête entre les mains. Au bout d'un moment, je sens qu'on me prend par les épaules. Mon père m'attire contre sa poitrine. J'ignore comment, mais il a compris... Il a compris que je ne parlais plus de Biscuit.

– Ma puce... Tout va bien. Tout va bien.

Et soudain, comme si la foudre venait frapper un glacier, quelque chose se brise en moi. J'éclate en sanglots. Parce qu'il y a une partie de l'histoire que je n'ai racontée à personne, ni à mon père, ni à Rani, ni à la police. Une partie de l'histoire que j'ai même du mal à m'avouer. Et bien que les mots soient autant de poignards, je me force à les prononcer.

– J'ai fui.

Je l'ai vue tomber, et j'ai fui.

Des mois plus tard, je suis toujours incapable de l'expliquer. La logique, la raison, la compassion la plus basique m'avaient désertée, balayées par l'avalanche qui déferlait sur mon esprit. Je ne pensais qu'à une chose : rentrer à la maison. Alors j'ai couru dans l'espoir de remonter à 7 h 30 du matin, quand elle était venue dans ma chambre, quand la matinée, le repas de midi et des années et des années de vie s'étendaient encore devant elle.

J'ai fui.

Ça n'a duré que quelques minutes, quelques centaines de mètres, mais j'ai fui.

Et puis, quelque part au milieu du vallon, j'ai retrouvé mes esprits. Il fallait que je l'aide ; il fallait que j'aille chercher quelqu'un. Je suis retournée à la cascade, incapable de la regarder. Tout ce dont je me souviens, c'est de la fleur de sang qui s'épanouissait dans l'eau et du jaune éclatant de son foulard au milieu des buissons. Je n'avais pas mon téléphone, alors j'ai foncé au village le plus proche, où j'ai arrêté un couple de randonneurs. La femme a parlé de premiers secours. Je l'ai conduite au lieu de l'accident. Dès qu'elle a vu la scène, elle s'est retournée et m'a empoignée par les bras.

– Ne regarde pas.

C'est la dernière chose que je me rappelle avoir entendue avant l'arrivée de l'ambulance et de la police. « Ne regarde pas. »

Si j'avais vérifié son pouls. *Si* je n'étais pas partie en courant. *Si* j'avais emporté mon téléphone.

Encore du conditionnel.

Maintenant que les mots ont commencé à sortir, je ne peux plus les arrêter. Je me rends à peine compte que je parle, jusqu'à ce que j'arrive au moment où mes souvenirs se brouillent, quand la randonneuse m'a conseillé de ne pas regarder et que j'ai compris que ma mère était morte.

D'une seconde à l'autre, papa va réaliser ce que j'ai fait et me repousser. Mais non : il me serre encore plus fort et tend son autre bras vers Rani, qui pleure sur le pas de la porte. Elle se blottit entre nous et pose son visage humide contre mon épaule. Nous restons comme ça, tous les trois, pour la première fois depuis une éternité.

Après de longues minutes, papa s'écarte et me soulève le menton pour me regarder dans les yeux. Il a les joues trempées de larmes. Je ne l'avais jamais vu pleurer.

– Tu n'aurais rien pu faire, m'assure-t-il d'une voix à la fois douce et ferme. Les médecins me l'ont dit. Sa tête a heurté les rochers… elle est morte sur le coup, Jaya. En moins d'une seconde. Même si tu avais appelé les secours aussitôt, ça n'aurait rien changé. Rien de ce que tu aurais pu faire n'aurait changé quoi que ce soit.

Une nouvelle vague de chagrin roule sur moi, puis une autre, tandis que mon père me répète que ce n'est pas ma faute. Ce ne sont que des mots : ils ne règlent rien et ne la ramèneront pas. Mais je me rends compte, entre deux sanglots, que c'est ce que j'avais besoin d'entendre depuis le mois de novembre.

30

– Ça n'a jamais été une question d'argent.

Quelques heures plus tard, une fois mes larmes séchées et le choc passé, mon père et moi nous asseyons sur un banc sous l'érable japonais que j'ai planté avec maman l'été de notre emménagement. Allie est toujours à l'étage, endormie ou attendant le taxi qui doit amener Calum de la gare. Rani et Perry courent après Biscuit dans le jardin, dans une espèce de chat perché aérien, en prenant soin de rester à l'abri des arbres.

Je ne me rappelle pas la dernière fois où je me suis retrouvée comme ça, en tête-à-tête avec mon père. C'est agréable, mais aussi un peu maladroit. Il plonge dans un long silence pensif, tandis que je fais tourner les glaçons dans mon verre de jus de pomme comme si j'espérais y trouver des sujets de conversation.

– Mais je comprends que tu aies pensé ça, reprend-il enfin. J'étais complètement obsédé par les chiffres, les études, les ventes... Je voulais tout savoir, parce que ça me changeait les idées. Mais ce n'est pas pour ça que je voulais attraper une Créature. J'espérais que leur existence était un signe, un message de l'Univers. Ou de ta mère.

La gorge serrée, je bois un peu de jus de pomme. Bien

qu'il m'ait très souvent parlé de ses recherches, il n'avait encore jamais évoqué le lien avec maman. Pas une seule fois. Je me doutais que, dans son esprit comme dans le mien, les Chutes et sa mort étaient connectées. Mais j'ignorais que c'était la raison principale de sa quête.

– C'était idiot et égoïste, je le reconnais, continue-t-il. Mais ça a commencé si peu de temps après... Une des Chutes s'est produite à quelques mètres de l'endroit où je l'avais demandée en mariage, juste devant la cathédrale St Giles. Peut-on m'en vouloir d'y avoir vu un signe ?

De l'autre côté du jardin, Rani bondit par-dessus un massif de fleurs. Elle essaie d'attraper Biscuit par le pied, mais celle-ci lui échappe en riant. Tout en cherchant quoi répondre, je m'aperçois que je n'ai jamais réfléchi à ce que mon père a enduré ces derniers mois. Il a perdu sa femme, quitté son boulot, dû assumer une nouvelle vie de père célibataire... J'étais tellement occupée à lui reprocher son obsession que je n'ai pas pris le temps d'en analyser les causes.

J'ai soudain l'impression qu'un gouffre nous sépare. La personne que j'étais autrefois ne l'aurait jamais cru capable de vendre Biscuit à des tortionnaires ou à des scientifiques. Mais la personne que *lui* était autrefois ne m'aurait jamais donné des raisons de croire ça.

– Tu pourrais interroger Biscuit, mais je ne suis pas certaine que tu obtiendrais des réponses. On a déjà essayé. Elle a une mémoire incroyable, elle peut te réciter des reportages entiers, mot pour mot, mais elle ne comprend pas ce qu'elle dit. Peut-être que dans quelques semaines...

Il sourit tristement.

– On ne peut pas attendre aussi longtemps, n'est-ce pas ? Il doit y avoir des gens là-haut qui l'aiment ; des gens qui lui manquent. Si elle en est capable, elle devrait partir maintenant. Ce serait injuste de lui demander de rester.

Je ne l'avais encore jamais entendu réfléchir à ce que les Chutes impliquent pour les Créatures. Je ne pensais pas que ça l'intéressait. Il y a beaucoup de choses que j'ignore sur mon père, tout comme il y avait beaucoup de choses que j'ignorais sur ma mère. Sauf que lui est encore là pour m'aider à combler les trous. Ammamma et Dinesh aussi, et tous les amis et la famille de maman, à Londres comme au Sri Lanka. Ça ne suffit pas, ça ne suffira jamais. Mais c'est déjà ça.

Nous discutons encore un moment, abordant des sujets aussi banals que le menu du déjeuner, le jardin ou le bulletin de notes que je dois recevoir dans quelques jours. Lorsqu'un taxi s'engage dans l'allée, Biscuit se raidit. Je ne sais pas si elle a deviné qui c'était ou si la voiture lui rappelle son kidnapping. Je la rejoins en courant.

– Tout va bien, ne t'inquiète pas. Calum ne te fera aucun mal.

Le taxi se gare suffisamment loin pour que le chauffeur ne puisse rien voir entre les arbres. Calum s'approche de nous d'un pas lent, visiblement tendu. Biscuit l'attend les bras croisés, une manie qu'elle a empruntée à Allie.

– Salut, fait-il en écrasant la pelouse du bout du pied

pendant que le taxi s'éloigne. Je... Je ne sais pas par où commencer.

– Parle-lui, je lui conseille. Elle t'écoute.

Peu importe que la Créature ait conscience de ce qu'il a fait ou qu'elle ait juste senti la tension qui règne entre nous. Dans un cas comme dans l'autre, elle mérite des excuses. Calum rougit, mais il soutient son regard. Elle fait claquer ses ailes comme des fouets.

– Je t'ai apporté ça, dit-il en ouvrant un sac à dos rempli de paquets de gâteaux fourrés à la guimauve. Même si ça ne réparera pas ce qui s'est passé, j'ai pensé que ça te ferait plaisir.

Biscuit en prend un.

– Soldes exceptionnels sur tous nos canapés, déclare-t-elle d'une voix sèche, dénuée de son habituelle intonation musicale.

Au bout d'un moment, elle déchire le carton. Calum poursuit, comprenant qu'il ne s'en tirera pas aussi facilement :

– J'avais placé trop d'espoirs en toi. Tu n'es pas un signe de l'au-delà ou je ne sais quoi. Tu es une personne. Je n'aurais jamais dû l'oublier. Pardonne-moi.

Biscuit engloutit un gâteau en trois bouchées. Les lèvres barbouillées de chocolat, elle en sort un deuxième de la boîte, hésite, puis le tend à Calum.

– Rockall : vent sud-ouest de force quatre ou cinq. Averses légères à modérées. Ciel principalement dégagé.

Calum sourit. Ce n'est qu'un nouvel extrait de la météo maritime, mais ces mots ont quelque chose d'optimiste. Il commence à déballer le gâteau, puis s'arrête.

– Si j'ai fait ça, ce n'était pas par cupidité. (Ses yeux se posent sur moi.) Je voulais aider ma famille. Tu comprends ?

Comme mon père. C'est drôle : Calum a fait passer le bien-être d'Allie avant celui de Biscuit, et moi celui de Biscuit avant tout le reste. Ça aurait peut-être été plus facile si j'avais essayé de me mettre à la place de mon père, ou simplement de lui faire confiance. Mais j'ai décidé de ne plus me sentir coupable. J'ai pris ce qui me semblait être la meilleure décision sur le moment.

– Je comprends.

Nous nous sourions. Malgré la gêne qui subsiste, nos griefs sont oubliés. Et tandis que nous entrons retrouver Allie, il me vient une idée. Une idée pour que Calum touche une partie de l'argent qu'on lui avait promis.

– Prête, Biscuit ? Action !

Calum se tape sur la cuisse avant de commencer à filmer. Le soleil vient de se coucher ; le ciel passe lentement du rose à l'orange, puis au bleu foncé. C'est le moment préféré de notre apprenti réalisateur, et il fait suffisamment sombre pour que Biscuit puisse sortir du couvert des arbres sans attirer l'attention.

Elle s'élance, exécute quelques cabrioles au-dessus de nos têtes, puis monte en pirouettant vers les nuages. Au début, elle a semblé plus perplexe qu'autre chose face aux explications de Calum sur le fonctionnement de sa caméra. Mais maintenant, elle fait son show : elle file, plonge, s'élève en loopings vers les étoiles, puis redescend vers le sol aussi vite qu'un moineau.

Nous nous sommes mis d'accord pour ne montrer les images à personne tant qu'elle ne sera pas en sécurité. Il y a de fortes chances pour que cette vidéo fasse l'effet d'une bombe.

– Génial ! (Calum lève le pouce dans la direction de Biscuit.) Tu assures !

Assis dans l'herbe, nous admirons le spectacle. Allie est appuyée contre moi, emmitouflée dans deux de mes sweats. Elle a passé la majeure partie de la journée à dormir pour compenser les efforts excessifs de la veille. Elle est toujours pâle et fatiguée, mais sa température est revenue à la normale, et elle respire mieux. On s'en sort bien.

Toujours en lévitation au-dessus de nous, Biscuit prend la pose, les mains jointes et les genoux fléchis, parfaite imitation des anges en prière qu'elle a vus dans les livres de Rani. Papa éclate de rire et secoue la tête ; il a encore du mal à en croire ses yeux. Je ne suis pas certaine qu'il m'ait tout à fait pardonné. Il lui faudra sans doute encore un peu de temps. Mais j'espère que le spectacle à couper le souffle auquel nous avons le privilège d'assister compense un peu.

Lorsque Biscuit atterrit souplement à côté du massif de fleurs, nous saluons sa prestation d'un tonnerre d'applaudissements. Rayonnante, elle nous cite trois vers d'un poème de Dylan Thomas, à qui une émission spéciale était consacrée cet après-midi sur Radio 4. Rani tire Calum par la manche, pressée de voir la vidéo.

– Tu penses que ça pourrait rapporter combien, papa ?

demande-t-elle. Il paraît que le type qui a filmé la première Chute est devenu millionnaire.

– Il faudrait pouvoir prouver l'authenticité des images, répond mon père. Vous n'imaginez pas la quantité de montages qui traînent sur Internet.

– On aura une de ses plumes, lui rappelle Calum. Ça compte, non ?

Pendant ce temps, Biscuit s'approche d'Allie et s'accroupit en lui tournant le dos, les ailes déployées tel un aigle volant au-dessus des plaines.

Le visage d'Allie s'illumine.

– Oh non, sérieux ? s'écrie-t-elle.

Mon père pâlit, car elle est déjà en train de grimper sur le dos de Biscuit. Rani l'aide à caler ses jambes sur les hanches de la Créature, puis à s'accrocher à son cou. Calum abandonne son appareil.

– Allie, attends ! Tu es sûre que c'est une bonne idée ? Je ne voudrais pas que tu te casses quelque chose.

– Oui, je comprends, ça serait pénible pour toi, le taquine Allie, le menton posé sur l'épaule de Biscuit. Sois sympa, Californie. Tu ne peux pas me demander de renoncer à un truc pareil !

Calum se passe la main dans les cheveux. Je vois défiler dans ses yeux toutes les manières dont ça pourrait se terminer. Au bout d'une minute, il lève les bras au ciel.

– Bon, d'accord. À condition qu'on n'en parle jamais à maman. Et ne monte pas trop haut, Biscuit !

Celle-ci lui récite une publicité pour Marks & Spencer, que nous interprétons comme un « oui ». Elle prend un peu d'élan, les jambes légèrement fléchies sous le poids de sa passagère, et elle décolle. Allie laisse échapper un rire qui ressemble un peu à un cri lorsqu'elles frôlent la maison et virent au-dessus de la pelouse.

– Waouh ! C'est dingue !

Calum leur court après avec sa caméra, qu'il tente de stabiliser de son mieux. Il finit par abandonner et s'arrête au bord du petit cours d'eau au fond du jardin, afin d'admirer, de ses propres yeux, le vol de sa sœur.

Biscuit et Allie passent entre les arbres, délogeant les oiseaux perchés sur les branches. Pendant quelques secondes, elles disparaissent, ne laissant derrière elles que le bruit du vent. Pile au moment où je commence à m'inquiéter, les feuilles de deux bouleaux s'agitent, et Biscuit revient vers nous à toute vitesse. Elle fait le tour de papa avant de se poser au bord du bassin.

Nouvelle salve d'applaudissements. Allie met pied à terre, un peu tremblante mais ravie. Elle enlace Biscuit, qui lui tapote la tête avec une expression amusée avant de tendre la main à Rani. Allie l'encourage.

– Vas-y, Rani, c'est génial !

J'ai l'impression que les yeux de papa vont jaillir de leurs orbites. Mais à force de supplications, il accepte de laisser ma sœur faire un petit tour au-dessus du jardin. Allie me prend la main. Nous allons nous asseoir un peu plus loin, sous les branches pendantes d'un saule.

– Comment tu te sens ? je lui demande pour la centième fois de la journée. Ta mère a dit quoi, quand tu l'as appelée ?

Si ma sollicitude l'agace, elle n'en laisse rien paraître.

– Ça va. Elle m'a passé le savon du siècle. Heureusement que papa et elle ont du boulot cette semaine, sinon ils auraient débarqué ici pour me botter les fesses. Mais bon, je l'ai bien mérité. Crois-le ou non, avant de te rencontrer, je suivais mon traitement à la lettre.

– Mais je ne t'ai jamais dit de...

– Je ne t'accuse pas ! s'amuse-t-elle. C'est juste que, avec ton arrivée à Édimbourg et la découverte de Biscuit... tout a changé.

– Alors tu penses que c'était le destin ? Et madame se prétend athée...

Elle me donne un petit coup d'épaule.

– Contrairement à d'autres, je n'ai jamais affirmé avoir toutes les réponses. Mais si tu veux tout savoir : non, je ne crois pas au destin. Toujours pas.

Je me tourne vers Biscuit, qui peine maintenant à soulever Calum, beaucoup trop lourd pour elle.

– Même après ces quelques semaines passées avec un ange ?

– Ma grand-mère disait toujours que Dieu avait un plan et que tout, y compris les événements les plus horribles, en faisait partie. (Elle caresse les pétales jaunes et violets des fleurs.) Personnellement, j'y vois plutôt le fruit du hasard. Voire du chaos. Mais ça ne rend pas le monde moins fascinant pour autant. Au contraire, c'est incroyable qu'on soit tous là grâce à une heureuse combinaison de gaz, de poussière et de gravité !

Mon regard se pose une nouvelle fois sur Biscuit. Ses plumes accrochent la lumière avec des reflets bleus, noirs et roses, comme une flaque de pétrole. Je ne sais pas si je suis d'accord avec Allie, mais il y a du vrai dans ce qu'elle dit : on est entourés d'une telle magie, d'une telle beauté que peu importe, au fond, l'origine de tout ça.

– Tu as parlé à Leah ? me demande-t-elle.

– Oui, elle m'a appelée sur la route d'Édimbourg. Son père et elle vont essayer de récupérer sa mère, et ensuite ils prévoient de partir dans le sud, pourquoi pas jusqu'en France... quelque part où les Futurs Déchus ne les suivront pas.

Je me remémore notre conversation. « Dis au revoir à Biscuit pour moi », m'a-t-elle demandé. J'ai cru qu'elle allait m'avouer quelque chose, comme j'en rêvais depuis si longtemps. Mais elle ne l'a pas fait. Et en cet instant, j'ai compris que ça n'avait plus d'importance. « Merci, Jaya, a-t-elle conclu. Merci pour tout. Tu nous as sauvées. »

– À quoi tu penses ? m'interroge Allie.

Je me rends compte qu'elle attend avec appréhension de connaître le fin mot de l'histoire.

Il n'y a pourtant rien à ajouter. La personne que Leah était avant les Futurs Déchus n'existe plus, pas plus que celle que j'étais avant l'accident. Le couple que nous formions n'existe plus. Quelques mois loin de la secte devraient suffire à Leah pour se reprendre en main, et le jour viendra sûrement où je pourrai parler de ma mère sans que ma gorge se noue. Mais quoi qu'il y ait eu entre nous, c'est terminé. Et c'est mieux comme ça.

Du bout des doigts, je caresse le tatouage d'Allie. Mon

regard passe de ses taches de rousseur à ses longs cils, puis aux petits diamants qui ornent ses oreilles, avant de venir se poser sur ses lèvres.

– J'étais en train de me dire… que c'était quand même fou qu'on ait sauvé une Créature, libéré une fille d'une bande de fanatiques, peut-être même causé la dissolution d'une secte internationale, et qu'on ne se soit jamais embrassées.

Elle sourit.

– Tu as raison. C'est fou.

– Oui, hein ?

– Oui.

Peu importe qu'elle doive repartir dans quelques jours. Peu importe que nous vivions à des centaines de kilomètres l'une de l'autre. Je prends son visage entre mes mains et je l'embrasse. Enfin. En cet instant, plus rien d'autre n'existe qu'Allie, ses lèvres, ses cheveux, sa peau – et les ombres projetées sur nous par Biscuit, qui plane au-dessus de nos têtes, plus proche de chez elle que jamais.

31

Le vallon a changé depuis le mois de novembre. Les branches dénudées se sont couvertes d'un patchwork vert, et les feuilles rousses qui jonchaient le sol ont cédé la place à un tapis d'herbes hautes et de fleurs sauvages. Des oiseaux virevoltent entre les arbres. Je repère une bergeronnette grise et un bruant à tête noire. Ni l'un ni l'autre n'aurait été là en hiver. Et à l'époque, je n'aurais pas su les nommer.

C'est magnifique, mais ça ne suffit pas à calmer mes palpitations lorsque mon père se gare près du portail d'accès au sentier.

– Tu es sûre de toi ? me demande Allie en réprimant un bâillement.

Il est tout juste 5 heures du matin, assez tôt pour que nous ne risquions pas de croiser des gens qui promènent leur chien ou des amateurs d'oiseaux.

– Oui. C'est ici que ça doit se passer.

Voilà maintenant six jours que nous avons libéré Biscuit de la centrale électrique. Six jours riches en souvenirs aussi étranges que merveilleux. Allie finissant de coudre les dernières plumes sur l'aile de la Créature, et l'expression émerveillée de celle-ci lorsqu'elle s'est envolée juste après. Calum lui apprenant à jouer aux échecs, et son ébahissement quand elle a fini par le battre. La nuit d'orage où nous sommes restés enfermés à regarder *Les Misérables* et où elle nous a chanté *One Day More* en boucle pendant des heures. L'après-midi de canicule où nous lui avons fait découvrir les glaces. Sa façon de fredonner du Nina Simone, une des chanteuses préférées de ma mère. Papa réagissant instinctivement à l'annonce d'une nouvelle Chute en Tunisie, avant d'éteindre la radio pour reporter son attention sur Rani, en riant comme il ne l'avait plus fait depuis des mois.

On a reçu nos bulletins de notes. Allie n'a eu que des A, bien sûr, et Calum juste ce qu'il fallait pour intégrer l'école de photo dont il rêvait. Même ma récolte de C et de D, plus un B en français, était plutôt une bonne surprise. Je me suis demandé ce que je pourrais en faire, étonnée de constater que ça comptait encore pour moi. Que je pensais encore à l'avenir.

Je suis impatiente de passer plus de temps avec Allie. On n'a pas encore discuté de ce qu'on fera lorsqu'elle sera rentrée chez elle, mais on s'est embrassées plusieurs fois. De très nombreuses fois, même. Calum a pris l'habitude de sortir de la pièce en courant chaque fois que nous nous approchons l'une de l'autre (non pas que ça le dérange que sa sœur soit bi ; il réagirait pareil si j'étais un garçon). Moi, je me moque pas mal de qui peut nous voir. J'ai eu ma dose de secrets pour cet été.

Il n'en reste qu'un. Et plus pour longtemps.

Depuis que son aile est réparée, Biscuit passe de plus en plus de temps dans les airs. Hier soir, elle a disparu pendant si longtemps que j'ai commencé à croire qu'elle était partie sans nous dire au revoir. Ou pire, qu'elle s'était fait prendre ou abattre au-dessus des champs comme un faisan. Lorsqu'elle est enfin rentrée, il y avait quelque chose de changé en elle. Les yeux brillants, elle babillait à toute vitesse dans sa langue, d'une voix suraiguë. Je n'ai pas eu besoin de comprendre ses mots pour percevoir son excitation. Elle avait dû voir un truc là-haut.

Une pointe de tristesse s'est mêlée à mon soulagement. Il était temps.

Quand je me suis réveillée à 4 h 30 ce matin, je n'étais pas certaine qu'elle serait encore là. Mais je l'ai trouvée sur le toit, là où je l'avais laissée. Elle a pris l'habitude de dormir là-haut lorsqu'il ne pleut pas, blottie derrière la cheminée. Déjà réveillée, elle contemplait le ciel, où une épaisse couche de nuages gris-bleu masquait les étoiles.

– Je sais, ai-je répondu lorsqu'elle a agité les ailes pour me saluer. Si tu es prête, je le suis aussi.

Je suis allée chercher Rani et Calum pour qu'ils lui fassent leurs adieux, puis j'ai demandé à papa de nous conduire au vallon, Biscuit, Allie et moi. Le court trajet s'est déroulé dans un silence endormi. Mon père n'arrêtait pas de jeter des coups d'œil à Biscuit dans le rétroviseur, une question – *la* question – au bord des lèvres. Maintenant que nous y sommes, il se retourne sur son siège.

– Voilà, dit-il.

J'ai l'impression de voir les mots enfler sur sa langue,

prêts à déborder. Mais il les ravale, sort son téléphone et affiche une carte de la région.

– Essaie de voler vers le nord, si tu peux, conseille-t-il à Biscuit. Ça ne fait rien si quelques personnes te voient, du moment que tu es assez haut, mais évite les grandes villes, c'est plus sûr. Tu auras aussi moins de risques de croiser un avion.

Après lui avoir dit au revoir, il nous laisse partir toutes les trois. La rosée matinale me caresse les chevilles ; les premiers rayons du soleil dessinent des reflets dorés sur les cheveux et les plumes de Biscuit. Quelques minutes plus tard, nous débouchons dans une petite clairière d'où nous apercevons la cascade. Je cesse de respirer en voyant une tache rouge dans l'eau en contrebas, mais ce n'est que la lumière du levant qui me joue des tours.

Allie pose sa main au creux de mon dos.

– Tu es sûre que c'est ce que tu veux ? Biscuit pourrait décoller depuis n'importe où...

– Ne t'inquiète pas, ça va. Ça ne peut être qu'ici.

Ici, à l'endroit où tout a déraillé, où mon apocalypse personnelle a commencé, avant même que le ciel s'ouvre en deux. Beaucoup de choses ont changé depuis. Un peu comme si j'avais atteint à la fin d'un cycle.

Biscuit vole au ras du bassin, trempant ses orteils dans l'eau. Mon cœur tambourine dans ma poitrine. Plus son départ approche, plus ça me paraît incroyable qu'on soit arrivées jusque-là. Je tressaille à chaque bruissement de feuilles, comme si Damien et une dizaine de Futurs Déchus menaçaient de surgir de derrière les arbres. La peur qui me saisissait les premiers jours au moindre bruit de moteur s'est estompée, mais elle n'a pas complètement disparu.

Allie est la première à faire ses adieux. Après avoir étreint Biscuit, qui m'adresse un regard perplexe en lui tapotant maladroitement le dos (les Créatures n'ont visiblement pas l'habitude de se faire des câlins), elle lui prend les deux mains. Je m'éloigne pour leur laisser un peu d'intimité. Au bout d'un moment, Allie me rejoint en s'essuyant les yeux. Ses doigts frôlent les miens au passage. Bientôt, elle disparaît au détour du chemin, et je me retrouve seule avec Biscuit.

Elle est assise sur un rocher, le bout des ailes dans l'eau. Je tente de mémoriser tous les petits détails qui finiront forcément par s'estomper : sa voix mélodieuse, la douceur inconcevable de sa peau, l'atmosphère irréelle qui plane autour d'elle.

Un moineau se pose à ses pieds, plonge son bec dans le bassin, s'ébouriffe les plumes, puis redécolle. Je le regarde voleter entre les arbres, envahie par une bouffée d'appréhension. Le ciel est si vaste, si infini. Comment Biscuit pourra-t-elle retrouver son chemin ?

– Ce n'est pas ta faute.

Mon cœur cesse de battre. Le monde de tourner. Elle me dévisage, le regard grave.

– Qu'est-ce que tu viens de dire ?

– Tu te sens peut-être coupable d'être la seule à avoir survécu. Alors ne t'en veux pas, d'accord ? Tu n'y es pour rien.

La grosse boule est de retour dans ma gorge. Biscuit ne fait que répéter mes propres mots, ceux que j'ai prononcés à McEwan Hall le jour où elle a vu les vidéos des Chutes. Je réprime un sanglot. Elle ne sait toujours pas ce qu'elle dit. Pour elle, il ne s'agit que de sons qui ne signifient rien.

Mais pas pour moi. Ils signifiaient quelque chose à l'époque. Si j'ai été capable de lui dire qu'elle n'était pas responsable, c'est aussi valable dans mon cas.

Je lève les yeux vers le sommet de la cascade. Le ruisseau continue à couler sur les rochers, sans se soucier de ce qu'il m'a volé ce matin-là. La même douleur lancinante pointe derrière mes côtes que celle du matin où ma mère est tombée. Mais la bête insatiable qui me labourait le ventre et m'empêchait de respirer, celle qui me disait que tout était ma faute, celle-là a enfin disparu.

Tout à coup, Biscuit se plante devant moi. Je la serre dans mes bras, le visage tout contre son épaule, les mains sur ses plumes cireuses. Elle m'essuie les yeux. Les siens aussi sont humides, et le blanc a pris une teinte rosée autour des iris grenat.

– Et la lune resplendit, au plus noir de la nuit. Sous réserve de certaines conditions, Jaya.

– Tout à fait. (Je suis partagée entre le rire et les larmes.) Envole-toi.

Cette fois, il n'y a pas de décollage théâtral. Elle s'élève simplement devant la cascade avec des mouvements lents et sereins. Quelques merles curieux tourbillonnent autour de ses jambes comme les rubans d'un cerf-volant. Ses ailes vont et viennent avec force, créant des rides sur l'eau. Je ferme les yeux pour mieux apprécier leur souffle sur mon visage et dans mes cheveux.

Quand je les rouvre, Biscuit a déjà dépassé le sommet des arbres. Mais, soudain, elle s'arrête et redescend en piqué, de plus en plus vite, fonçant droit vers le bassin. Alors que je retiens mon souffle, elle dessine une grande courbe au-dessus de l'eau, m'arrose du bout des ailes et repart. Elle reste suspendue au-dessus de moi un instant, un sourire paisible sur les lèvres, agitant ses ailes en guise d'au revoir.

– File ! je crie en riant, bien que mon cœur batte encore la chamade. Va retrouver les tiens. Et fais attention à toi.

Allie m'attend sous un hêtre au bout du chemin. Elle embrasse ma joue humide de larmes et me caresse les cheveux. Dans le ciel, Biscuit monte de plus en plus haut, laissant un sillage rosé derrière elle. Allie s'appuie contre moi, si proche que ses cheveux me chatouillent l'oreille.

– Même après tout ce temps, c'est difficile à croire, hein ?

Aveuglées par le soleil, nous ne quittons pas Biscuit des yeux. Encore quelques battements d'ailes et elle n'est plus qu'une traînée scintillante au loin.

Elle disparaît.

Enfin, pas tout à fait.

REMERCIEMENTS

Il y a tellement de gens qui ont participé à l'écriture de ce livre ou qui l'ont soutenu d'une manière ou d'une autre, et je leur en suis tellement reconnaissante ! Un immense merci :

À mon formidable agent, Hellie Ogden, pour avoir détecté le potentiel de ce roman, et pour toute son aide et son travail en amont de la publication ; ainsi qu'à toute l'équipe de chez Janklow & Nesbit UK.

À mes éditrices, Rachel Petty et Katherine Jacobs, pour leurs excellentes suggestions concernant l'histoire et les personnages, qu'elles ont rendus mille fois meilleurs ; à Kat McKenna et Nina Douglas pour la presse et le marketing ; et à tous ceux chez Macmillan dont l'enthousiasme et les compétences ont fait de ce manuscrit un véritable livre ! J'ai encore du mal à y croire.

À Caroline Ambrose et à tous les participants du Bath Children's Novel Award ; à Wendy Bough du Caledonia Novel Award ; et à toute l'équipe d'Undiscovered Voices à la SCBWI British Isles pour leurs encouragements et le regain de confiance incroyable que représentent leurs compétitions, ainsi que pour le soutien inestimable qu'ils apportent aux écrivains en herbe.

À toute l'équipe du Moniack Mhor Creative Writing Centre pour leur soutien *via* le Bridge Award et pour avoir contribué à créer un lieu si inspirant.

Aux nombreux professeurs d'écriture et tuteurs que j'ai croisés au fil des ans – avec une mention spéciale pour Juno Dawson, qui m'a écoutée lire, avec un stress immense, le début de ce livre lors d'une masterclass il y a plusieurs années, et dont les commentaires positifs m'ont encouragée à le terminer !

Au groupe de critiques BackachYA et à mes *sensitivity readers* pour leurs retours très utiles, ainsi qu'à la communauté UKYA, à la SCBWI Southeast Scotland et au groupe d'auteurs débutants Electric Eighteens, qui offrent des espaces si chaleureux et accueillants aux écrivains.

À ma famille, en particulier mes parents, Julia et Alastair Cameron, pour m'avoir fourni une réserve inépuisable de livres pendant des années et pour m'avoir soutenue dans l'écriture de celui-ci. Ce n'est pas *Dogger*[1], mais j'espère qu'il vous plaira !

À mes amis, notamment Grace Kavanagh pour avoir été l'une de mes premières lectrices, et Ash Rayne, mon acolyte de toujours – même si ce rôle se résume à me demander si je vais enfin passer dans l'émission *This Morning* (non) et si elle pourra m'y accompagner (non plus).

---

1. *Dogger*, Shirley Hugues, The Bodley Heads, 1977.

Enfin, merci à Naïa Lebrun pour tous les ping-pongs d'idées, les commentaires, les promenades permettant de dénouer des casse-têtes d'intrigue, et plus généralement pour sa capacité à rendre la vie incroyable. Je pourrais ajouter que tu es un ange, mais ce serait trop niais, alors je ne le ferai pas.

L'AUTRICE

Sophie Cameron est née dans les Highlands écossaises. Elle a vécu en Allemagne et au Canada avant de s'installer à Barcelone avec sa compagne. Elle aime écrire de la « fantasy réaliste » (comme elle l'appelle), des histoires d'adolescents réels avec une touche de fantastique. *À la tombée du ciel* est son premier roman et a déjà reçu plusieurs distinctions prestigieuses (Kirkus *best books of 2018*, sélection du Carnegie Medal 2019).

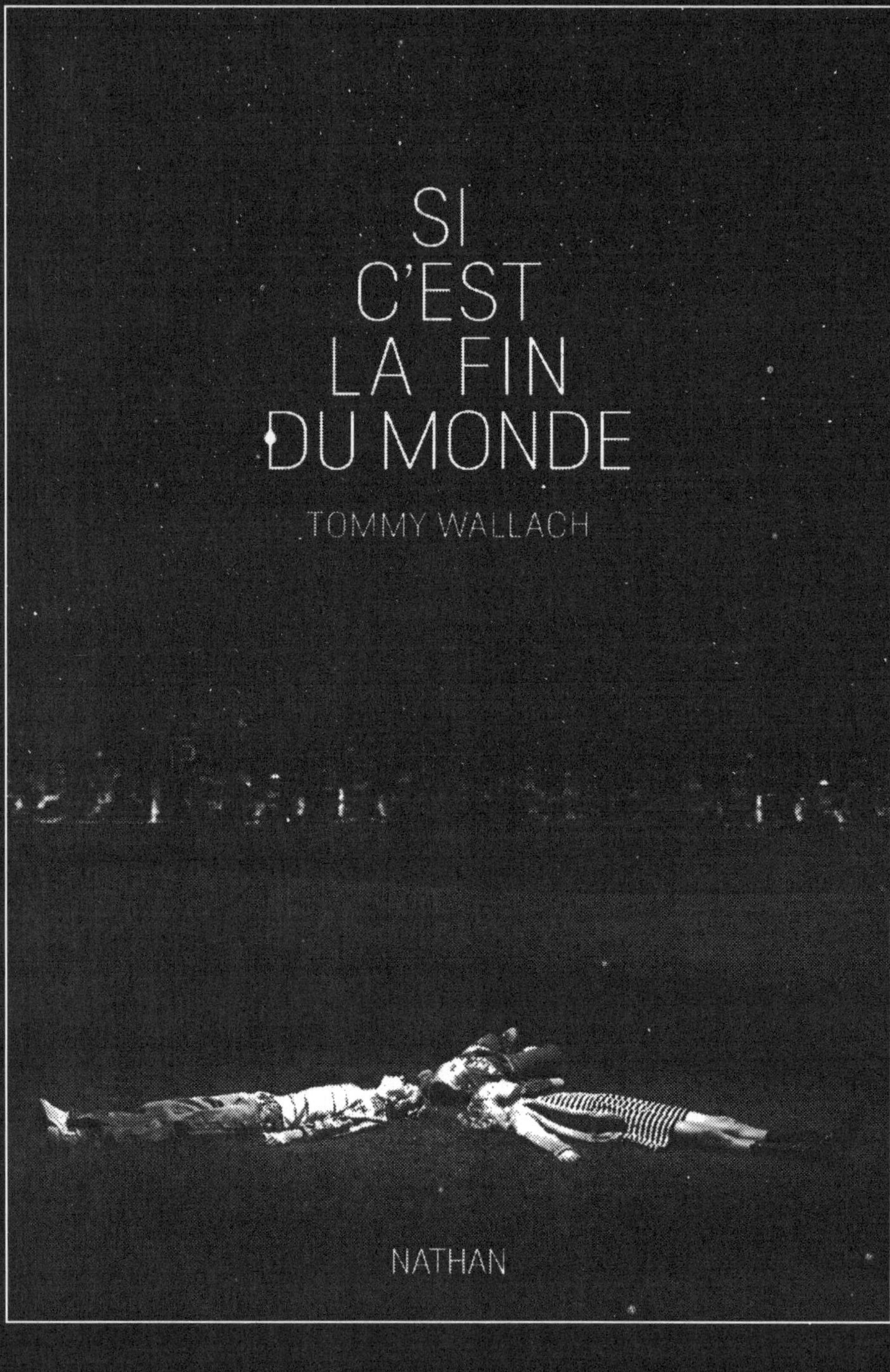
SI
C'EST
LA FIN
DU MONDE
TOMMY WALLACH
NATHAN

Avant, on était définis
par des étiquettes :

Le sportif, l'intello, la salope,
le glandeur.

Mais ensuite, tout a changé.

On nous a dit qu'un astéroïde arrivait.

Qu'il avait deux chances sur trois
de faire exploser la Terre.

Il ne restait que deux mois.

Deux mois pour renoncer
à nos étiquettes.

Deux mois pour nous aimer,
pour être libres, pour être heureux.

Deux mois pour laisser une trace.

Deux mois pour réaliser nos rêves.

Deux mois pour vivre.

Pour vivre vraiment.

HOLLY BOURNE
Strong Girls FOREVER
HOLLY BOURNE
HOLLY BOURNE
Strong Girls FOREVER
2
HOLLY BOURNE
Strong Girls FOREVER
POURQUOI NE PAS CRAQUER POUR LE MEC PARFAIT?
NATHAN

Chère Anne, ma vie n'est vieille que de quatorze ans et onze mois, pourtant je sais déjà qu'écrire en fait partie intégrante. Alors, dans ce journal, je vais te raconter ce qui m'interroge, me fait rire ou me bouleverse. Toutes ces choses que je n'oserais jamais dire à voix haute : le voile devant les yeux de ma mère ; ma meilleure et parfois cruelle amie Bérénice ; ma grande sœur, si forte et déterminée ; Dimitri, mon amour d'enfance perdu de vue ; la complexité du monde. Mais aussi mon reflet, si mouvant qu'il m'échappe… ou parfois se brise.

Je vais te parler de nos éclats de miroirs.

Les tiens, les miens, les leurs.

« Un récit sensible qui dit l'adolescence avec justesse et éclat. »
@lecahierdelecturedenathan

« Magistral, 170 pages d'intimité, d'émotions et de pure poésie. »
@chut.je.lis

« Un très beau texte, à fleur de peau, tendre et funambule. »
Typhaine, sur addict-culture.com

MIXTE
Papier issu de sources responsables
FSC® C022030

N° d'éditeur : 10235594 – Dépôt légal : juillet 2019.
Achevé d'imprimer sur Roto-Page en juin 2019
par l'Imprimerie Floch à Mayenne
N° d'impression : 94517
Imprimé en France